AVANT QU'IL NE PRENNE

(UN MYSTÈRE MACKENZIE WHITE – VOLUME 4)

BLAKE PIERCE

ISBN : 978-1-64029-729-6

PROLOGUE

Ce serait la dernière fois qu'elle ferait une séance de dédicaces dans une petite ville dont personne n'avait jamais entendu parler. Elle allait devoir parler à son agent et lui dire que ce n'était pas parce qu'une ville avait une librairie, qu'il s'agissait d'une métropole. Bien sûr, elle aurait sûrement l'air d'une diva en faisant ce genre de demande mais elle s'en fichait.

Il était 22:35 et Delores Manning roulait sur une route à deux bandes dans un coin paumé de l'Iowa. Elle avait bien conscience d'avoir pris une mauvaise route il y a une quinzaine de kilomètres car c'était juste après ça que son GPS l'avait lâchée. Aucun signal. Bien entendu. C'était juste la cerise sur le gâteau, pour terminer en beauté ce qui avait été un weekend pitoyable.

Delores avançait sur cette route depuis au moins dix minutes. Elle n'avait vu aucun panneau, aucune maison, rien. Juste des arbres et un ciel nocturne étonnamment magnifique. Elle pensait sérieusement à s'arrêter au milieu de la route et à faire demi-tour. Plus elle y pensait, plus ça lui semblait une bonne idée.

Elle était sur le point d'appuyer sur la pédale de frein lorsqu'un bruit sec retentit dans la voiture. Dolores hurla de peur et de surprise, mais son cri fut étouffé par le *bruit sourd* de la voiture qui parut chuter d'une dizaine de centimètres et dévier fermement vers la gauche.

Elle parvint à redresser la voiture dans une trajectoire plus ou moins droite mais elle réalisa qu'elle ne pourrait pas lutter – il y avait trop de résistance. Abandonnant la lutte, elle parvint à guider la voiture vers le côté de la route et la gara à moitié en dehors de la chaussée. Elle alluma ses feux de détresse et laissa échapper un profond soupir.

« Merde, » dit-elle.

On dirait que c'est un pneu, pensa-t-elle. *Et si c'est le cas... je ne sais même pas s'il y a une roue de secours dans le coffre. C'est ce qui arrive pour rouler dans ce tombeau ambulant. Tu es sur le point de devenir un auteur à succès. Il est peut-être temps de penser à dépenser un peu d'argent de temps en temps dans des vols et des voitures de location, non ?*

Elle tira sur la manette d'ouverture du coffre, ouvrit la portière et sortit dans la nuit. Elle sentit la morsure de l'air, l'hiver commençait à s'installer dans le Midwest, se faufilant derrière l'automne. Elle serra son manteau contre elle et sortit son téléphone. Elle ne fut pas du tout surprise de voir qu'elle n'avait pas de réseau ; elle s'en était bien rendu compte ces vingt dernières minutes, depuis le moment où son GPS avait cessé de fonctionner.

Elle regarda ses roues et vit que les pneus avant et arrière du côté conducteur étaient tous les deux à plat. Plus qu'à plat, ils étaient totalement crevés. Elle vit quelque chose miroiter sur le pneu avant et se mit à genou pour voir ce que c'était.

Du verre, pensa-t-elle. *Vraiment ? Comment est-il possible que du verre ait crevé mes pneus ?*

Elle regarda en direction du pneu arrière et vit que plusieurs longs éclats de verre l'avaient traversé. Elle regarda en direction de la route mais elle ne vit rien de spécial. Mais ça ne voulait rien dire car la lune était en grande partie dissimulée par la cime des arbres et il faisait vraiment nuit noire.

Elle se dirigea vers le coffre, en sachant déjà que tout ce qu'elle pourrait y trouver serait inutile. Même s'il y *avait* une roue de secours, elle en avait besoin de deux.

Furieuse et un peu effrayée, elle referma le coffre en le claquant, sans prendre même la peine de regarder. Elle attrapa son téléphone et, se sentant un peu idiote, grimpa sur l'arrière de la voiture. Elle tendit son téléphone vers le haut, espérant avoir juste une seule barre de réseau.

Rien.

Ne panique pas, pensa-t-elle. *C'est vrai, tu es au milieu de nulle part. Mais* quelqu'un *finira bien par arriver. Toutes les routes mènent quelque part, n'est-ce pas ?*

Ne parvenant pas à croire la manière dont ce weekend s'était déroulé, elle rentra dans la voiture où le chauffage fonctionnait toujours. Elle inclina son rétroviseur afin de voir si des phares approchaient derrière elle, puis regarda devant elle, attentive à tout véhicule qui s'approcherait.

Alors qu'elle ruminait sur la séance ratée de dédicaces, la petite méprise publicitaire et ses problèmes plus récents d'avoir deux pneus crevés sur le côté de la route, elle vit des phares s'approcher devant elle. Elle n'attendait que depuis sept minutes, alors elle s'estima avoir de la chance.

Elle ouvrit la portière, permettant à l'éclairage intérieur de se joindre à la lumière des feux de détresse clignotants. Elle sortit du véhicule et resta tout près de la voiture, faisant signe au camion qui s'approchait. Elle fut tout de suite soulagée de voir qu'il ralentissait. Il vira vers son côté de la route et s'arrêta juste devant elle. Le chauffeur alluma ses feux de détresse et sortit du camion.

« Bonsoir, » dit l'homme d'une quarantaine d'années qui sortit du camion.

« Bonsoir, » dit Delores. Elle le jaugea, encore trop en colère par rapport à la situation pour se méfier d'un inconnu qui s'arrête en plein milieu de la nuit pour l'aider.

« Des problèmes de voiture ? » demanda-t-il.

« Des tonnes, » dit Delores, en montrant ses pneus du doigt. « Deux pneus crevés en même temps. Incroyable ! »

« Oh, ce n'est vraiment pas de chance, » dit-il. « Avez-vous appelé une dépanneuse, un garage, ou autre ? »

« Pas de réseau, » dit-elle. Elle fut sur le point d'ajouter *Je ne suis pas vraiment d'ici* mais elle se ravisa.

« Vous pouvez utiliser le mien, » dit-il. « En général, j'ai toujours au moins deux barres de réseau par ici. »

Il s'avança vers elle et mit la main en poche pour en sortir son téléphone.

Seulement ce ne fut pas un téléphone qu'il en sortit. Elle se sentit déconcertée par la situation. Ça n'avait pas de sens. Elle ne parvenait pas à voir ce que c'était et…

Soudain, ça lui arriva très rapidement en plein visage. Une fraction de seconde avant de recevoir le coup, elle vit la forme et l'éclat de ce qu'il venait de glisser entre ses doigts.

Un poing américain.

Elle entendit le bruit sourd du poing heurtant son front, sentit un éclair de douleur et, un moment plus tard, ses genoux cédèrent sous elle et elle sentit qu'elle s'effondrait sur la route. La dernière chose dont elle eut conscience, c'était de voir l'homme se pencher vers elle de manière presque bienveillante, ses phares brillant dans ses yeux, avant que l'obscurité ne soit totale.

CHAPITRE UN

Mackenzie White se tenait debout sous un parapluie noir et regardait le cercueil s'enfoncer en terre au moment où la pluie se mit à tomber de manière plus dense. Les larmes des personnes présentes étaient presque noyées par les gouttes de pluie tombant sur le cimetière et sur les tombes avoisinantes.

Elle regardait avec tristesse les derniers instants de son partenaire au sein du monde des vivants.

Le cercueil progressait petit à petit dans la tombe sur les patins en acier sur lesquels il avait été posé durant la messe, pendant que les personnes les plus proches de Bryers se tenaient à proximité. La majorité de la procession s'était dispersée après les derniers mots du prêtre, mais les personnes les plus proches étaient restées.

Mackenzie se tenait sur le côté, au deuxième rang. Elle se rendait compte que, bien qu'elle et Bryers avaient tenu à plusieurs reprises leurs vies respectives dans leurs mains, elle ne le connaissait vraiment pas bien du tout. Preuve en était qu'elle n'avait aucune idée de qui étaient ces personnes qui étaient restées pour voir son cercueil mis en terre. Un homme d'une trentaine d'années et deux femmes, rassemblés sous la bâche noire, étaient restés pour passer un dernier instant avec lui.

Au moment où Mackenzie se retourna, elle remarqua une dame plus âgée qui se tenait un rang derrière elle sous un parapluie. Elle était habillée de noir et était assez jolie, debout sous la pluie. Ses cheveux étaient complètement gris, coiffés en chignon, mais elle avait tout de même un certain air de jeunesse. Mackenzie hocha la tête dans sa direction au moment où elle passa à côté d'elle.

« Vous connaissiez Jimmy ? » lui demanda soudainement la femme.

Jimmy ?

Il lui fallut un moment pour réaliser que la femme parlait de Bryers. Mackenzie n'avait entendu son prénom qu'à une ou deux occasions. Pour elle, il avait toujours été simplement Bryers.

Peut-être que nous n'étions pas aussi proches que je le pensais.

« Oui, » dit Mackenzie. « Nous avons travaillé ensemble. Et vous ? »

« Ex-femme, » dit-elle. Et elle ajouta dans un soupir fragile : « C'était un homme vraiment bon. »

Ex-femme ? Définitivement, je ne le connaissais vraiment *pas bien du tout.* Elle se rappela néanmoins une de leurs conversations durant l'un de leurs longs trajets en voiture où il avait mentionné le fait d'avoir été marié.

« Oui, c'était vraiment un homme bien, » dit Mackenzie.

Elle eut envie de raconter à la femme les fois où Bryers l'avait guidée dans sa carrière ou lorsqu'il lui avait sauvé la vie, mais elle pensa qu'il devait y avoir une raison pour laquelle la femme avait gardé ses distances et n'avait pas rejoint les trois personnes rassemblées sous la bâche.

« Vous étiez proches ? » demanda l'ex-femme.

Je pensais que nous l'étions, pensa Mackenzie, en jetant un regard en direction de la tombe avec regret. Mais sa réponse fut plus courte. « Pas trop. »

Elle se détourna de la femme avec un sourire affligé et se dirigea vers sa voiture. Elle pensait à Bryers… à son sourire sec, à la manière dont il riait rarement mais lorsqu'il le faisait, c'était d'une manière presqu'explosive. Puis elle pensa à ce que deviendrait son boulot maintenant. Bien sûr, c'était égoïste mais elle ne pouvait pas s'empêcher de se demander comment son environnement de travail serait affecté maintenant que son partenaire, l'homme qui l'avait littéralement pris sous son aile, était mort. Allait-elle avoir un nouveau partenaire ? Est-ce que sa position allait changer et qu'elle allait se retrouver derrière un bureau ou dans un département à deux balles sans véritable but ?

Mon dieu, arrête de ne penser qu'à toi, pensa-t-elle.

La pluie battante continuait de s'abattre sur le parapluie. Le bruit était tellement assourdissant que Mackenzie faillit ne pas entendre son téléphone sonner dans la poche de sa veste.

Elle le sortit de sa poche alors qu'elle déverrouillait la portière de sa voiture, rangeait le parapluie et se mettait à l'abri à l'intérieur du véhicule.

« White à l'appareil. »

« White, c'est McGrath. Vous êtes à l'enterrement ? »

« J'en pars à l'instant, » dit-elle.

« Je suis vraiment désolé concernant Bryers. C'était un homme bien. Et aussi, un très bon agent. »

« Oui, en effet, » dit Mackenzie.

Mais lorsqu'elle regarda de nouveau en direction de la tombe à travers la pluie battante, elle sentit à nouveau qu'elle n'avait vraiment pas bien connu Bryers du tout.

« Je suis désolé d'interrompre, mais j'ai besoin de vous ici. Je vous attends dans mon bureau. »

Elle sentit son cœur battre plus fort. Ça avait l'air sérieux.

« Qu'est-ce qui se passe ? » demanda-t-elle.

Il fit une pause, comme s'il se demandait s'il allait répondre ou pas à cette question, puis finit par lui dire :

« Une nouvelle affaire. »

***

Quand elle arriva devant le bureau de McGrath, Mackenzie vit Lee Harrison assis dans la salle d'attente. C'était l'agent qui lui avait été assigné en tant que partenaire temporaire quand Bryers était tombé malade. Ils avaient appris à se connaître durant ces dernières semaines mais ils n'avaient pas encore vraiment eu l'occasion de travailler ensemble. Ça avait l'air d'être un bon agent – peut-être un peu trop prudent au goût de Mackenzie.

« Il t'a aussi appelé ? » demanda Mackenzie.

« Oui, » dit-il. « On dirait bien que nous allons travailler sur notre première affaire ensemble. J'ai préféré attendre que tu arrives avant de frapper à la porte. »

Mackenzie se demanda s'il avait fait ça par respect pour elle ou par peur de McGrath. D'une manière ou d'une autre, ça avait été une sage décision.

Elle frappa à la porte et entendit un bref « Entrez » venant de l'autre côté. Elle fit signe à Harrison et ils entrèrent ensemble dans la pièce. McGrath était assis derrière son bureau, occupé à taper quelque chose sur son ordinateur. Deux dossiers se trouvaient sur sa gauche, en attente d'être réclamés.

« Asseyez-vous, agents, » dit-il.

Mackenzie et Harrison s'assirent chacun sur l'une des chaises qui se trouvaient devant le bureau de McGrath. Mackenzie remarqua qu'Harrison se tenait droit et que ses yeux étaient écarquillés… pas vraiment de peur mais certainement remplis d'une sorte de tension nerveuse.

« Nous avons une affaire au fin fond de l'Iowa, » commença-t-il par dire. « Vu que c'est là où vous avez grandi, j'ai pensé que c'était une affaire pour vous, White. »

Elle s'éclaircit la gorge, d'un air embarrassé.

« J'ai grandi au Nebraska, monsieur, » corrigea-t-elle.

« Ça revient au même, non ? »

Elle hocha la tête. Ceux qui ne venaient pas du Midwest ne comprendraient jamais vraiment la différence.

L'Iowa, pensa-t-elle. Bien sûr, ce n'était pas le Nebraska, mais c'était assez proche et la simple idée de retourner dans le coin la mettait mal à l'aise. Elle savait qu'elle n'avait aucune raison d'avoir peur ; après tout, elle était parvenue jusqu'à Quantico et elle avait réussi à faire quelque chose de sa vie. Elle était parvenue à atteindre son rêve d'être agent du FBI. Alors pourquoi l'idée de retourner dans le coin pour s'occuper d'une affaire la mettait aussi rapidement mal à l'aise ?

Parce que tout ce qu'il y a de négatif dans ta vie se trouve là-bas, pensa-t-elle. *Ton enfance, tes anciens collègues, les mystères entourant la mort de ton père...*

« Il y a eu toute une série de disparitions, toutes des femmes, » continua McGrath. « Et pour l'instant, on dirait qu'elles sont directement enlevées sur le bord de la route sur des tronçons isolés. La dernière en date a été enlevée hier soir. Sa voiture a été retrouvée sur le bord de la route avec deux pneus crevés. Il y avait une quantité incroyable de morceaux de verre sur la chaussée, et la police locale pense donc qu'il s'agit là d'un acte criminel. »

Il fit glisser l'un des dossiers vers Mackenzie et elle y jeta un coup d'œil. Il y avait plusieurs photos de la voiture, et spécialement des pneus. Elle remarqua également que le tronçon de route était effectivement très isolé, entouré d'arbres des deux côtés. Une des photos montrait également le contenu de la voiture de la dernière victime. À l'intérieur il y avait un manteau, une petite boîte à outils boulonnée sur le côté et une caisse de livres.

« Des livres ? On sait pourquoi ? » demanda Mackenzie.

« La dernière victime était un auteur. Delores Manning. Google m'apprend qu'elle vient juste de publier son deuxième livre. Un de ces mauvais romans d'amour. Elle n'est en aucun cas un auteur à succès, donc on ne devrait pas avoir d'interférences de la part des médias… enfin, *pas encore*. La route a été barrée et des déviations établies par le département des transports de l'État. Alors White, je veux que vous sautiez dans un avion aussi vite que possible et que vous vous rendiez sur place. Coin paumé ou pas, l'État ne souhaite manifestement pas bloquer la route pendant très longtemps. »

McGrath tourna ensuite son attention vers Harrison.

« Agent Harrison, je veux que vous compreniez que l'agent White a des liens avec le Midwest, alors sa participation allait de soi. Et bien que je vous *aie* assigné pour être son partenaire, je veux que vous restiez ici pour cette affaire. Je veux que vous restiez au siège afin de travailler en coulisse. Si l'agent White appelle pour une demande de recherche, je veux que vous y travailliez. Et pas seulement ça mais Delores Manning a un agent et publiciste et tout ce qui va avec. Alors si ce n'est pas résolu rapidement, les médias *vont* s'emparer de l'histoire. Je veux que vous gériez cet aspect. Maintenir les choses sous contrôle ici au siège dans le cas où les choses tourneraient mal. Je ne veux pas que vous le preniez mal mais je veux que ce soit un agent plus expérimenté qui s'en occupe. »

Harrison hocha la tête mais il était impossible de ne pas voir la déception dans ses yeux. « Vous pouvez compter sur moi, monsieur. Je suis ravi d'apporter mon aide, quelle qu'elle soit."

Oh non, pensa Mackenzie. *Pas un lèche-bottes.*

« Alors est-ce que je vais travailler seule sur cette affaire ? » demanda Mackenzie.

McGrath lui sourit et secoua la tête. Il eut une expression presque joviale qui lui fit penser qu'ils avaient fait bien du chemin depuis leurs premières rencontres difficiles et à la limite hostiles.

« Il est hors de question que je vous envoie là-bas toute seule, » dit-il. « Je me suis arrangé pour que l'agent Ellington travaille sur cette affaire avec vous. »

« Oh, » dit-elle, sur un ton un peu étonné.

Elle n'était pas sûre de savoir ce qu'elle en pensait. Il y avait une sorte d'alchimie bizarre entre elle et Ellington – et ce depuis le jour où elle l'avait rencontré pour la première fois alors qu'elle travaillait en tant que détective au fin fond du Nebraska. Elle avait aimé travailler avec lui durant cette courte période mais maintenant que les choses étaient différentes… et bien, ça allait être une affaire intéressante, c'était le moins qu'on puisse dire. Mais il n'y avait pas de souci à se faire. Elle était sûre de pouvoir facilement séparer ses sentiments personnels à son égard des considérations d'ordre professionnel.

« Puis-je en demander la raison ? » demanda Mackenzie.

« Il a déjà travaillé dans le coin avec des agents locaux sur le terrain, comme vous le savez. Il a également un palmarès impressionnant en ce qui concerne des cas de disparitions. Pourquoi ? »

« C'était juste pour savoir, monsieur, » dit-elle, se rappelant parfaitement qu'elle et Ellington s'étaient rencontrés pour la première fois lorsqu'il était venu apporter son aide sur l'affaire du tueur épouvantail, alors qu'elle travaillait encore pour la police locale au Nebraska. « A-t-il… et bien, a-t-il *demandé* à travailler avec moi sur cette affaire ? »

« Non, » dit McGrath. « C'est juste que vous êtes tous les deux parfaits pour cette enquête – lui avec ses connexions et vous avec votre passé. »

McGrath se leva de sa chaise, signifiant par là la fin de la conversation. « Vous devriez recevoir un email concernant votre vol dans quelques minutes, » dit McGrath. « Je pense que vous prenez l'avion à onze heures cinquante-cinq. »

« Mais c'est déjà dans une heure et demie, » dit-elle.

« Alors je vous suggère de vous dépêcher. »

Elle sortit rapidement du bureau en regardant une dernière fois l'agent Harrison, toujours assis sur sa chaise comme un chiot abandonné, ne sachant pas quoi faire ni où aller. Mais elle n'avait pas le temps de penser à ce qu'il ressentait et au fait qu'il soit probablement blessé par la situation. Il fallait qu'elle fasse sa valise et qu'elle arrive à l'aéroport en moins d'une heure et demie.

Et pour couronner le tout, il fallait qu'elle sache pourquoi elle répugnait à l'idée de travailler sur une affaire avec Ellington.

CHAPITRE DEUX

Mackenzie arriva à l'aéroport en courant, juste à temps pour arriver à la porte d'embarquement. Elle se précipita dans l'avion cinq minutes après que les passagers aient commencé à embarquer et s'avança dans l'allée, légèrement essoufflée, frustrée et décontenancée. Elle se demanda durant un instant si Ellington était arrivé à temps mais, franchement, elle était surtout soulagée de ne pas avoir raté son vol. Ellington était un grand garçon – il pouvait prendre soin de lui-même.

Elle eut réponse à sa question quand elle trouva son siège. Ellington était déjà dans l'avion, assis confortablement dans le siège à côté du sien. Il lui sourit depuis sa place à côté du hublot et lui fit un signe de la main. Elle hocha la tête et poussa un soupir de soulagement.

« Une journée difficile ? » demanda-t-il.

« Et bien, ça a commencé par un enterrement, puis une réunion avec McGrath, » dit Mackenzie. « Après ça, j'ai dû courir jusque chez moi pour faire ma valise et me précipiter à travers Dulles pour attraper ce vol de justesse. Et il n'est pas encore midi. »

« Alors les choses ne peuvent qu'aller en s'améliorant, » plaisanta Ellington.

En rangeant son sac dans le compartiment au-dessus d'elle, Mackenzie dit : « On verra. Mais au fait, le FBI n'a pas des avions privés ? »

« Oui, mais seulement pour des cas extrêmement urgents. Et pour des employés vedettes. Cette affaire n'est pas urgente et nous ne sommes certainement pas des employés vedettes. »

Lorsqu'elle fut finalement installée dans son siège, elle prit un moment pour se détendre. Elle jeta un coup d'œil en direction d'Ellington et vit qu'il feuilletait un dossier identique à celui qu'elle avait vu dans le bureau de McGrath.

« Que penses-tu de cette affaire ? » demanda Ellington.

« Je pense qu'il est trop tôt pour spéculer, » dit-elle.

Il leva les yeux au ciel et fronça les sourcils d'un air espiègle. « Tu dois certainement avoir une sorte de premier feeling. Alors, c'est quoi ? »

Bien qu'elle n'ait aucune envie de dévoiler son opinion qui pourrait s'avérer erronée par la suite, elle appréciait le fait de se lancer tout de suite dans le vif du sujet. Ça montrait bien qu'il était le travailleur acharné et l'agent déterminé que McGrath lui avait décrit – le type d'agent qu'elle *espérait* bien qu'il soit.

« Je pense que le fait que nous parlions de *disparitions* et non de *meurtres* laisse de l'espoir, » dit-elle. « Mais étant donné que les victimes ont toutes été enlevées sur des routes de campagne me fait penser que ce type est du coin et qu'il connaît le terrain. Il se *peut* qu'il ait kidnappé ces femmes, puis qu'il les ait tuées, cachant leurs corps quelque part dans la forêt ou dans une cachette qu'il serait seul à connaître. »

« Tu as eu l'occasion d'éplucher le dossier en profondeur ? » demanda-t-il, en désignant le dossier d'un geste de la tête.

« Non. Je n'ai pas eu le temps. »

« Vas-y, jette un œil, » dit Ellington, en lui tendant le dossier.

Mackenzie se mit à lire le peu d'informations disponibles pendant que les hôtesses faisaient les recommandations de sécurité. Elle était toujours occupée à consulter le dossier quelques instants plus tard quand l'avion décolla en direction de Des Moines. Il n'y avait pas beaucoup d'informations dans le dossier, mais assez pour que Mackenzie ait une idée de l'approche à adopter une fois qu'ils seraient arrivés.

Delores Manning était la troisième femme portée disparue en neuf jours. La première femme était une personne du coin, dont la disparition avait été signalée par sa fille. Naomi Nyles, quarante-sept ans, également enlevée sur le bord de la route. La deuxième victime était une femme de Des Moines du nom de Crystal Hall. Il y avait un léger dossier à son sujet, essentiellement quelques incidents de débauche datant de sa jeunesse mais rien de sérieux. Lorsqu'elle fut enlevée, elle était venue dans le coin pour visiter une exploitation bovine. Le premier cas de disparition n'avait montré aucun signe d'acte criminel – juste une voiture abandonnée sur le côté de la route. Le deuxième véhicule abandonné était un petit pickup avec un pneu crevé. Le pickup avait été retrouvé en plein milieu d'un changement de roue, le cric se trouvait encore sous l'essieu et le pneu crevé était appuyé sur le côté de la camionnette.

Les trois cas de disparition semblaient avoir eu lieu durant la nuit, quelque part entre 22h et 3h du matin. Jusqu'à présent, neuf jours après le premier enlèvement, il n'y avait pas un seul élément de preuve et absolument aucun indice.

Comme elle le faisait toujours, Mackenzie analysa les informations à plusieurs reprises, afin de bien les mémoriser. Ce n'était pas difficile dans ce cas vu qu'il n'y avait pas grand-chose à se rappeler. Elle revint plusieurs fois sur les photos du contexte où avaient eu lieu les enlèvements – des routes de campagne qui serpentaient à travers bois, tel un énorme serpent n'ayant nulle part où aller.

Elle se laissa glisser dans l'esprit d'un tueur utilisant ces routes et l'obscurité de la nuit pour couverture. Il devait sûrement être quelqu'un de patient. Et étant donné l'obscurité, il devait probablement avoir l'habitude d'être seul. L'obscurité ne le tracassait pas. Peut-être même qu'il préférait travailler la nuit, non seulement pour la couverture qu'elle lui offrait mais également pour la sensation de solitude et d'isolement. Ce type était probablement un solitaire. Il les enlevait sur le bord de la route, apparemment dans différentes situations stressantes. Réparation de voiture, pneus crevés. Ce qui voulait dire qu'il n'agissait probablement pas dans le seul but de tuer. Il voulait juste les femmes. Mais *pourquoi* ?

Et maintenant concernant la dernière victime, Delores Manning ? *Peut-être qu'elle était du coin avec des antécédents dans la région,* pensa Mackenzie. *C'est soit ça, ou soit elle était juste vraiment téméraire pour rouler sur ces routes de campagne à une telle heure de la nuit... Peu importe que ce soit un bon raccourci, c'était plutôt imprudent.*

Elle espérait que ce soit le cas. Elle espérait que la femme soit une téméraire. Car le courage, peu importe sa forme, pouvait aider les gens à gérer des situations critiques. C'était plus qu'une qualité, c'était une caractéristique psychologique profonde qui permettait aux gens de s'en sortir. Elle essaya de visualiser Delores Manning, l'auteur au succès prometteur, serpentant sur ces routes de nuit. Téméraire ou non, ce n'était pas une image encourageante.

Quand Mackenzie eut terminé, elle rendit le dossier à Ellington. Elle regarda en direction du hublot derrière lui, où les flocons blancs des nuages passaient à la dérive. Elle ferma les yeux durant un instant et se replongea là-bas, pas dans l'Iowa mais au Nebraska voisin. Un endroit rempli d'immenses terres et de gigantesques forêts au lieu d'un trafic surchargé et de hauts buildings. Ça ne lui manquait pas mais l'idée d'y retourner, même pour le travail, l'enthousiasmait d'une manière qu'elle ne s'expliquait pas vraiment.

« White ? »

Elle ouvrit les yeux au moment où elle entendit son nom. Elle se tourna vers Ellington, légèrement gênée qu'il l'ait vue l'esprit totalement ailleurs. « Oui ? »

« Tu as eu l'air déconnectée durant un instant. Tout va bien ? »

« Oui, tout va bien, » dit-elle.

Et le fait est qu'elle *allait* vraiment bien. Les six premières heures de la journée avaient été physiquement et émotionnellement épuisantes, mais maintenant qu'elle était assise, suspendue dans les airs et avec un partenaire temporaire peu probable, elle se sentait *bien.*

« Je peux te poser une question ? » demanda Mackenzie.

« Vas-y. »

« As-tu fait une demande pour travailler avec moi sur cette affaire ? »

Ellington ne répondit pas tout de suite. Elle voyait bien qu'il réfléchissait avant de répondre et elle se demanda quelle raison il pouvait bien avoir pour lui mentir.

« Et bien, j'ai entendu parler de cette affaire et, comme tu le sais, j'ai des rapports professionnels avec le bureau local d'Omaha. Et puisqu'il s'agit là du bureau local le plus proche de notre objectif dans l'Iowa, je me suis proposé. Quand il m'a demandé si ça ne me dérangeait pas de travailler avec toi sur l'enquête, je n'ai pas discuté. »

Elle hocha de la tête et commença à se sentir presque coupable de s'être demandée s'il avait une autre raison pour avoir eu envie de travailler sur cette affaire. Alors qu'elle nourrissait une certaine forme de sentiments à son égard (qu'ils soient strictement physiques ou d'une certaine manière émotionnels, elle n'en était pas vraiment sûre), il ne lui avait jamais donné de raison de penser qu'il ressentait la même chose. Elle ne se rappelait que trop bien comment elle l'avait dragué lorsqu'elle l'avait rencontré pour la première fois au Nebraska et comment ses avances avaient été rejetées.

Espérons qu'il ait tout oublié de cet épisode, pensa-t-elle. *Aujourd'hui, je suis une autre personne, il est bien trop occupé pour y penser et maintenant nous travaillons ensemble. C'est de l'histoire ancienne.*

« Et toi ? » demanda-t-elle. « Quelles sont tes premières impressions ? »

« Je pense qu'il n'a pas l'intention de tuer ces femmes, » dit Ellington. « Pas d'indices, aucune trace, et, comme toi, je pense qu'il doit s'agir d'un gars du coin. Je pense qu'il les collectionne peut-être… dans quel but, je ne vais pas spéculer à ce sujet. Mais si j'ai raison, ça m'inquiète. »

Ça inquiétait aussi Mackenzie. Si ce type kidnappait des femmes, il finirait par manquer de place. Et peut-être aussi qu'il finirait par perdre de l'intérêt… ce qui signifiait qu'il devrait arrêter tôt ou tard. Et bien que ce soit une bonne chose en théorie, ça voudrait aussi dire qu'ils risqueraient de perdre sa trace, en l'absence d'autres scènes d'enlèvement où il pourrait éventuellement laisser des indices.

« Je pense que tu as raison sur le fait qu'il les collectionne, » dit-elle. « Il les attaque à un moment de vulnérabilité – à un moment où elles sont occupées par leur voiture ou des pneus crevés. Ça veut dire qu'il les prend par surprise plutôt que de les attaquer de front. Il est probablement timide. »

Il eut un rictus et dit, « Oui, c'est bien observé. »

Sa grimace se transforma en un sourire duquel elle préféra détourner les yeux, sachant qu'il leur arrivait trop souvent de se fixer du regard et de laisser ce moment s'attarder un peu trop longtemps. Elle regarda en direction du ciel bleu et des nuages tandis que le Midwest s'approchait rapidement sous leurs pieds.

***

Vu qu'ils voyageaient avec très peu de bagages, Mackenzie et Ellington traversèrent l'aéroport sans aucun problème. Durant la dernière partie du vol, Ellington avait informé Mackenzie qu'un programme avait déjà été décidé (probablement pendant qu'elle se ruait à son appartement, puis à l'aéroport). Ils allaient rencontrer deux agents locaux et collaborer avec eux afin de résoudre cette affaire le plus tôt possible. Vu qu'ils n'avaient aucun bagage à récupérer au carrousel, ils purent retrouver les agents très rapidement.

Ils se retrouvèrent dans l'un des innombrables Starbucks de l'aéroport. Elle laissa Ellington ouvrir la voie car il était manifeste que McGrath le considérait comme responsable sur cette affaire. Sinon pour quelle autre raison aurait-il uniquement informé Ellington de l'endroit où retrouver les agents locaux ? Et pour quelle autre raison aurait-il averti Ellington assez tôt, lui laissant assez de temps pour arriver confortablement à l'heure pour son vol ?

Il était difficile de rater les deux agents. Mackenzie soupira intérieurement quand elle vit que c'était tous les deux des hommes. L'un d'entre eux avait l'air d'être une nouvelle recrue. Il était impossible que ce type ait plus de vingt-quatre ans. Son partenaire par contre avait l'air plus endurci et plus âgé – probablement sur le point d'atteindre la cinquantaine.

Ellington se dirigea directement vers eux et Mackenzie le suivit. Aucun des deux agents ne se leva mais le plus âgé tendit la main vers Ellington au moment où ils s'approchaient de la table.

« Agents Heideman et Thorsson, c'est bien ça ? » demanda Ellington.

« C'est bien ça, » dit l'homme plus âgé. « Je suis Thorsson et voici mon partenaire, Heideman. »

« Ravis de vous rencontrer, » dit Ellington. « Je suis l'agent spécial Ellington et voici ma partenaire, l'agent White. »

Ils se serrèrent tous la main d'une manière qui était presque devenue pénible pour Mackenzie depuis qu'elle avait rejoint le Bureau. C'était comme une sorte de formalité, un truc bizarre qu'il fallait faire avant de s'attaquer à la tâche à accomplir. Au moment où Heideman lui serra la main, elle remarqua que sa poigne était faible et moite. Il n'avait pas l'air nerveux mais peut-être un peu timide ou introverti.

« À quelle distance se trouvent les scènes de crime ? » demanda Ellington.

« La plus proche est à environ une heure de route, » dit Thorsson. « Les autres sont toutes à dix ou quinze minutes l'une de l'autre. »

« Est-ce qu'il y a eu du neuf depuis tôt ce matin ? » demanda Mackenzie.

« Rien, » dit Thorsson. « C'est une des raisons pour laquelle nous vous avons appelés en renfort. Ce type a enlevé trois femmes jusqu'à maintenant et on n'a pas pu trouver l'ombre d'un indice. On en est arrivé à un tel point que l'État envisage l'utilisation de caméras le long de la route. Mais le problème, c'est qu'il est difficile de garder sous surveillance caméra plus de cent-vingt kilomètres de routes de campagne. »

« Enfin, techniquement, c'est possible, » dit Heideman. « Mais ça ferait une tonne de caméras et une énorme quantité d'argent. Alors certains responsables au niveau de l'État ne le considèrent que comme une mesure de dernier recours. »

« Est-ce qu'on peut commencer tout de suite et visiter la première scène de crime ? » demanda Ellington.

« Bien sûr, » dit Thorsson. « Vous ne devez pas d'abord régler la question de l'hôtel ou d'autres choses dans le style ? »

« Non, » dit Mackenzie. « Mettons-nous tout de suite au travail. Si vous dites qu'il y a *tant* de route que ça à faire, ne perdons pas de temps. »

Au moment où Thorsson et Heideman se levèrent, Ellington lui décocha un regard bizarre. Elle ne parvenait pas à savoir s'il était impressionné par sa détermination de se rendre le plus rapidement possible à la première scène de crime, ou s'il trouvait amusant qu'elle ne le laisse pas prendre *entièrement* les commandes dans cette enquête. Ce qu'elle espérait qu'il ne pourrait pas deviner, c'était que l'idée de se rendre à proximité d'un hôtel avec Ellington lui provoquait bien trop d'émotions en même temps.

Ils sortirent du Starbucks en file indienne. Mackenzie fut touchée quand Ellington l'attendit, afin de s'assurer qu'elle ne se retrouve pas en bout de file.

« Vous savez, » dit Thorsson, en regardant par-dessus son épaule, « Je suis content que vous ayez envie de vous rendre tout de suite sur place. Il y a une mauvaise ambiance qui se répand un peu partout à cause de cette affaire. Ça se sent quand on parle avec la police locale et ça commence par déteindre sur nous aussi. »

« Quel genre de mauvaise ambiance ? » demanda Mackenzie.

Thorsson et Heideman échangèrent un regard d'appréhension avant que les épaules de Thorsson ne s'affaissent quelque peu et qu'il réponde : « Que ça n'arrivera pas. Je n'ai jamais rien vu de tel. Il n'y a pas un seul indice. Ce type, c'est un fantôme. »

« Et bien, espérons qu'on puisse vous aider sur ce point, » dit Ellington.

« J'espère bien, » dit Thorsson. « Parce que pour l'instant, l'impression générale parmi tous ceux qui travaillent sur cette affaire, c'est qu'il se pourrait bien qu'on n'attrape jamais ce type. »

CHAPITRE TROIS

Mackenzie était assez surprise que le bureau local ait fourni une Suburban à Thorsson et à Heideman. Après son propre tacot et le modèle de voitures de location avec lesquelles elle s'était retrouvée ces derniers mois, elle avait l'impression de voyager en première classe, assise à l'arrière aux côtés d'Ellington. Quand ils arrivèrent à la première scène de crime une heure et dix minutes plus tard, elle fut néanmoins contente d'en sortir. Elle n'était pas habituée à ce genre de traitement et ça la mettait mal à l'aise.

Thorsson se gara sur le bord de la Route 14, une route de campagne à deux bandes qui serpentait à travers les forêts de l'Iowa. Des arbres l'entouraient des deux côtés. Durant les quelques kilomètres qu'ils avaient parcouru sur cette route, Mackenzie avait vu quelques chemins de terre secondaires qui semblaient avoir été oubliés depuis longtemps, fermés par deux poteaux reliés par une chaîne. À part ces quelques exceptions, il n'y avait rien d'autre que des arbres.

Thorsson et Heideman passèrent à côté de quelques policiers locaux qui leur firent un signe superficiel de la main au moment où ils les dépassèrent. Devant eux, il y avait une petite Subaru rouge devant deux voitures de police. Les deux pneus du côté conducteur étaient complètement à plat.

« En quoi consistent les forces de police dans le coin ? » demanda Mackenzie.

« En pas grand-chose, » dit Thorsson. « La ville la plus proche d'ici est une petite localité du nom de Bent Creek, comptant environ neuf cents habitants. Les forces de police sont constituées d'un shérif – qui se trouve avec les autres types qu'on vient de passer – deux adjoints et sept policiers. Quelques plus hauts gradés sont venus de Des Moines mais quand nous sommes arrivés, ils se sont retirés. C'est l'affaire du FBI maintenant. Ce genre de chose. »

« En d'autres mots, ils sont contents qu'on soit là ? » demanda Ellington.

« Oh oui, tout à fait. » dit Thorsson.

Ils s'approchèrent de la voiture et l'encerclèrent pendant un moment. Mackenzie regarda en arrière, en direction des policiers. Seulement l'un d'entre eux semblait intéressé par ce que les agents du FBI étaient occupés à faire. Et c'était bien mieux ainsi. Elle avait eu sa dose d'officiers de police locaux cherchant à interférer et rendant les choses plus difficiles qu'elles n'auraient dû l'être. Ce serait bien plus facile de pouvoir faire son boulot sans devoir marcher sur des œufs et essayer de ne pas froisser les sensibilités et les égos de la police locale.

« Est-ce qu'on a déjà relevé les empreintes sur la voiture ? » demanda Mackenzie.

« Oui, ce matin, » dit Heideman. « Allez-y, jetez un coup d'œil. »

Mackenzie ouvrit la portière du côté passager. En un coup d'œil, elle constata que les empreintes avaient peut-être été relevées mais que rien n'avait encore été retiré du véhicule et classé en tant que preuve. Il y avait encore un téléphone sur le siège passager. Un paquet de chewing-gum était posé sur quelques feuilles de papier pliées, éparpillées sur la console centrale.

« C'est la voiture de l'auteur, c'est bien ça ? » demanda Mackenzie.

« Oui, c'est ça, » dit Thorsson. « Delores Manning. »

Mackenzie continua à fouiller la voiture. Elle trouva les lunettes de soleil de Manning, un carnet d'adresses en grande partie vide, quelques exemplaires du livre *The Tin House* éparpillés sur le siège arrière et quelques pièces de monnaie. Dans le coffre, il n'y avait qu'une caisse de livres, dix-huit exemplaires d'un ouvrage intitulé *L'amour entravé* par Delores Manning.

« Est-ce qu'ils ont aussi relevé les empreintes ici ? » demanda Mackenzie.

« Non, je ne pense pas, » dit Heideman. « C'est juste une caisse de livres, non ? »

« Oui, mais il en manque quelques-uns. »

« Elle venait d'une séance de dédicaces, » dit Thorsson. « Il y a de grandes chances qu'elle en ait vendu ou offert quelques-uns. »

Ce ne valait pas la peine de continuer à argumenter alors elle laissa couler. Mais Mackenzie feuilleta tout de même deux des livres. Ils avaient tous les deux été signés par Manning sur la page de titre.

Elle remit les livres en place dans la caisse et se mit à observer la route. Elle marcha le long du bord, à la recherche de toute trace qui signalerait une mise en scène ayant permis de crever les pneus. Elle regarda en direction d'Ellington et fut contente de voir qu'il était déjà occupé à examiner les pneus de près. De là où elle se trouvait, elle pouvait voir l'éclat des morceaux de verre sortant des roues.

Il y avait d'autres éclats de verre sur la route. Le peu de lumière qui parvenait à traverser les branches au-dessus d'elle s'y reflétait d'une manière qui était étrangement belle. Elle s'en approcha et s'agenouilla pour y regarder de plus près.

Il était clair que le verre avait été placé là de manière intentionnelle. Il se trouvait principalement le long de la ligne jaune discontinue au centre de la route. Les morceaux de verre avaient été éparpillés comme du sable mais la quantité la plus importante avait été placée de manière à s'assurer que toute voiture empruntant cette route ne manquerait pas de rouler dessus. Quelques éclats de plus grande taille se trouvaient toujours sur la route ; la voiture était apparemment passée à côté car ils n'étaient pas réduits en miettes. Elle prit un de ces grands morceaux de verre en main et l'examina.

Au premier coup d'œil, le verre était de couleur foncée mais lorsque Mackenzie l'examina de plus près, elle vit qu'il avait été peint en noir. *Afin d'éviter qu'il reflète la lueur des phares,* pensa-t-elle. *Quelqu'un roulant de nuit remarquerait des morceaux de verre dans le faisceau de ses phares... mais pas s'ils étaient peints en noir.*

Elle prit quelques morceaux parmi les débris et gratta quelques éclats de plus grande taille avec son ongle. Le verre en-dessous était de deux couleurs différentes ; il était principalement transparent mais certains morceaux montraient une légère teinte verte. Le verre était bien trop épais pour provenir d'une bouteille contenant une boisson ou d'une simple cruche. Il avait l'épaisseur de quelque chose qui aurait plutôt été fabriqué par un potier. Certains avaient l'air de mesurer facilement quatre centimètres de large, même après avoir été brisés et écrasés par la voiture de Delores Manning.

« Est-ce que quelqu'un a remarqué que ce verre avait été recouvert d'une couche de peinture ? » demanda-t-elle.

Sur le côté de la route, les policiers se regardèrent les uns les autres d'un air troublé. Même Thorsson et Heideman se regardaient d'un air perplexe.

« La réponse est *non,* » dit Thorsson.

« Est-ce qu'on a prélevé des morceaux pour les analyser ? » demanda Mackenzie.

« Prélevé, oui, » dit Thorsson. « Analysé, non. Mais une équipe y travaille pour l'instant. Nous devrions recevoir les résultats dans quelques heures. J'imagine qu'on aurait alors été informés concernant la couche de peinture. »

« Et ce verre n'a été retrouvé sur aucune autre des scènes de crime, c'est bien ça ? »

« C'est bien ça. »

Mackenzie se remit debout en continuant à observer les morceaux de verre, commençant à se faire une idée du genre de suspect qu'ils recherchaient.

Pas de morceaux de verre sur les scènes de crime précédentes, pensa-t-elle. *Ce qui veut dire que le suspect cherchait à enlever cette femme en particulier. Pourquoi ? Peut-être que les deux premiers enlèvements n'étaient que des coïncidences. Peut-être que le suspect s'était juste retrouvé au bon endroit au bon moment. Et si c'était le cas, c'était définitivement un type du coin – un criminel des campagnes, pas un citadin. Mais il est intelligent et calculateur. Il n'agit pas à l'aveuglette.*

Ellington s'approcha d'elle et examina les morceaux de verre. Sans la regarder, il demanda : « Des premières impressions ? »

« Quelques-unes. »

« Tel que ? »

« C'est un type de la campagne. Probablement quelqu'un du coin, comme nous le pensions. Je pense aussi que cet enlèvement-ci était planifié. Les pneus crevés… il l'a fait intentionnellement. S'il n'y avait pas de verre sur les autres scènes de crime, il l'a uniquement utilisé cette fois-ci. Ce qui me fait penser qu'il n'avait pas le contrôle des deux autres enlèvements. C'était juste un coup de bol de sa part. Mais celui-ci… à celui-ci, il y a travaillé. »

« Tu penses que ça vaut la peine de parler avec la famille ? » demanda Ellington.

Elle n'arrivait pas à savoir si c'était une sorte de mise à l'épreuve, comme Bryers l'avait fait dans le passé, ou s'il était vraiment intéressé par sa méthodologie et son approche.

« Ça pourrait être le moyen le plus rapide d'obtenir des réponses pour l'instant, » dit-elle. « Même si ça finit par ne rien nous apprendre, ce sera une chose de faite. »

« On dirait le discours d'un robot, » dit Ellington, en souriant.

Ignorant sa remarque, Mackenzie retourna en direction de la voiture d'où Thorsson et Heideman continuaient à les observer.

« Est-ce qu'on sait où vit Delores Manning ? » demanda-t-elle.

« Et bien, elle vit à Buffalo, dans l'état de New York, » dit Thorsson. « Mais elle a de la famille près de Sigourney. »

« C'est aussi dans l'Iowa, non ? »

« Oui, » dit Thorsson. « Sa mère vit à environ dix minutes de là. Son père est décédé. Personne ne les a encore informés de sa disparition. D'après ce qu'on sait, elle n'a disparu que depuis environ vingt-six heures. Et bien qu'on ne puisse pas le confirmer, on ne peut pas s'empêcher de se demander si elle a rendu visite à sa famille alors qu'elle était si près pour sa séance de dédicaces à Cedar Rapids. »

« Je pense qu'ils devraient probablement être informés, » dit Mackenzie.

« Je pense de même, » dit Ellington, en les rejoignant.

« Alors, allez-y, » gloussa Thorsson. « Sigourney est à environ une heure et quart de route. Nous adorerions vous accompagner, » ajouta-t-il sur un ton sarcastique, « mais ça ne fait pas partie des ordres reçus. »

Au moment où il finit sa phrase, un des policiers les rejoignit. Le badge qu'il portait indiquait qu'il s'agissait du shérif de la région.

« Vous avez besoin de nous pour quoi que ce soit ? » demanda-t-il.

« Non, » dit Ellington. « Peut-être juste le nom d'un hôtel décent dans le coin. »

« Il n'y a qu'un seul hôtel et il est à Bent Creek, » dit le shérif. « Alors c'est le seul que je puisse vraiment vous recommander. »

« OK alors, on va suivre votre recommandation. Nous aurions aussi besoin d'une voiture de location à Bent Creek. »

« Je peux arranger ça pour vous, » répondit le shérif, sans en dire davantage.

Se sentant légèrement décalée, Mackenzie se dirigea vers la Suburban et prit place sur le siège arrière. Alors que les trois autres agents entraient dans le véhicule, Mackenzie se mit à penser à ces chemins de terre battue qui donnaient sur la Route 14. À qui appartenait cette propriété ? Où menaient ces routes en terre ?

Alors qu'ils roulaient en direction de Bent Creek, l'esprit de Mackenzie se mit à s'interroger de plus en plus sur ces routes de campagne… certaines questions étaient plutôt secondaires mais d'autres étaient assez urgentes. Elle les rassembla tout en songeant au verre brisé qui se trouvait sur la route. Elle essaya d'imaginer quelqu'un peignant ce verre en cherchant intentionnellement à ce qu'une voiture tombe en panne.

Ça traduisait plus qu'une simple intention. Ça indiquait une planification méticuleuse et une connaissance du trafic le long de la Route 14 à cette heure-là de la nuit.

Notre type est intelligent d'une manière plutôt dangereuse, pensa-t-elle. *Il est également organisé et semble ne s'attaquer qu'à des femmes.*

Elle commençait à dresser mentalement un profil correspondant à un tel suspect et elle ressentit instantanément une sensation de pression… la nécessité d'agir rapidement. Elle sentait qu'il était là, quelque part dans ce coin paumé au milieu des arbres et des routes sinueuses, à briser des morceaux de verre et à les peindre en noir.

Et à planifier l'enlèvement d'une autre victime.

CHAPITRE QUATRE

Delores Manning pensait à sa mère au moment où elle ouvrit les yeux. Sa mère, qui vivait dans un parc pour mobilhome de merde à quelques kilomètres de Sigourney. C'était une femme fière et très entêtée. Elle avait prévu d'aller lui rendre visite après la séance de dédicaces à Cedar Rapids. Venant juste de signer un contrat pour la publication de trois livres avec sa maison d'édition actuelle, Delores lui avait signé un chèque de 7.000 dollars, espérant que sa mère l'accepterait et l'utiliserait à bon escient. Peut-être que c'était snob de sa part, mais Delores était gênée que sa mère vive de l'aide sociale et qu'elle doive utiliser des coupons alimentaires pour faire ses courses. C'était comme ça depuis que son père était mort et…

Ses réflexions embrumées concernant sa mère commencèrent à disparaître quand ses yeux se mirent à s'habituer à l'obscurité dans laquelle elle se trouvait. Elle était assise, le dos appuyé contre quelque chose de très dur et de froid au toucher. Lentement, elle se mit debout. Lorsqu'elle le fit, elle se cogna la tête contre quelque chose qui avait exactement l'air pareil à la surface dans son dos.

Déconcertée, elle tendit les bras vers le haut mais elle ne parvint pas à les tendre très loin. Alors que la panique commençait à l'envahir, elle réalisa qu'il y avait de minuscules fentes de lumière qui brisaient l'obscurité. Juste devant elle, il y avait trois barres rectangulaires de lumière qui la renseignèrent sur sa situation.

Elle se trouvait dans une sorte de container… elle était presque certaine qu'il était en acier ou en une sorte de métal. Le container ne faisait pas plus d'un mètre vingt de haut et ne lui permettait pas de se mettre complètement debout. Il n'avait pas l'air de faire plus d'un mètre vingt de profond et environ la même largeur. Elle se mit à respirer avec difficulté, se sentant instantanément claustrophobe.

Elle s'appuya contre le mur avant du container et inspira de l'air frais à travers les fentes rectangulaires. Chaque fente mesurait environ quinze centimètres de haut et environ sept centimètres de large. Au moment où l'air pénétra ses narines, elle détecta une odeur de terre et quelque chose de sucré mais de désagréable.

Quelque part au loin, si étouffé qu'il lui parut venir d'un autre monde, il lui sembla avoir entendu une sorte de sifflement. Des machines ? Peut-être une sorte d'animal ? Oui, un animal… mais elle n'avait aucune idée de quel type d'animal. Des cochons peut-être ?

Maintenant que sa respiration était redevenue plus régulière, elle recula d'un pas, s'accroupit et jeta un œil à travers les fentes.

Dehors, elle vit ce qui ressemblait à l'intérieur d'une grange ou d'un vieux bâtiment en bois. À environ six mètres devant elle, elle pouvait voir la porte de la grange. La lumière trouble du soleil perçait à travers l'encadrement tordu aux endroits où la porte ne s'alignait pas parfaitement. Bien qu'elle ne puisse pas voir grand-chose, elle en vit assez pour savoir qu'elle était probablement en danger.

Ce fut d'autant plus clair lorsqu'elle vit le bord de la porte verrouillée qui fermait le container et qu'elle put à peine apercevoir à travers les fentes. Elle gémit et poussa de toutes ses forces contre l'avant du container. Mais rien ne bougea – rien de plus qu'un grincement.

Elle sentit la panique l'envahir à nouveau. Elle sut qu'elle devait utiliser le peu de logique et de calme qu'elle possédait encore. Elle fit glisser ses doigts le long du bas de la porte du container. Elle espérait trouver des charnières, peut-être quelque chose avec des vis ou des boulons qu'elle pourrait éventuellement essayer de dévisser. Elle n'était pas très forte mais si une seule vis était un peu desserrée ou tordue…

Mais à nouveau, rien. Elle essaya aussi à l'arrière mais elle n'y trouva rien non plus.

Dans un acte d'impuissance totale, elle frappa la porte du pied de toutes ses forces. Comme ça n'avait aucun effet, elle recula jusqu'à l'arrière du container et se rua épaule en avant vers la porte. Le choc la fit rebondir et tomber en arrière. Elle se cogna la tête sur le côté du container et retomba violemment sur le dos.

Un hurlement lui monta dans la gorge mais elle pensa que ce n'était probablement pas la meilleure chose à faire. Elle se rappelait très bien l'homme du camion sur la route et comment il l'avait attaquée. Est-ce qu'elle avait *vraiment* envie qu'il se précipite sur elle ?

Non, elle n'en avait pas envie. *Réfléchis,* se dit-elle. *Utilise ton cerveau créatif et trouve un moyen de sortir d'ici.*

Mais elle ne parvint pas à penser à quoi que ce soit. Alors, et bien qu'elle ait réussi à ravaler le hurlement qui avait voulu sortir de sa bouche, elle fut incapable de retenir ses larmes. Elle frappa du pied contre l'avant du container et retomba dans le coin arrière. Elle pleura aussi silencieusement qu'elle le put, en se berçant d'avant en arrière en position assise et en regardant les rayons de lumière qui perçaient à travers les fentes.

Pour l'instant, c'était tout ce qu'elle pouvait faire.

CHAPITRE CINQ

Mackenzie n'aimait pas le fait que toute une série de clichés lui vinrent en tête au moment où elle et Ellington passèrent l'entrée du parc pour mobilhomes de Sigourney Oaks. Les mobilhomes étaient poussiéreux et semblaient en fin de vie. Les véhicules garés devant la plupart d'entre eux étaient dans le même état. Dans le jardin desséché de l'un des mobilhomes, deux hommes étaient assis torse nu dans des chaises longues. Une glacière remplie de bières était posée entre eux, ainsi que plusieurs cannettes vides écrasées… à 16:35 de l'après-midi.

La maison de Tammy Manning, la mère de Delores Manning, se situait exactement au milieu du parc. Ellington gara la voiture de location derrière un vieux pickup Chevy défoncé. Leur voiture de location avait meilleur aspect que les véhicules du parc mais de peu. Le choix au Smith Brothers Auto était mince et ils avaient fini par choisir une Ford Fusion de 2008 qui avait bien besoin d'un coup de peinture et de nouveaux pneus.

Au moment où ils montèrent les marches branlantes qui menaient à la porte d'entrée, Mackenzie jeta un coup d'œil autour d'elle. Quelques enfants jouaient avec des voitures miniatures dans la boue. Une fille, même pas une adolescente, marchait sans regarder devant elle, les yeux rivés à son téléphone, le ventre visible à travers le t-shirt sale qu'elle portait. Un vieil homme à deux mobilhomes de là, était couché au sol, inspectant le dessous d'une tondeuse à gazon avec une clé à molette en main et de l'huile sur son pantalon.

Ellington frappa à la porte, qui s'ouvrit presque tout de suite. La femme qui se trouvait devant eux était assez jolie, d'une manière assez simple. Elle avait l'air d'avoir la cinquantaine et les mèches de cheveux gris dans ses cheveux noirs ressemblaient plus à une décoration qu'à des signes de l'âge. Elle avait l'air fatiguée mais l'odeur qui provint de son haleine au moment où elle dit « Qui êtes-vous ? » indiqua à Mackenzie qu'elle avait bu un verre.

Ellington répondit à la question mais veilla à ne pas passer devant Mackenzie quand il le fit. « Je suis l'agent Ellington et voici l'agent White, du FBI, » dit-il.

« Le FBI ? » demanda-t-elle. « Pour quelle raison ? »

« Vous êtes bien Tammy Manning ? » demanda-t-il.

« Oui, c'est moi, » dit-elle.

« Pouvons-nous entrer ? » demanda Ellington.

Tammy les regarda d'une manière qui n'était pas méfiante mais plutôt incrédule. Elle hocha la tête et fit un pas en arrière pour les laisser passer. Au moment où ils entrèrent, l'odeur épaisse de fumée de cigarette les submergea. L'air en était rempli. Une cigarette oubliée se consumait dans un cendrier rempli de mégots sur une vieille table de salon.

Une autre femme était assise sur le divan de l'autre côté de la table de salon. Elle avait l'air un peu mal à l'aise. Mackenzie trouva même qu'elle avait l'air un peu écœurée d'être assise là.

« Si vous avez de la visite, » dit Mackenzie, « peut-être que nous devrions parler dehors. »

« Ce n'est pas une visite, » dit Tammy. « C'est ma fille Rita. »

« Bonjour, » dit Rita, en se levant pour leur serrer la main.

Il était évident qu'il s'agissait là de la sœur de Delores Manning, plus jeune qu'elle de trois ou quatre ans. Elle ressemblait beaucoup à la photo de Delores que Mackenzie avait vue sur la couverture arrière du livre *L'amour entravé.*

« Oh, je vois, » dit Ellington. « Peut-être que c'est une bonne chose que vous soyez aussi ici, Rita. »

« Pourquoi ? » demanda Tammy, en se glissant à côté de sa plus jeune fille. Elle prit la cigarette du cendrier et en inspira une profonde bouffée.

« La voiture de Delores Manning a été retrouvée abandonnée avec deux pneus crevés sur la Route 14, tard hier soir. Personne ne l'a vue ou n'a eu de ses nouvelles depuis lors. Ni son agent, ni ses amis, personne. Nous espérions peut-être que vous sauriez où elle se trouve. »

Avant qu'Ellington n'ait eut fini de parler, Mackenzie eut réponse à la question en voyant l'air bouleversé du visage de Rita Manning.

« Oh mon dieu, » dit Rita. « Vous êtes sûrs que c'était sa voiture ? »

« Nous sommes certains, » dit Ellington. « Il y avait une caisse à moitié remplie de son dernier livre dans le coffre. Elle revenait d'une séance de dédicaces à Cedar Rapids. »

« Oui, » dit Rita. « Elle était… probablement en route pour venir ici. C'était ce qui était prévu. Vers minuit, comme elle n'était pas encore arrivée, j'ai pensé qu'elle avait sûrement décidé de rester quelque part dans un motel. »

« Vous aviez prévu qu'elle reste ici avec vous ? » demanda Mackenzie. Elle regarda Tammy en posant la question mais Tammy avait l'air plus intéressée par sa cigarette.

« En quelque sorte, » dit Tammy. « Elle m'a appelée la semaine dernière pour me dire qu'elle serait à Cedar Rapids. Elle a dit qu'elle voulait venir me rendre visite. J'en ai parlé à Rita et elle est arrivée ici hier, juste après le déjeuner. Pour faire une surprise. »

« J'ai conduit depuis l'université du Texas, » dit Rita.

« À quand remonte la dernière fois où vous avez parlé avec Delores ? » demanda Ellington à Rita.

« Il y a environ trois semaines. En général, on arrive toujours à garder le contact. »

« Dans quel état d'esprit se trouvait-elle la dernière fois où vous lui avez parlé ? » demanda Mackenzie.

« Oh, elle était au septième ciel. Elle venait juste de signer pour la publication de trois autres livres avec sa maison d'édition. On avait prévu de sortir en ville et d'aller fêter ça la prochaine fois qu'elle viendrait au Texas. »

« Vous êtes étudiante, c'est bien ça ? » demanda Ellington.

« Oui, en dernière année. »

« Madame Manning, » dit Mackenzie, en s'assurant que la mère sache que c'était bien à elle qu'elle s'adressait et non à sa fille, « si je peux me permettre, vous n'avez pas l'air trop tracassée par tout ça. »

Elle haussa les épaules, rejeta une bouffée de fumée et écrasa le mégot dans le cendrier surchargé. « J'imagine que quelqu'un du FBI sait mieux que moi la manière dont je devrais me sentir à ce sujet ? »

« Ce n'est pas ce que je viens de dire, madame, » dit Mackenzie.

« Écoutez… on parle de Delores, là. Elle a la tête solidement attachée aux épaules. Je suis sûre qu'elle a appelé un service de dépannage ou un truc dans le genre quand ses pneus ont crevé. Elle est probablement déjà à mi-chemin vers New York, à l'heure où on parle. À gagner de l'argent, à voyager dans le pays. Si elle avait des problèmes, elle aurait appelé. »

« Elle n'aurait pas été mal à l'aise d'appeler pour vous demander de l'aide ? »

Tammy réfléchit à la question durant un instant. « Probablement pas. Elle aurait demandé de l'aide, puis elle aurait fait un scandale si j'osais poser une seule question. Elle est comme ça. »

Le ressentiment dans sa voix était presqu'aussi palpable que la fumée dans l'air du minuscule mobilhome.

« Alors, vous n'avez aucune idée de l'endroit où elle pourrait se trouver ? » demanda Ellington.

« Aucune. Où qu'elle se trouve, elle n'a pas pris la peine de m'appeler pour m'en informer. Mais ce n'est pas vraiment une surprise. Elle ne me raconte jamais grand-chose. »

« Je vois, » dit Ellington. Il jeta un coup d'œil autour de lui en fronçant les sourcils. Mackenzie savait qu'il pensait exactement la même chose qu'elle : *Ça a été une heure et dix minutes de perdues de trajet.*

Mackenzie regarda en direction de Rita, un peu furieuse par le manque d'aide de la part de Tammy. « La police de Bent Creek est sur l'affaire, ainsi que les agents de deux bureaux. D'après ce qu'on sait, elle a disparu depuis environ vingt-neuf heures. Nous vous contacterons dès que nous apprenons quelque chose. »

Rita hocha la tête et murmura un « Merci. »

Tant Mackenzie qu'Ellington firent une pause, laissant à Tammy une chance d'ajouter quelque chose. Quand elle ne fit rien de plus qu'allumer une autre cigarette et tendre la main vers la télécommande posée sur la table du salon, Mackenzie se dirigea vers la porte.

Quand elle fut à l'extérieur, elle inspira profondément une bouffée d'air frais et se dirigea vers la voiture d'un pas décidé. Elle était déjà occupée à ouvrir la portière du côté passager quand Ellington arriva finalement au bas des escaliers.

« Ça va ? » lui demanda-t-il au moment où il s'approchait de la voiture.

« Ça va, » dit-elle. « C'est juste que je ne supporte pas les gens qui ne se tracassent pas un instant pour la sécurité de leur famille. »

Elle était sur le point d'entrer dans la voiture quand la porte d'entrée du mobilhome de Tammy Manning s'ouvrit. Ils regardèrent Rita descendre les escaliers en trottinant. Elle s'approcha de la voiture et laissa échapper un profond soupir.

« Oh mon dieu, je suis désolée pour tout ça, » dit-elle. Mackenzie remarqua que Rita avait l'air aussi de respirer plus librement maintenant qu'elle était à l'extérieur. « L'entente entre maman et Delores n'a pas été des meilleures depuis que papa est mort. Et puis Delores est devenue cet auteur prospère et on dirait que ça a presque vexé maman. »

« Ce n'est pas nécessaire que vous nous expliquiez, » dit Ellington. « On est confronté à ce genre de situations de temps à autre. »

« Soyez honnête avec moi… ce truc avec Delores… vous croyez qu'on va la retrouver ? Vous pensez qu'elle pourrait être morte quelque part ? »

« Il est trop tôt pour le dire, » dit Mackenzie.

« Est-ce qu'il y avait… y avait-il des traces d'acte criminel ? »

Mackenzie pensa au verre peint. Elle était presque certaine qu'elle avait encore un peu de peinture noire sous ses ongles. Mais il était bien trop tôt dans le cours des événements pour dévoiler une telle information à des membres de la famille – pas avant que davantage d'informations ne puissent être obtenues.

« À nouveau, on n'en est pas encore certain, » dit-elle.

Rita hocha la tête. « Merci de nous avoir informés. Si vous *trouvez* quoi que ce soit, appelez-moi directement. Oubliez maman pour l'instant. Je ne sais pas quel est son problème. Elle est juste… je ne sais pas. Une femme vieillissante qui subit les coups de la vie et qui ne prend pas la peine de se reprendre en main. »

Elle leur donna son numéro, puis remonta lentement les marches de l'escalier. Elle leur adressa un rapide signe d'au revoir au moment où Ellington sortit de la place de parking et se mit à retraverser le parc à mobilhomes.

« Alors qu'est-ce que tu en penses ? » demanda Ellington. « C'était une visite inutile ? »

« Non. Je pense que nous en savons maintenant assez au sujet de Delores pour savoir qu'elle aurait appelé si ses plans changeaient et qu'elle *pouvait* appeler. »

« Comment peux-tu en être certaine ? »

« Je n'en suis pas *certaine*. Mais d'après ce que j'ai pu en déduire de Tammy et Rita, Delores tentait de reconnecter avec sa famille. Rita a dit que la relation était tendue. Je ne pense pas que Delores aurait pris la peine d'appeler pour demander si elle pouvait passer rendre visite s'il n'y avait aucun espoir de réconciliation. Et si c'est le cas, elle aurait certainement appelé si les plans avaient changé. »

« Peut-être qu'elle a changé d'avis. »

« J'en doute. Mères et filles… quand elles s'éloignent l'une de l'autre… c'est dur. Delores n'aurait pas fait le geste d'appeler si c'était pour changer d'avis par la suite. »

« Tu analyses ça comme un psy, » dit Ellington. « C'est impressionnant. »

Mackenzie remarqua à peine le compliment. Elle pensait à sa propre mère – une femme avec laquelle elle n'avait plus parlé depuis très longtemps. C'était facile de mettre à rude épreuve une relation supposée être aussi essentielle dans la vie d'une femme. Elle en savait un rayon sur les mères qui abandonnaient leurs enfants, alors il était facile pour elle de s'identifier à Delores.

Elle se demanda si Delores Manning pensait à sa mère en ce moment désespéré. Bien sûr, ça c'était si Delores Manning était encore vivante.

CHAPITRE SIX

Mackenzie savait que le bureau local du FBI le plus proche de Bent Creek se trouvait à Omaha, au Nebraska. L'idée de retourner au Nebraska à titre officiel était intimidant mais en même temps, presqu'approprié. Elle fut néanmoins plus que soulagée quand Heideman les appela pour leur dire que la base d'opérations dans le cadre de cette affaire, serait le département local de police de Bent Creek.

Elle et Ellington y arrivèrent juste après dix-huit heures ce soir-là. Au moment où elle s'avança vers les portes d'entrée du commissariat avec Ellington, la sensation désagréable d'être une femme travaillant dans les forces de police du Midwest recommença à l'envahir. Elle le ressentait dans la manière presque misogyne qu'avaient certains hommes en uniforme de la regarder. Le fait qu'elle ne porte plus les mêmes vêtements et qu'elle n'ait plus le même badge, n'y avait apparemment rien changé. Les hommes allaient continuer à la voir comme un agent de classe inférieure.

La seule différence maintenant, c'était qu'elle n'avait plus à se préoccuper de vexer ou froisser des sensibilités. Elle était ici en tant qu'agent du FBI pour aider des forces de police inexpérimentées à trouver la personne qui kidnappait des femmes sur leurs routes de campagne. Elle n'allait pas être traitée de la même manière qu'elle l'avait été la dernière fois qu'elle avait travaillé dans le Midwest, en tant que détective pour la police du Nebraska.

Mais elle découvrit rapidement qu'une partie des appréhensions qu'elle avait eues au moment d'entrer dans le commissariat s'avéraient fausses. Peut-être que le changement de position et de statut, finalement, *signifiait* quelque chose. Quand ils furent accompagnés jusqu'à la salle principale de conférence, elle vit que la police locale avait commandé de la nourriture chinoise à leur attention. Elle était étalée sur un petit bar à l'arrière de la pièce, avec quelques boissons et des snacks.

Thorsson et Heideman étaient déjà occupés à profiter du diner gratuit, chargeant des portions de nouilles Lo mein et de poulet à l'orange sur leurs assiettes. Ellington haussa les épaules dans sa direction, l'air de lui demander ce qu'elle allait faire, et se dirigea également vers le bar. Elle fit de même pendant que quelques autres policiers entraient et sortaient de la pièce. Alors qu'elle était assise à la table de conférence avec une portion de poulet au sésame et de crabe rangoon, un des officiers qu'elle avait vus sur le côté de la

Route 14 s'approcha d'elle et lui tendit la main. En voyant son badge, elle sut qu'il s'agissait là du shérif.

« Agent White, c'est bien ça ? » demanda-t-il.

« Oui. »

« Content de vous rencontrer. Je suis le shérif Bateman. J'ai entendu dire que vous êtes allée avec votre partenaire près de Sigourney pour parler à la mère de la victime la plus récente. Ça a donné des résultats ? »

« Rien. Juste une source potentielle d'informations à éliminer de la liste. Et une confirmation qu'on n'a pas affaire à une fille qui déciderait tout simplement de ne pas appeler sa mère dans le cas où ses projets changeaient. »

Visiblement déçu par la réponse, Bateman hocha la tête et se dirigea vers l'avant de la pièce où deux autres policiers étaient en pleine conversation.

Ellington prit place à côté de Mackenzie et ils dirigèrent leur attention vers l'avant de la salle. Un homme qui s'était présenté plus tôt comme étant l'adjoint Wickline, était occupé à accrocher des photos et des copies papier sur un tableau blanc à l'aide d'aimants, pendant qu'une policière – la seule femme présente dans la pièce – écrivait une série de remarques sur l'autre côté du tableau.

« On dirait qu'ils sont assez rigoureux dans leur boulot par ici, » dit Ellington.

Elle pensait la même chose. Elle avait supposé que ce serait une sorte de cirque à moitié bâclé, comme ça avait été le cas au sein de la police du Nebraska quand elle y travaillait. Mais jusqu'à présent, elle avait été impressionnée par la manière dont la police de Bent Creek avait organisé les choses.

Quelques minutes plus tard, le shérif Bateman s'approcha des policiers qui se tenaient près du tableau et accompagna deux officiers vers la porte. La femme policier resta dans la pièce et prit place autour de la table. Bateman ferma la porte et se dirigea vers l'avant de la salle. Il jeta un coup d'œil autour de lui, observant les quatre agents du FBI et les trois policiers qui étaient restés dans la pièce.

« Nous avons commandé à dîner car je n'ai aucune idée de combien de temps notre réunion va durer, » dit-il. « Nous ne sommes pas vraiment habitués à avoir la présence du FBI à Bent Creek, alors c'est assez nouveau pour moi. Agents, dites-moi s'il y a quoi que ce soit que nous puissions faire pour vous faciliter les choses. Pour l'instant, je vous laisse la parole. »

Il s'assit, et Ellington et Thorsson se regardèrent d'un air perplexe. Thorsson sourit et fit un geste en direction de l'avant de la salle, invitant les agents de Washington à prendre la parole.

Ellington donna un léger coup de coude à Mackenzie sous la table et dit : « L'agent White va résumer les informations dont nous disposons pour l'instant, ainsi que toutes les conclusions actuelles. »

Elle savait qu'il cherchait à la taquiner en la jetant ainsi dans la fosse aux lions, mais ça ne la dérangeait pas. En fait, quelque part au fond d'elle, elle avait envie de se retrouver à l'avant de la salle. Peut-être qu'il s'agissait là d'une sorte de fantasme enfantin de prendre sa revanche en revenant dans cette partie du pays et d'y diriger une salle de conférence d'une manière qu'on ne lui avait jamais accordée au Nebraska. Peu importe la raison, elle se dirigea vers l'avant de la salle et jeta un rapide coup d'œil au tableau qui reprenait les informations.

« Le travail effectué ici par vos policiers, » dit-elle, en désignant le tableau du doigt, « reprend l'essentiel de ce que nous savons. La première victime est une résidente de Bent Creek. Naomi Nyles, quarante-sept ans. Sa fille a rapporté sa disparition et personne ne l'a vue depuis deux semaines. Sa voiture a été retrouvée sur le côté de la route, apparemment en bon état. Je pense que les policiers de ce commissariat ont pu démarrer la voiture sans problèmes et la ramener jusqu'ici. »

« C'est bien ça, » dit l'adjoint Wickline. « De fait, la voiture se trouve toujours à la fourrière. »

« La deuxième personne disparue est Crystal Hall, vingt-six ans. Elle travaille pour Wrangler Beef à Des Moines, qui a confirmé qu'elle était venue ici pour visiter une exploitation bovine tout près de Bent Creek. Le propriétaire de l'exploitation confirme que Crystal est venue à la réunion et qu'elle a quitté la propriété un peu après dix-sept heures. Son relevé de carte de crédit confirme qu'elle a acheté à dîner au Subway de Bent Creek à dix-sept heures cinquante-deux. » Elle pointa du doigt en direction de l'endroit sur le tableau où l'un des policiers avait noté cette information.

« La question ici, » dit Bateman, « c'est de savoir à quel moment elle a été enlevée. Sa voiture n'a été découverte que vers une heure et demie du matin. Pour que personne n'ait remarqué sa voiture, ou au moins informé de sa présence, même sur la Route 14, ça veut dire qu'il y a de grandes chances qu'elle ait été ailleurs en ville avant de prendre la route. Je doute sérieusement que quelqu'un soit assez audacieux pour l'enlever entre dix-huit heure trente et dix-neuf heures trente. Et s'ils *étaient* vraiment aussi téméraires… »

Il s'interrompit, comme s'il n'aimait pas la manière dont son commentaire allait se terminer. Alors Mackenzie prit la liberté de le terminer pour lui.

« Alors ça voudrait dire qu'il s'agit de quelqu'un qui connaît bien la région, » dit-elle. « Et particulièrement le trafic sur la Route 14. Cependant, le profil de ce type ne correspond pas à quelqu'un d'aussi téméraire. Il rôde dans l'obscurité. Il les attaque par surprise. Il n'y a absolument rien de manifeste au sujet de ce type. »

Bateman hocha la tête à ces mots, les yeux écarquillés et un sourire aux lèvres. Elle avait déjà vu ce genre de regard. C'était le regard d'un homme qui était non seulement impressionné par la manière dont elle pensait, mais qui en plus l'*appréciait* à sa juste valeur. Elle vit le même regard dans les yeux de la femme policier et d'un homme en surpoids assis au bout de la table, qui était encore occupé à profiter du dîner gratuit. L'adjoint Wickline hocha la tête en entendant son commentaire, en gribouillant des notes sur un carnet.

« Shérif, » dit Ellington, « a-t-on une idée du trafic qui passe sur cette route à ce moment-là de la journée ? »

« Un contrôle et un rapport de trafic datant de 2012 évalue à environ une moyenne de quatre-vingt véhicules passant sur la Route 14 entre dix-huit heures et minuit. Ce n'est vraiment pas une route très fréquentée. Mais n'oublions pas que seules l'auteur et Crystal Hall ont été enlevées sur la Route 14. La première personne disparue, Naomi Nyles, a été enlevée sur la route 664. »

« Et il y a beaucoup de trafic sur cette route à cette heure-là de la journée ? » demanda Mackenzie.

« Presque pas du tout, » dit Bateman. « Je pense que la moyenne tourne autour de vingt à trente véhicules. Adjoint Wickline, vous avez d'autres informations à ce sujet ? »

« Non, c'est plus ou moins ça, » dit Wickline.

« Et concernant l'auteur, » continua Mackenzie. « Delores Manning, trente-deux ans. Elle vit à Buffalo mais elle a de la famille près de Sigourney. Ses pneus ont été crevés par des morceaux de verre placés sur la route. Le verre est assez épais et a été peint en noir pour éviter que la lumière des phares s'y reflète. Son agent a déclaré sa disparition environ une demi-heure après que sa voiture ait été découverte par un camionneur vers deux heures du matin. L'agent Ellington et moi-même sommes allés parler avec sa mère et sa sœur aujourd'hui mais elles n'ont pu fournir aucune piste sérieuse. En fait, on dirait qu'il n'y a aucune piste sérieuse concernant aucune de ces disparitions. Et malheureusement, c'est tout ce qu'on a. »

« Merci, agent White, » dit Bateman. « Alors maintenant, quelles sont les prochaines étapes ? »

Mackenzie grimaça et désigna d'un signe de tête la nourriture chinoise à l'arrière de la salle. « Et bien, c'est une bonne chose que vous ayez anticipé. Je pense qu'il faut commencer par réviser tous les cas de disparitions non résolus dans un rayon de cent cinquante kilomètres durant ces dix dernières années. »

Il n'y eut aucune objection mais l'expression sur les visages de Bateman, de Wickline et des autres policiers en disait long. La femme policier haussa les épaules et leva respectueusement la main. « Je peux chercher dans les vieux dossiers et rassembler tout ça, » dit-elle.

« OK, Roberts, » dit Bateman. « Tu penses que tu pourrais avoir préparé tout ça pour dans une heure ? Demande au personnel administratif de t'aider. »

Roberts se leva et sortit de la salle de conférence. Mackenzie remarqua que Bateman la regarda plus longuement que les autres hommes présents dans la salle.

« Agent White, » dit Bateman. « Avez-vous une idée du genre de suspect que nous devrions rechercher ? Dans une petite ville comme Bent Creek, le plus tôt on peut écarter certains profils, le plus vite on peut identifier le type de personne que vous recherchez. »

« Sans aucun type d'indices, c'est difficile de procéder à une identification, » dit Mackenzie. « Mais pour l'instant, il y a certains aspects qui peuvent être considérés. Agent Ellington, voulez-vous prendre la relève à ce sujet ? »

Il lui sourit tout en mordant dans un rouleau de printemps. « Non, allez-y, continuez. Vous faites du bon boulot. »

Il y avait une sorte de va-et-vient bizarre entre eux et elle espérait que les autres personnes présentes dans la salle ne s'en rendaient pas trop compte. Elle avait essayé de se montrer respectueuse – afin qu'il sache qu'elle n'essayait pas de prendre la direction des opérations. Mais il semblait ne pas s'en préoccuper. Pour l'instant, on aurait dit qu'il appréciait presque le fait qu'elle assume la direction.

« Tout d'abord, » dit-elle, en faisant de son mieux pour ne pas se laisser envahir par la pression, « le suspect est presque certainement un gars du coin. Sa capacité à analyser le trafic le long de ces routes secondaires démontre une patience rigoureuse, ce qui rend l'élaboration d'un profil plus facile à réaliser. Si le suspect s'est donné autant de mal pour enlever ces femmes, alors des cas similaires dans le passé impliquant kidnapping et enlèvement suggèreraient qu'il n'enlève pas ces femmes pour les tuer. Comme je le disais, il semble être quelqu'un de sournois. Tout ce que l'on sait à son sujet – les attaquer quand elles sont le plus vulnérable, dans l'obscurité et en préparant apparemment ses actes à l'avance – indique un homme avec des tendances non violentes. Après tout, quel serait l'intérêt de préparer minutieusement un enlèvement si c'est pour tuer la victime quelques instants plus tard ? Tout indique qu'il *collectionne* ces femmes, à défaut d'un meilleur terme. »

« Oui, » dit Roberts, la femme policière. « Mais les collectionner dans quel but exactement ? »

« Est-ce qu'il serait erroné de penser qu'il pourrait s'agir de crimes liés au sexe ? » demanda l'adjoint Wickline

« Pas du tout, » dit Mackenzie. « En fait, si notre suspect *est* un timide, c'est là un autre élément de son profil. Les hommes timides qui s'attaquent de cette manière à des femmes sont généralement trop craintifs ou socialement marginalisés pour parvenir à draguer des femmes. C'est généralement le cas avec les violeurs qui font tout ce qu'ils peuvent pour ne pas faire de mal aux femmes. »

Elle vit quelques regards admiratifs parmi les personnes présentes dans la salle. Mais vu le sujet de discussion, elle ne pouvait pas vraiment s'en sentir fière.

« Mais on ne peut pas en être certain ? » demanda Bateman.

« Non, » dit Mackenzie. « Et c'est là le côté urgent. Ce n'est pas juste un tueur dont on espère qu'il n'agira plus de nouveau. Ce type est dérangé et dangereux. Plus il nous faudra de temps pour le retrouver, plus il aura de temps pour faire ce qu'il veut avec ces femmes. »

CHAPITRE SEPT

L'estomac rempli de nourriture chinoise et avec une multitude d'informations en tête concernant les trois disparues, Mackenzie et Ellington quittèrent le commissariat de police de Bent Creek à 21h15. Le seul motel en ville – un Motel 6 qui semblait ne pas avoir été repeint, décoré ni entretenu depuis les années 80 – se trouvait à seulement cinq minutes de là. Ils ne furent pas surpris d'y trouver facilement deux chambres disponibles qu'ils réservèrent pour la nuit.

Quand ils sortirent du commissariat et se retrouvèrent à l'extérieur, Mackenzie jeta un coup d'œil autour d'elle. Bent Creek était vraiment une toute petite ville. Elle était tellement petite que les commerçants semblaient collaborer entre eux afin de veiller à une utilisation efficace de l'espace. C'était visible dans le fait qu'un petit bar se trouvait de l'autre côté du parking, en face du Motel 6. C'était logique, pensa Mackenzie. Toute personne qui avait besoin d'une chambre de motel à Bent Creek allait probablement avoir envie de prendre un verre quelque part.

Elle avait bien envie d'en prendre un d'ailleurs.

Ellington lui effleura le dos et s'avança en direction du bar. « Allons prendre un verre. C'est moi qui invite, » dit-il.

Elle commençait à apprécier l'humour plutôt simple qui s'était créé entre eux. Ils savaient tous les deux qu'il y avait une sorte de gêne mais ils étaient parvenus à la surmonter. Afin d'éviter qu'elle ne revienne, ils avaient créé une sorte de timide amitié sur base de leur travail – un travail qui leur demandait de penser de manière logique et d'approcher les choses de manière sérieuse. Pour l'instant, ça fonctionnait assez bien.

Elle le rejoignit pour traverser le parking et quand ils entrèrent dans le bar – qui portait le nom vraiment peu original de Bar de Bent Creek – les ténèbres de la nuit furent remplacées par une sorte d'obscurité enfumée qui n'existait que dans les pubs des petites villes. Au moment où ils prirent place au bar, un vieux morceau de Travis Tritt sortait du jukebox poussiéreux qui se trouvait dans un coin. Ils commandèrent une bière et, comme si ce verre en donnait en quelque sorte le signal, Ellington se remit tout de suite en mode professionnel.

« Je pense que ces chemins secondaires qui rejoignent la Route 14 valent la peine d'être examinés de plus près, » dit-il.

« Je pense la même chose, » dit-elle. « Je trouve bizarre qu'ils ne soient mentionnés nulle part parmi les notes résumées sur ce tableau par la police. »

« Peut-être parce qu'ils connaissent mieux la géographie de cette région que nous, » suggéra Ellington. « Ce n'est peut-être que des sentiers en terre battue qui ne mènent nulle part. Il y a une raison pour laquelle tu n'as pas posé la question au moment où tu menais la réunion ? »

« J'ai failli, » dit-elle. « Mais ils avaient fait un tellement bon boulot en rassemblant toutes ces informations… que je n'ai pas voulu froisser des susceptibilités. Le fait d'avoir un département de police coopératif qui se plie en quatre pour nous, c'est nouveau pour moi. Mais je poserai la question demain. Si c'était vraiment important et vital, ils y auraient sûrement déjà pensé ou ils nous l'auraient au moins mentionné. »

Ellington hocha la tête et avala une gorgée de sa bière. « Oh, j'allais presqu'oublier, » dit-il. « J'étais vraiment désolé d'apprendre la nouvelle concernant Bryers. Je n'ai travaillé avec lui que quelques fois et ce n'était pas de manière proche. Mais il avait l'air d'être un type vraiment bien. Et un très bon agent aussi, d'après ce que j'en ai entendu. »

« Oui, c'était vraiment un chouette gars, » dit Mackenzie.

« Je ne sais pas si tu as envie de le savoir ou pas, » dit Ellington, « mais il y a eu beaucoup de polémique concernant le fait que tu sois son partenaire au moment où tu as été admise. Bryers était un élément recherché. Un des meilleurs. Mais quand on lui a fait part de l'idée, il était partant à fond. Je pense qu'il avait toujours voulu être un mentor. Et je pense qu'il a eu la chance de travailler avec un bon élément pour son premier essai. »

« Merci, » dit-elle. « Mais je n'ai pas encore vraiment l'impression d'avoir fait mes preuves. »

« Pourquoi ? »

« Et bien… je ne sais pas. Peut-être que ça arrivera quand je serai capable de résoudre une affaire sans que McGrath ne soit fâché sur moi pour un détail ou un autre. »

« Il ne se fâche que parce qu'il attend beaucoup de toi. Tu es arrivée telle une mèche de dynamite déjà allumée. »

« C'est la raison pour laquelle il nous a fait partenaires sur cette affaire ? »

« Non. Je pense que la raison pour laquelle il voulait que je travaille sur cette affaire est plutôt liée à mes connexions avec le bureau local d'Omaha. Et entre nous, il veut vraiment que tu réussisses sur ce coup. Il veut que tu fasses un malheur. Avec moi comme partenaire, tu ne vas pas pouvoir recourir à une de tes conclusions en solo auxquelles tu es si encline. »

Elle eut envie de se défendre sur ce point mais elle savait qu'il avait raison. Alors, elle opta plutôt pour vider sa bouteille en silence. Le jukebox déversait maintenant du Bryan Adams et elle finit par commander sa deuxième bière.

« Alors dis-moi, » dit Mackenzie. « Si on n'était par partenaires sur cette affaire, comment est-ce que tu l'aborderais ? Tu adopterais quelle approche ? »

« Comme toi. En collaborant étroitement avec les forces de police locales et en essayant de m'en faire des amis. En prenant des notes et en élaborant des théories. »

« Et tu es parvenu à une théorie en particulier ? » demanda-t-elle.

« Aucune que tu n'aies pas déjà mentionnée dans cette salle de conférence. Je pense qu'on va dans la bonne direction… je pense que ce type est une sorte de collectionneur. Un timide est un solitaire. Je suis presque certain qu'il n'enlève pas ces femmes pour les tuer. Tu as tout à fait raison sur tous ces points. »

« Le truc qui me dérange vraiment, » dit Mackenzie, « c'est de penser à toutes les autres raisons qui peuvent le motiver à kidnapper et à collectionner des femmes. »

« Tu as remarqué que le shérif Bateman a pris soin d'avoir une femme policier dans la pièce durant toute la réunion ? » demanda Ellington.

« Oui, Roberts. J'ai supposé que c'était dans le but de maintenir la conversation centrée sur les faits et non sur des spéculations. Spéculations concernant les raisons pour lesquelles le suspect pourrait retenir ces femmes. Parler de viol et d'abus sexuel est un peu plus facile quand il n'y a pas de femme à proximité. »

« Et toi, ce genre de sujet te dérange ? » demanda Ellington.

« Avant, oui, ça me dérangeait. Mais malheureusement, je m'y suis presque fait. Ça ne me dérange plus maintenant. » Ce n'était pas vrai à cent pour cent mais elle n'avait pas envie qu'Ellington le sache. La vérité, c'était que c'était ce genre de choses qui la motivait à être le meilleur d'elle-même.

« C'est nul, tu ne trouves pas ? » demanda-t-il. « Cette part d'humanité qui finit par s'insensibiliser à de telles choses ? »

« Oui, c'est vrai, » dit-elle. Elle se cacha durant un instant derrière sa bière, un peu étonnée qu'Ellington ait franchi un tel pas. C'était peut-être insignifiant pour lui mais ça montrait un certain degré de vulnérabilité.

Elle finit sa bière et la fit glisser vers le bord du bar. Quand le barman s'approcha, elle lui fit un signe de la main. « Non, ça va, merci, » dit-elle. Puis, en se tournant vers Ellington, elle dit : « Tu as dit que tu invitais, c'est bien ça ? »

« Oui, c'est bien ça. Attends un instant et je te raccompagne jusqu'à ta chambre. »

Le léger sentiment d'excitation qu'elle ressentit en entendant cette phrase la mit mal à l'aise. Afin d'interrompre tout de suite cette sensation, elle secoua la tête. « Ce n'est pas nécessaire, » dit-elle. « Je peux prendre soin de moi. »

« Je sais que tu peux, » dit-il, en faisant glisser son propre verre vide vers le bord du bar. « Je prendrai une autre bière, » dit-il au barman.

Mackenzie lui fit un signe de la main en partant. Au moment où elle traversait le parking, une petite partie d'elle-même ne pouvait s'empêcher de se demander ce que ça lui ferait de rentrer au motel accompagnée d'Ellington, poussée par l'incertitude qui les attendait une fois que les portes seraient fermées et les persiennes baissées.

***

Il lui fallut moins de vingt minutes pour que cette petite pointe d'excitation ne disparaisse. Comme à son habitude, elle se mit à travailler pour se distraire de telles tentations. Elle alluma son ordinateur et ouvrit ses emails. Elle y trouva plusieurs messages envoyés par la police de Bent Creek durant la dernière demi-journée – encore une autre façon qu'ils avaient de vraiment la gâter.

Ils avaient envoyé des cartes de la région, les rapports de police concernant les quatre seuls cas de disparition dans le coin durant les dix dernières années, l'analyse de trafic menée par l'état de l'Iowa en 2012, et même une liste de toutes les arrestations effectuées durant les cinq dernières années impliquant des individus ayant des antécédents d'agression. Mackenzie se mit à examiner les informations, en réservant une attention particulière aux dossiers des quatre personnes disparues.

Pour deux d'entre eux, il avait été supposé qu'il s'agissait là de cas de fugues et après avoir lu les rapports de police, Mackenzie était du même avis. Les deux dossiers étaient des exemples types d'adolescents torturés, qui en avaient assez de vivre dans une petite ville et qui avaient fini par quitter la maison familiale plus tôt que leurs parents ne l'auraient voulu. L'un d'entre eux, une adolescente de quatorze ans, avait fini par contacter sa famille il y a deux ans pour leur dire qu'elle vivait plutôt confortablement à Los Angeles.

Les deux autres étaient plus difficiles à comprendre par contre. Un des dossiers concernait un garçon de dix ans qui avait été enlevé sur la plaine de jeux d'une église. Il avait disparu depuis trois heures avant qu'on ne se rende compte de sa disparition. Des rumeurs locales évoquaient le fait que sa grand-mère l'avait enlevé en raison d'une situation familiale compliquée. En tenant compte du drame familial, du sexe et de l'âge de la victime, Mackenzie doutait qu'il y ait là une connexion avec les kidnappings actuels.

Le quatrième dossier était plus prometteur mais semblait toujours assez léger. La première similitude était que ça impliquait un accident de voiture. En 2009, Sam et Vicki McCauley étaient sortis de route durant une tempête de neige. Quand la police et l'ambulance arrivèrent sur place, Sam était mourant et il décéda sur le trajet vers l'hôpital. Il avait supplié de savoir comment allait sa femme. D'après ce que la police avait pu en déduire, Vicki McCauley avait été projetée en-dehors du véhicule mais son corps n'a jamais pu être retrouvé.

Mackenzie examina le rapport de police à deux reprises mais ne parvint pas à y trouver une description précise de ce qui avait causé l'accident. Les mots *conditions de verglas* étaient utilisés à plusieurs reprises et, bien que ce soit une bonne raison, Mackenzie pensait que ce serait tout de même une bonne idée d'y regarder de plus près. Elle relut le rapport plusieurs fois, ainsi que celui concernant la disparition de Delores Manning. Le fait qu'ils impliquent tous les deux un accident de voiture semblait être la seule connexion entre les deux.

Elle changea alors d'approche et essaya d'intégrer les trois victimes actuelles dans ces scénarios. Mais c'était pratiquement impossible. Les deux affaires inexpliquées étaient probablement des fugues et bien que toutes deux soient des femmes, ça laissait bien trop d'options ouvertes. De plus, les trois victimes actuelles avaient été enlevées dans leurs voitures. Peut-être parce que se retrouver bloqué sur la route arrivait relativement souvent. Mais ça n'avait quand même rien à voir avec l'enlèvement d'adolescentes fugueuses. Ça ne collait pas.

Ce type ne veut pas de fugueuses ou d'adolescentes torturées qui partent de chez elles pour provoquer leurs parents. Il cherche des femmes. Des femmes qui se trouvent, pour une raison ou une autre, seules dans leur voiture pendant la nuit. Peut-être qu'il se rend compte de l'espoir qu'inspire un inconnu apparemment bien intentionné – surtout chez les femmes.

Mais d'un autre côté, elle savait que la plupart des femmes s'attendraient au pire venant d'un inconnu sur le côté de la route. Spécialement si leur voiture était en panne et qu'il faisait noir.

Peut-être qu'elles le connaissaient, alors...

Mais ça avait l'air très peu probable aussi. D'après les informations qu'ils avaient obtenues de Tammy et Rita Manning, Delores ne connaissait probablement personne à Bent Creek.

Elle reprit le dossier des McCauley, principalement parce qu'il s'agissait de la seule affaire avec certaines similarités. Elle afficha à nouveau sa boîte de réception et ouvrit l'email le plus récent envoyé par la police de Bent Creek. Elle y répondit en écrivant :

Un tout grand merci pour votre aide. Je me demandais si vous pourriez me fournir d'autres informations dès que possible. J'aimerais avoir une liste de tous les membres de la famille des McCauley vivant dans un rayon de quatre-vingt kilomètres, ainsi que leurs coordonnées. Si vous avez le numéro de l'agent de Delores Manning, ce serait vraiment super aussi.

Elle se sentait presque paresseuse de demander des informations de cette manière. Mais vu qu'ils s'offraient aussi facilement à les aider, elle pensait bien utiliser la police de Bent Creek autant que possible en tant que ressource.

Une fois qu'elle eut terminé, Mackenzie ouvrit un autre dossier… un dossier qu'elle était parvenue à laisser de côté depuis presque trois semaines maintenant. Elle l'ouvrit, en consulta les documents et afficha une photo.

C'était une carte de visite avec le nom de son père griffonné à l'arrière. De l'autre côté, visible sur une autre photo, se trouvait le nom de l'entreprise en caractères gras : **Antiquités Barker : Neuf ou Ancien Rare Collection.**

Et c'était tout. Elle savait déjà que cet endroit n'existait pas – d'autant qu'elle et le FBI sachent – ce qui rendait les choses d'autant plus frustrantes. Elle regarda la carte et sentit une pointe au cœur. Elle se trouvait à environ deux heures et demie de route de l'endroit où son père était mort et à environ trois heures du lieu où cette carte de visite avait été retrouvée – presque vingt ans après la mort de son père.

Ce n'était pas son affaire… enfin, pas vraiment. McGrath lui avait donné une sorte d'autorisation officieuse d'aider quand elle le pouvait mais pour l'instant, il n'y avait aucune piste. Elle pensa à Kirk Peterson, le détective qui avait trouvé les nouveaux indices permettant de rouvrir l'enquête concernant la mort de son père. Elle faillit l'appeler mais elle réalisa qu'il était déjà 23h45. Et de toute façon, de quoi pourraient-ils bien parler d'autre que du manque de piste concernant l'affaire ?

Mais elle avait besoin de l'appeler. Peut-être après l'affaire en cours, quand elle pourrait accorder toute son attention à Peterson et à l'enquête. Il était temps qu'elle se débarrasse de ce poids.

Elle se prépara pour aller dormir, se brossa les dents et enfila un léger pantalon de survêtement et un t-shirt. Juste avant de se mettre au lit, elle consulta ses emails une dernière fois sur son téléphone.

Elle vit que la demande d'informations qu'elle avait envoyée à la police de Bent Creek avait déjà été répondue, en moins de dix-sept minutes après qu'elle ait envoyé l'email. Elle prit note des informations dans son dossier et dressa mentalement un programme pour la journée à venir. Finalement, elle éteignit les lumières et se mit au lit.

Elle n'aimait pas finir une journée en éteignant les lumières sur des questions sans réponses. C'était un sentiment qui la dérangeait et auquel elle ne pensait pas pouvoir s'habituer. Mais elle s'était adaptée depuis longtemps, ayant trouvé la manière de dormir quelques heures pendant que les réponses à ses questions rôdaient dans l'obscurité, hors de sa portée.

CHAPITRE HUIT

Mackenzie venait de finir de s'habiller quand on frappa à la porte de sa chambre. Elle jeta un coup d'oeil à travers le judas et vit Ellington. Il tenait une petite boîte en carton avec deux tasses de café posées dessus. Elle ouvrit la porte et le laissa entrer, incertaine de savoir comment elle se sentait par rapport au fait qu'il soit prêt avant elle. Elle avait toujours été fière de sa rapidité et de sa capacité à être prête tôt. On dirait qu'elle avait maintenant de la concurrence dans ce domaine.

« Est-ce que j'interromps le rituel compliqué du matin d'une femme qui se prépare ? » plaisanta-t-il en posant la boîte et les cafés sur une petite table près du lit refait.

« Non, je viens de terminer à l'instant, » dit-elle, en s'emparant du café.

Ellington ouvrit la boîte et dévoila une demi-douzaine de beignets. « Je sais, c'est un cliché, » dit-il. « Mais… rien de tel que des beignets frais, non ? »

En guise de réponse, elle en prit un et mordit dedans.

« Alors, qu'est-ce qui est prévu pour aujourd'hui ? » demanda-t-il.

« Pourquoi tu me poses la question ? »

Il haussa les épaules et prit un beignet. « Allons droit au but, White. J'en sais assez sur toi pour savoir que tu travailles beaucoup mieux quand tu gères les choses. Ça ne veut pas dire que tu n'es pas un bon renfort ou une bonne partenaire. Mais les faits sont là. Je n'ai aucun problème à ce que tu prennes la direction des opérations ici. J'ai autant envie que McGrath de te voir réussir. Alors, je répète ma question : qu'est-ce qui est prévu pour aujourd'hui ? »

« Et bien, j'ai jeté un oeil hier soir sur les dossiers de disparitions de ces dix dernières années, » répondit Mackenzie. « Il n'y a qu'une affaire qui vaille la peine d'y regarder de plus près – un accident de voiture durant une tempête de neige où une femme fut éjectée du véhicule et son corps ne fut jamais retrouvé. Vicki McCauley. »

« C'est arrivé il y a combien de temps ? » demanda Ellington.

« C'est arrivé en 2009. J'ai reçu des informations concernant un membre de la famille qui vit dans la région et ça vaut sûrement la peine d'y regarder de plus près. Je voudrais aussi appeler l'agent de Delores Manning. Peut-être qu'elle connaît des détails sur sa vie personnelle qui pourraient nous aider. Le fait que Manning ait de la famille aussi proche de l'endroit où les disparitions ont eu lieu me fait penser que sa vie personnelle vaut certainement la peine d'être examinée. »

« OK alors, on s'y met, » dit Ellington.

Mackenzie regarda son téléphone et vit qu'il était 7h50. Elle lui sourit et prit une gorgée de son café. C'était un café noir, ce qu'elle n'aimait pas de trop en général, mais elle n'allait pas se plaindre.

« Tu es plutôt matinal, on dirait ? » dit-elle.

« Ça dépend de l'affaire sur laquelle je travaille. Plus il y a des réponses à trouver, plus j'ai facile à sortir du lit. »

« Et bien, vu que nous avons pour l'instant un total de *zéro* réponse sur cette affaire, j'imagine que tu t'es réveillé très tôt ce matin. »

Il hocha la tête et prit une gorgée de son café alors qu'ils sortaient de la chambre et se dirigeaient vers le parking. Quand ils entrèrent dans la voiture – Ellington derrière le volant et Mackenzie affichant déjà le numéro de l'agent de Delores Manning – Mackenzie pensa qu'Ellington avait raison. C'était *effectivement* plus facile de se mettre en chasse sur le terrain quand il n'y avait aucune réponse à leur disposition. Le sentiment qu'il y avait des indices à découvrir qui pourraient les mener aux trois femmes disparues rendait la matinée un peu plus prometteuse. Et elle était encore plus impatiente de se mettre au travail.

***

Quand Mackenzie eut Harriett Wheeler au téléphone, elle sut tout de suite qu'elle l'avait reveillée. Wheeler, qui était l'agent de Delores Manning depuis quatre ans, avait l'air fatiguée et de mauvaise humeur quand elle répondit au téléphone à la quatrième sonnerie.

« Allô ? »

« Bonjour, madame Wheeler. C'est l'agent Mackenzie White du FBI. Je me demandais si vous pourriez répondre à quelques questions. »

« Au sujet de Delores, j'imagine ? »

« Oui, au sujet de Delores. Je m'excuse de vous appeler aussi tôt mais je suis sûre que vous comprendrez qu'il est important d'agir rapidement. »

« Oui, je comprends. J'ai sauté sur le téléphone car j'espérais que ce soit la police ou peut-être Delores elle-même qui appelait pour me dire que tout allait bien. Mais j'imagine qu'elle est toujours portée disparue ? »

« Oui. Alors toute nouvelle information que vous pourrez nous fournir nous aidera sûrement à la retrouver plus rapidement. »

« Et bien, j'ai déjà parlé avec la police. »

« Je sais. Ma principale question concerne les gens que Delores connaissait. Saviez-vous que sa famille vivait ici dans l'Iowa ? »

« Je le savais, mais elle n'en parlait presque jamais. J'ai l'impression qu'elle avait un peu honte de sa situation familiale. »

C'est assez facile à comprendre, pensa Mackenzie, en se rappelant la visite d'hier au parc à mobilhomes.

« Est-ce que quelqu'un d'autre savait qu'elle faisait ce voyage ? » demanda Mackenzie.

« Juste les librairies où elle allait faire la séance de dédicaces et nos types des relations publiques. Mais ils étaient ici au bureau toute la semaine dernière. »

« Ça faisait combien de temps que Delores était sur les routes ? »

« Quatre jours. Elle a commencé au Nebraska avant d'aller dans l'Iowa et après elle avait une séance de dédicaces prévue à Chicago. Après ça, c'était retour à New York. »

« Est-ce que quelqu'un voyageait avec elle ? »

« Non. Elle adorait partir seule sur les routes. C'était son troisième voyage à travers le pays pour des séances de dédicaces. Hormis le fait même d'écrire, je pense que c'était un des aspects qu'elle préférait de ce travail. »

« Avait-elle des ennemis en particulier auxquels vous pourriez penser ? Peut-être même la concurrence en termes d'écriture ou de ventes ? »

« Pas du tout, » dit Wheeler. « Delores est vraiment adorable. Si elle avait des ennemis, ils étaient discrets et je n'en ai jamais entendu parler. »

Sur ce, Mackenzie se retrouva sans questions à poser. Ça s'était passé plutôt comme elle l'avait imaginé. Wheeler en savait juste assez concernant Delores pour dire qu'elles avaient une relation professionnelle confortable. En dehors de ça, il n'y avait pas vraiment de connexion.

« Et bien, merci pour le temps que vous m'avez consacré. Et n'hésitez surtout pas à m'appeler directement si quelque chose vous revient. »

« Bien sûr, » dit Wheeler. « Merci. »

Mackenzie raccrocha et regarda par la fenêtre. Ils avaient déjà dépassé les forêts de Bent Creek et roulaient en direction d'une petite ville à une demi-heure de route.

« Rien de neuf avec l'agent ? » demanda Ellington.

« Non, » dit Mackenzie. « Mais elle a *dit* que Delores avait déjà traversé trois fois le pays pour des séances de dédicaces. Donc elle devait être une voyageuse expérimentée. J'imagine que ça veut dire que des routes secondaires ne lui faisaient pas vraiment peur. »

« Donc pas vraiment quelque chose de neuf ni d'utile, » dit Ellington.

« Pas vraiment, » dit Mackenzie. « Alors… le prochain arrêt, c'est la famille de McCauley. La seule information dont nous disposions, c'est qu'il s'agit de la tante de Vicki McCauley, mais dans le cadre d'une famille reconstituée. »

« Alors tu penses que c'est aussi un semblant d'espoir ? » demanda Ellington.

« J'imagine qu'on va très vite le savoir. »

Le silence s'installa dans la voiture et y resta pendant dix bonnes minutes. Mackenzie pressentait des débuts de conversation dans l'air mais aucune ne se concrétisait. Et c'était très bien comme ça. Elle et Bryers n'avaient jamais non plus été très adeptes des conversations superficielles. Si Ellington était un peu comme elle (et elle commençait à trouver qu'il l'était sous beaucoup d'aspects), il était probablement occupé à penser à l'enquête et aux informations dont ils disposaient.

« Alors, ça te manque de vivre dans le coin ? » lui demanda-t-il, de but en blanc.

« Dans le coin ? » demanda-t-elle. « Mais ce n'est pas le Nebraska. »

Il gloussa et dit, « Je sais mais c'est un peu la même chose. »

Il avait raison mais elle n'avait pas envie de l'admettre. Elle continua à regarder par la fenêtre et elle put dire en toute certitude qu'il y *avait* des aspects du paysage qui lui manquaient. Les paysages sinueux, le calme absolu (spécialement la nuit quand les crickets sortaient en nombre pour chanter), et l'impression que le monde était infini. Ces choses-là lui manquaient. Mais en ce qui concernait son statut dans la vie, ça, ça ne lui manquait pas du tout.

« Non, pas vraiment, » dit-elle, optant pour la réponse courte.

« C'*est* joli dans un certain sens. Pas d'édifices ni de trafic. J'ai failli déménager en Arizona pour la même raison quand j'ai terminé l'université. »

« Ah bon ? Pourquoi l'Arizona ? »

« Pourquoi pas ? J'ai toujours trouvé que les photos du désert, prises dans cette région, étaient vraiment magnifiques. Mais Washington est venu frapper à ma porte et je n'ai pas pu résister à la tentation du flingue, du badge et de ces trois initiales… *F, B, I.* »

Elle comprenait ce qu'il voulait dire en parlant de *tentation*. C'était probablement la meilleure manière de le décrire. Même quand elle travaillait en tant que détective au Nebraska, il y avait un rêve à l'autre bout d'une ligne invisible, qui l'appelait, l'attirant de manière inéluctable.

Et maintenant elle était ici, aux limites de ce rêve et cherchant à mieux le comprendre. Avec cette idée en tête, elle ne put s'empêcher dc sourire. C'était un sourire qui éliminait toute nostalgie pour cette partie du pays et qui lui donnait l'envie de se consacrer uniquement à Washington et à la vie qu'elle s'y construisait.

***

Frances Foster vivait dans une jolie maison de style colonial au bout d'une route de campagne sans nom. La localité où elle vivait faisait ressembler Bent Creek à une véritable métropole. Mackenzie ne compta qu'un seul feu rouge avant qu'Ellington ne quitte la route principale pour tourner dans la rue secondaire où Frances Foster vivait.

Mackenzie avait appelé à l'avance, utilisant le numéro de téléphone qu'on lui avait fourni, et Frances se tenait déjà devant la porte d'entrée. Elle la tenait ouverte pour eux avant même qu'ils n'arrivent au porche. Elle avait l'air d'avoir la cinquantaine, ce qui ne s'accordait absolument pas avec le t-shirt Poudlard qu'elle portait.

Ils firent les présentations et se dirigèrent à l'intérieur. Mackenzie remarqua à nouveau qu'Ellington prenait soin de rester en arrière et de lui laisser mener les opérations.

« Nous vous remercions de nous consacrer un peu de votre temps, » dit Mackenzie alors que Frances les guidait vers le salon

« Mais il n'y a pas de problèmes, » dit Frances. « C'est toujours bizarre d'entendre le nom de Vicki. Et il y a des moments où je l'entends et où j'oublie presqu'elle est morte dans des circonstances aussi bizarres. »

Elle les conduisit dans une grande pièce à l'arrière qui ressemblait à un bureau. En jetant un regard autour d'elle, Mackenzie put déduire que Frances travaillait depuis la maison. Un MacBook était posé à côté d'un grand ordinateur de bureau. Une pile ordonnée de papiers se trouvait sur la droite de l'ordinateur, en face d'une étagère contenant davantage de papiers bien rangés, d'outils pour écrire et d'une agrafeuse.

Frances prit place dans son fauteuil à roulettes derrière le bureau, le faisant pivoter pour leur faire face. Mackenzie s'assit sur une petite chaise dans le coin et Ellington décida de rester debout.

« Est-ce que vous étiez proche de Vicki ? » demanda Mackenzie.

« On ne peut pas dire qu'on était les meilleures amies du monde, » dit Frances. « Mais quand il y avait une réunion de famille, on finissait toujours pas se trouver un coin tranquille pour papoter. »

« Vous aviez donc des intérêts en commun ? » demanda-t-elle.

« J'imagine qu'on peut dire ça, » dit Frances. Elle fit signe en direction de son t-shirt Poudlard. « J'ai toujours été un grand enfant. Et bien que Vicki ait vingt-cinq ans quand elle est morte, je l'ai toujours vue comme une enfant car elle aimait beaucoup tout ce qui était un peu enfantin. Les films de Disney, Harry Potter, Marvel, ce genre de choses. »

« Est-ce que vous la connaissiez bien personnellement ? Est-ce qu'elle vous parlait de son travail ou de ses problèmes de couple ? »

« Pas vraiment. Bien sûr, on parlait de sexe et d'ex-petits amis mais jamais vraiment en détails. Rien de *trop* personnel. »

« Est-ce qu'elle vous a déjà parlé de quelqu'un qu'elle n'aimait vraiment pas ? » demanda Mackenzie.

« Oui, bien sûr, de ses ex-petits amis. »

« À part ça, » dit Ellington. « Est-ce qu'elle a déjà parlé de personnes dont elle s'efforçait de rester éloignée ? Vous a-t-elle jamais mentionné quelqu'un dans ce style ? »

Frances commença à bouger les lèvres, sur le point de dire quelque chose. Mais elle se ravisa au dernier moment et un air pensif envahit son visage. Mackenzie eut l'impression qu'elle allait se mettre à pleurer.

« C'était le genre de personne qu'elle était, vous savez ? » dit-elle. « Aucun ennemi. Pas une seule personne qui n'ait quoi que ce soit de mal à dire à son sujet. »

« Vous en êtes certaine ? » demanda Mackenzie. « Vous avez clairement mentionné les ex-petits amis. »

« Et bien, Vicki était une fille très appréciée par les hommes. Je suis certaine que de nombreux hommes ont fini le cœur brisé. Il y en avait un en particulier qui sortait du lot mais je ne pense pas qu'*il* soit capable de faire ouvertement quelque chose d'illégal. Et sûrement pas un kidnapping… si c'est de ça que nous parlons. »

« Quelle est cette personne à laquelle vous pensez? » demanda Mackenzie. « Vous seriez étonnée combien les détails les plus insignifiants peuvent apporter de grandes avancées dans une enquête. »

« Mon dieu… ça fait huit ans maintenant et je ne l'avais même jamais envisagé. Je ne l'ai jamais connu personnellement. Mais j'ai entendu parler de lui. J'entends encore son nom de temps en temps. Stevie Nichols. »

« C'était un ex-petit ami ? » demanda Mackenzie.

« Non. De la manière dont elle m'en parlait, c'était plutôt un coup regrettable d'un soir. Mais il continuait à l'appeler et à passer chez elle, même après qu'elle et Sam – l'homme qui deviendrait plus tard son mari – aient commencé à avoir une relation sérieuse. Sam lui a dit deux mots un jour et après ça, ça a été terminé. »

« Vous avez dit avoir entendu mentionner son nom quelques fois après l'accident, » dit Mackenzie. « Qu'est-ce que vous vouliez dire par là ? »

« Et bien, Stevie est apparemment une sorte de trouble-fête. Il se saoule tous les weekends et finit en bagarre. Mais il est aussi une sorte de Casanova de petite ville. Un vrai charmeur avec les filles malgré sa réputation. Et s'il est parvenu à avoir Vicki pour un soir, je veux bien le croire. »

Mackenzie se tourna vers Ellington et ne put s'empêcher de sourire. Elle allait lui demander s'il pouvait appeler pour voir s'il y avait d'autres informations disponibles sur ce Stevie Nichols. Mais il avait déjà sorti son téléphone et se dirigeait vers la porte du bureau. Pendant un instant, un frisson parcourut son échine. Bryers avait fait exactement la même chose dans le passé.

Mon dieu, comme ce type va me manquer, pensa-t-elle.

Elle réprima un soupir et se retourna vers Frances. « Est-ce que vous savez où vit Stevie Nichols ? »

« Quelque part à Bent Creek. C'est un éleveur de porcs, d'après ce que j'ai compris. Alors je ne pense pas qu'il soit vraiment difficile de le trouver. »

« Merci, » dit Mackenzie. « Est-ce qu'il y a quoi que ce soit d'autre à laquelle vous pourriez penser et qui pourrait nous aider ? »

« Rien auquel je puisse penser pour l'instant. Mais en même temps, ce truc de Stevie Nichols vient seulement de me revenir à l'esprit. »

Mackenzie mit la main dans la poche intérieure de son manteau et tendit une carte de visite à Frances. « N'hésitez pas à m'appeler si vous pensez à quoi que ce soit d'autre. »

« Bien sûr. Et… si je peux me permettre de vous poser la question… pourquoi est-ce que c'est revenu sur le tapis ? Pourquoi vous intéressez-vous à cet accident vieux de quelques années ? »

« Je ne peux pas vraiment vous donner plus de détails, » dit Mackenzie. « Mais il s'agit *toujours* d'une affaire de disparition, alors toute information supplémentaire que vous pourriez nous fournir pourrait nous être utile. »

Sentant que la réunion était terminée, Frances se mit debout et les guida à travers la maison. Ellington était toujours au téléphone, apparemment en attente. Mackenzie remercia Frances une dernière fois et ils se dirigèrent vers leur voiture.

Ellington raccrocha au moment où ils entrèrent dans la voiture. Il démarra et hocha la tête en direction de Mackenzie en souriant. « Stevie Nichols vit dans une petite ferme à proximité de Bent Creek. Il a des antécédents pour agression, voies de fait en état d'ivresse et fraude à la carte de crédit. »

« On dirait bien que Frances se soit trompé sur le fait qu'il soit un charmeur, » dit Mackenzie.

« Non, ce n'est pas juste, » dit Ellington. « Nous les charmeurs, nous nous présentons sous une multitude de formes. »

« Contente-toi de conduire, tu veux bien ? Je vais appeler Bateman pour voir s'il veut participer puisque ça tombe sous sa juridiction. »

Ellington fit exactement ça. Sa blague avait détendu l'atmosphère tendue qui avait régné lors du trajet vers la maison de Frances Foster mais elle n'avait pas masqué l'anticipation qui existait entre eux. Ils avaient finalement une première piste et la situation semblait s'améliorer. C'est du moins ce que Mackenzie se disait en pensant aux trois femmes minimum qui étaient retenues quelques part au milieu de ces forêts, subissant dieu sait quoi en priant pour que quelqu'un vienne les sauver.

CHAPITRE NEUF

Étant donné qu'ils étaient debout et en route depuis tôt le matin, ils avaient l'impression d'avoir encore toute la journée devant eux lorsqu'ils arrivèrent à la maison de Stevie Nichols. Mackenzie sortit de la voiture et fut immédiatement envahie par la puanteur de l'endroit. Le lopin de terre qui se trouvait devant eux était loin de ressembler à une *ferme*. Une vieille maison se trouvait à l'avant de la propriété. Bien qu'elle ne soit pas dans un état de détérioration avancée, elle aurait bien eu besoin d'un sérieux nettoyage et entretien. L'herbe du jardin était sèche et disparaissait en taches de plus en plus sombres vers l'arrière de la propriété. De larges enclos à cochons occupaient la majorité de l'arrière du terrain. Une petite grange isolée se trouvait sur la gauche.

« Ça sent le bacon, » dit Ellington au moment où il sortit de voiture.

« N'en dis pas plus, » dit Mackenzie. « Si c'est ça l'odeur du bacon avant qu'il ne soit transformé, je n'en mangerai plus jamais. »

Derrière eux, une autre voiture s'engagea dans l'allée. C'était une voiture de patrouille de la police de Bent Creek, dont la partie inférieure était tachée de boue et de crasse. Bateman et Roberts en sortirent. Mackenzie remarqua que Bateman était bien habillé et ressemblait presqu'à un tout autre homme que celui que Mackenzie avait vu dans la salle de conférence hier soir.

« Encore merci de nous avoir appelés, » dit Bateman au moment où ils se retrouvèrent.

« Bien sûr, » dit Mackenzie. « Comme je vous le disais, je ne sais pas si ça va nous apporter beaucoup de réponses mais je crois que ça vaut la peine d'y regarder de plus près. »

« Mais est-ce que ça nécessite vraiment qu'on soit à quatre ? » demanda Ellington.

« Probablement pas, » dit Bateman. « Mais je connais Stevie Nichols. Il se prend pour quelqu'un d'important, vous savez ? Je n'ai pas de problèmes avec le fait de lui mettre un peu la pression. »

Alors qu'ils se dirigeaient vers la maison, Mackenzie remarqua trois hommes qui travaillaient à l'arrière près des enclos à cochons. Les autres eurent l'air aussi de remarquer leur présence et, au lieu de continuer vers la porte d'entrée, ils se dirigèrent vers l'arrière de la maison. Un des hommes était occupé à renforcer les piquets d'un des enclos. Les deux autres balançaient une mixture dans le plus grand des enclos. Plusieurs cochons s'approchèrent en courant vers le bord au moment où ils arrivèrent. Mackenzie n'avait vu des cochons que dans des carnavals ou des zoos. Ces cochons étaient un peu différents ; ils avaient été engraissés pour être mangés. Ils étaient également sales et couverts de boue et de détritus.

Bateman prit les devants et se dirigea vers l'homme occupé à réparer la clôture. « Est-ce que Stevie est là aujourd'hui ? » demanda-t-il.

Avant que l'homme n'ait le temps de répondre, une voix s'éleva derrière eux. « Oui, je suis là, shérif. »

Ils se retournèrent et virent un homme sortant de la petite grange sur la gauche des enclos. Il tenait une pelle et un seau en main.

« Stevie, comment vas-tu ? » demanda Bateman.

Stevie Nichols regarda les quatre personnes qui se tenaient devant lui – deux d'entre eux en uniforme de police et les deux autres en tenue de bureau. « Ça allait très bien jusqu'à ce que quatre flics débarquent chez moi. »

Mackenzie sut tout de suite que Nichols allait poser problème. Il était le genre de type à mettre la pression et à repousser les limites du bon sens. Sachant cela, elle resta en alerte, prête à agir à tout moment. Elle n'aimait pas du tout le fait qu'il ait une pelle en main.

« Et d'ailleurs, c'est qui, ces deux là ? » demanda Nichols, en désignant Mackenzie et Ellington du bout de sa pelle.

« Agents Ellington et White, » dit Ellington, en faisant un pas en avant. C'était la première fois que Mackenzie voyait Ellington avoir un mouvement presque protecteur à son égard, en se plaçant entre elle et un type qui avait clairement l'air d'être un fauteur de troubles. Elle n'était pas certaine de savoir ce qu'elle en pensait.

« FBI ? » demanda Nichols. « De quoi me croyez-vous maintenant responsable ? »

« De rien, nous espérons, » dit Bateman. « On aimerait te poser quelques questions concernant Vicki McCauley. »

Durant un instant, Stevie Nichols eut l'expression de quelqu'un qui venait de recevoir une gifle. Ce nom l'avait ramené en arrière ; Mackenzie était sûre que ce n'était pas du cinéma. Par contre, elle remarqua quelque chose qui la rendit méfiante… quelque chose qui n'avait pas vraiment sa *place*. Il y avait un morceau de plastique qui sortait de la poche arrière de Nichols. Elle n'était pas certaine de ce que c'était mais ça ressemblait à deux doigts d'une paire de gants en plastique – le genre de gants que les travailleurs de fast-food devaient porter. Il y avait quelque chose sur le bout d'un des doigts… une sorte de résidu qu'elle ne pouvait pas clairement identifier.

« Et qu'est-ce que vous voulez savoir à son sujet ? » demanda Nichols. « Elle est morte depuis quoi… huit ans maintenant ? »

« Supposée morte, plutôt, » dit Roberts. « Son corps n'a jamais été retrouvé. »

« Et je suis sûr que tu as entendu parler des cas de disparitions qui ont eu lieu dernièrement autour de Bent Creek, non ? » demanda Bateman.

Mackenzie observa Nichols alors qu'il essayait de mettre de l'ordre dans ses pensées. Il choisissait soigneusement ses mots, manifestement pris par surprise. Elle regarda de nouveau en direction de sa poche arrière, le gant en plastique en sortait toujours légèrement. Puis elle regarda ses mains. Selon elle, ses mains étaient un peu trop propres pour quelqu'un qui travaillait dans un élevage de cochons.

« Oui, j'en ai entendu parler, » dit-il finalement. « Vous pensez… attendez, vous pensez que ces disparitions ont quelque chose à voir avec Vicki ? »

« Nous espérons que non, » dit Bateman. « Mais nous devons l'envisager, même si les chances sont minimes. »

« Et qu'est-ce que vous attendez de moi ? » demanda Nichols.

« Et bien, pour commencer… nous aimerions savoir ce que tu faisais le soir où ces trois femmes ont disparu. »

« Trois ? » dit Nichols. « Je pensais qu'il n'y en avait que deux. »

Mackenzie remarqua une légère expression de regret sur le visage de Bateman. Il avait laissé échapper un détail concernant l'enquête – un détail dont le public n'était pas encore informé. Elle remarqua aussi que la réaction de Nichols avait eu l'air totalement sincère. Ce détail finit de la convaincre que Stevie Nichols n'était pas le type qu'ils recherchaient.

« Est-ce que tu pourrais nous dire où tu te trouvais à certaines heures de certains jours ? » demanda Roberts.

« Probablement, » dit Nichols. « Mais… je n'ai pas de temps à perdre avec tout ça. J'ai d'autres choses à faire. »

« OK, » dit Bateman. « Est-ce que tu nous permets de jeter un œil à ta propriété alors ? »

« Hors de question, » dit Nichols. « Quelle question… être accusé de manière détournée de kidnapping ou de meurtre, et s'attendre à ce que je vous laisse fourrer votre nez dans ma propriété. Au lieu de vouloir jeter un œil chez moi, pourquoi vous n'allez pas tout simplement vous faire foutre ? »

C'est clair, pensa Mackenzie. *Il cache* quelque chose. *Il n'a pas enlevé ces femmes, mais il y a* quelque chose *de pas net ici. Ce gant en plastique et ses mains trop propres en sont une preuve. Il faut vraiment que je parvienne à jeter un coup d'œil à ce gant.*

« Monsieur Nichols, » dit-elle, « le plus tôt vous coopérerez avec nous, le plus vite nous serons partis d'ici. Si vous refusez de nous aider, nous reviendrons dans quelques heures avec un mandat pour fouiller la propriété. Alors, vraiment, la balle est dans votre camp. »

Il hocha la tête et dit, « Alors allez-y, allez récupérer votre mandat. »

Mackenzie fit un pas en avant, passant devant Ellington. Elle se pencha légèrement en avant, puis regarda d'un air presque dramatique Ellington, Bateman et Roberts qui se tenaient derrière elle. « Écoutez, monsieur Nichols… L'agent Ellington et moi-même travaillons pour le FBI. Et s'occuper de mandats et de paperasserie va non seulement me ralentir mais également vraiment m'énerver. Alors, laissons tomber le mandat, d'accord ? On peut oublier le mandat si vous êtes d'accord pour répondre à toute question que nous pourrions vous poser dans les prochains jours. Est-ce que ça vous semble acceptable ? »

« Ce n'est pas acceptable en soi, » dit Nichols. « Mais c'est faisable. »

« Est-ce que je peux avoir votre parole là-dessus ? » demanda-t-elle, en tendant la main vers lui.

Nichols lui jeta un regard étrange, comme si elle avait perdu la tête. Il haussa un sourcil et prit la main qui lui était tendue. Il la serra fermement. « Oui, vous avez ma parole. »

« OK, » dit Mackenzie.

Puis elle l'attira vers elle et en geste habile, tendit la main derrière lui. Elle sortit le gant en plastique de sa poche arrière dans un mouvement si rapide qu'elle le tendait déjà à Bateman avant que Nichols ne réalise ce qu'il se passait. Quand il *comprit*, il s'efforça de repousser Mackenzie. Mais elle leva son bras sans lâcher sa main et le tordit en arrière.

Nichols laissa échapper un cri mais ne chercha pas à lutter. Dans la position où elle avait mis son bras, un simple faux mouvement pouvait lui briser le poignet.

« Shérif, » dit Mackenzie, « pourriez-vous jeter un coup d'œil à ce gant et me dire ce que le résidu sur le petit doigt pourrait être ? »

Amusé et légèrement impressionné, Bateman examina le gant. Maintenant que le gant était entièrement visible, Mackenzie remarqua qu'il y avait également du résidu en-dessous. Elle vit aussi qu'il y avait plus que du résidu, il y avait également une sorte de poudre sur la base.

Bateman effleura le gant du doigt et le renifla. Puis il frotta la poudre entre ses doigts, la faisant voler dans les airs quand il eut terminé.

« Cocaïne, » dit-il.

« Salope, » dit Nichols.

Mackenzie relâcha son bras et le poussa en direction d'Ellington. Il le tint fermement pendant que Roberts le menottait.

« Maintenant, » dit Bateman. « Vas-tu me montrer où tu la conserves ou est-ce que tu vas me forcer à chercher par moi-même ? »

Nichols ne dit rien. Mais par contre, il cracha en direction des chaussures de Bateman.

« Très élégant, » dit Bateman. « Maintenant, allons jeter un œil dans ta grange. »

Ellington poussa légèrement Nichols en direction de la grange. Il décocha un bref sourire à Mackenzie et lui murmura les mots « *Très impressionnant* ».

Ouais, pensa-t-elle, se permettant un instant pour se réjouir de son exploit. *Ouais, c'est vrai, ça l'était.*

Ils entrèrent dans la grange, en poussant Nichols devant eux. Il continuait à fixer le sol du regard. Il était clair qu'il n'allait rien dire de plus. Mais ça n'avait pas d'importance. Ce que Mackenzie vit dans la grange était suffisant pour l'envoyer en prison. Il y avait trois plans de travail, dont deux recouverts d'une sorte de laboratoire rudimentaire. Mackenzie avait déjà vu ce genre d'installations lors de sa formation mais jamais dans le cadre d'une réelle enquête. Bien qu'ils aient retrouvé de la cocaïne sur son gant, Nichols préparait également de la méthamphétamine.

La grange contenait de la cocaïne en grande quantité. Deux caisses étaient posées sur l'une des tables et elles étaient toutes les deux remplies de sachets individuels. Mackenzie en prit un en main et estima qu'il devait chacun contenir environ un quart de kilo. Il y avait au moins un quart de millions de dollars en cocaïne dans ces caisses.

« Bon boulot, White, » dit Bateman. « Ça va occuper Nichols pendant un certain temps. Enfin, occupé surtout par ses pensées dans une prison à Des Moines. »

C'était une victoire, bien sûr. Mais en voyant le laboratoire improvisé pour la méthamphétamine et les caisses de cocaïne, elle était d'autant plus sûre que Stevie Nichols n'avait rien à voir avec les disparitions.

Ce qui voulait dire que leur type courait toujours.

CHAPITRE DIX

Mackenzie était impressionnée par la rapidité et l'efficacité du département de police de Bent Creek dans la prise en charge de Stevie Nichols. Roberts avait menotté Nichols à 9h55 et il avait été emmené, placé sous mandat d'arrêt et installé dans une salle d'interrogation un peu avant 11h30. Au moment où elle entra dans la salle de conférence avec Ellington pour rencontrer Bateman et Roberts, les policiers qui s'étaient rendus à la ferme continuaient à s'affairer dans le commissariat ou à appeler avec de nouvelles informations.

Il n'y avait aucun doute que Stevie Nichols n'avait rien à voir avec les kidnappings de Naomi Nyles, Crystal Hall et Delores Manning. Mais il *était* coupable d'achat et de vente de cocaïne dans la région de Bent Creek et de tentative de vente et de distribution de méthamphétamine. Un examen plus poussé de la cocaïne par la police de Bent Creek avait montré que Stevie l'emballait et la diluait avec de l'amidon pour l'allonger.

Bien que Nichols n'ait pas encore révélé le nom de son distributeur, il avait été plus que coopératif en lâchant le nom de certains de ses plus gros acheteurs. Au moment où Mackenzie et Ellington prirent place autour de la table de la salle de conférence, quatre policiers de Bent Creek étaient sur le point de procéder à des arrestations.

Bateman était assis en tête de table et il fit glisser un sachet de preuve en direction de Mackenzie. Il contenait le gant qu'elle avait retiré de la poche arrière de Nichols.

« C'était vraiment du bon boulot, » dit-il. « À quel moment de la conversation l'avez-vous remarqué ? »

« Après une dizaine de secondes, je pense. »

« Et bien, je sais que ça ne nous aide pas à retrouver notre kidnappeur mais vous avez rendu un grand service à la police de Bent Creek. Nous recherchions l'origine de cette importante épidémie de cocaïne dans la région et je pense qu'elle se trouve aujourd'hui assise en salle d'interrogation. Alors, merci ! »

« Vous soulignez là un point important, » dit Mackenzie, en regardant en direction du tableau, toujours rempli des notes d'hier soir. Elle avait l'impression qu'il la narguait alors elle détourna le regard. « Nous sommes toujours à la recherche de notre type. »

« Je me demande s'il ne serait pas temps de faire appel à la police d'État, » dit Ellington.

« Oh, ils sont déjà venus, » dit Bateman. « Mais vu qu'il n'y avait pas de piste sérieuse, ils nous ont littéralement dit de les appeler quand il y aurait du neuf. »

« Ça ne ferait peut-être pas de mal d'en faire la demande, » dit Mackenzie. « Car pour l'instant, la seule idée productive qui me vient à l'esprit, c'est de poster des policiers le long des routes secondaires. »

« C'est déjà mis en place, » dit Bateman. « Mais on dirait que cet enfoiré nous a à l'œil d'une manière ou d'une autre. »

« Par quel moyen les policiers sur les routes communiquent-ils entre eux ? » demanda Mackenzie.

« Uniquement par téléphone portable. Pas de radio… n'importe quel abruti avec un scanner pourrait écouter les conversations. Mais vous savez, si nous pouvions avoir une douzaine de policiers de plus sur les routes la nuit, ça pourrait vraiment aider. Peut-être que les types de la police d'État seraient bienvenus sur ce coup-là. »

C'était une bonne idée mais Mackenzie doutait que ce soit aussi facile que ça. Elle était presque certaine que la police de l'État de l'Iowa ne serait pas emballée par l'idée d'envoyer des renforts pour se contenter d'attendre sur des routes de campagne dans une petite ville.

« Peut-être bien, » dit-elle sans beaucoup d'enthousiasme. Elle se leva, se sentant trop agitée que pour rester sur place. « Ellington, je vais rentrer un peu au motel. OK ? »

« OK, pas de problème, » dit-il. Il lui jeta un regard interrogateur. « Tout va bien ? »

« Oui, » dit-elle. « J'ai juste besoin de m'asseoir un peu seule devant mes notes. »

Ils échangèrent un regard rapide au moment de quitter la pièce, un regard que Bateman avait sûrement dû remarquer. Ça ne la tracassait pas vraiment, car elle commençait à être de plus en plus convaincue qu'il y avait quelque chose entre Bateman et Roberts. Elle le remarquait à la façon qu'il avait de toujours marcher juste derrière elle, à portée de main. Il avait aussi tendance à laisser son regard s'attarder sur elle un peu trop longtemps.

Quand Mackenzie se retrouva à l'extérieur, il était un peu après midi. C'était une de ces agréables journées qui lui donnèrent envie de marcher les trois pâtés de maisons jusqu'au motel. Mais elle n'aimait pas l'idée d'être bloquée dans un endroit comme Bent Creek sans un véhicule. Elle entra dans la voiture de location et se dirigea vers le motel. Les dossiers s'y trouvaient mais, pour le moment, ils n'étaient pas sa priorité. Soudain elle avait besoin de quelque chose d'autre pour stimuler son esprit, pour la mettre en condition pour penser de manière créative, avec l'espoir de trouver comment obtenir une piste sérieuse.

Sur ce, ses pensées se dirigèrent à nouveau vers son père et l'enquête vieille de vingt ans qui continuait à la hanter depuis le Nebraska.

***

Elle commanda une pizza pour déjeuner et en attendant qu'elle soit livrée, elle étala sur son lit les notes et les photos de la nouvelle scène de crime au Nebraska, ainsi que les documents concernant l'enquête sur la mort de son père. À plusieurs reprises, elle tourna son attention vers la carte de visite. C'était un indice étrange à laisser derrière soi et Mackenzie pensait qu'il s'agissait là d'une déclaration intentionnelle de la part du tueur.

Mais puisque les Antiquités Barker n'étaient apparemment pas un endroit qui existait, le tueur ne cherchait pas à transmettre un lieu en particulier. Il essayait de communiquer un tout autre message – un message qui avait traversé deux décennies. Un message que personne n'était encore parvenu à déchiffrer.

La même carte de visite presque vingt ans plus tard. Le même genre de meurtre, la même pièce dans la maison, un tueur ayant apparemment pu accéder facilement à l'intérieur de la maison...

Peut-être que ça avait à voir avec les femmes présentes dans la maison… dans son cas, ça avait été sa mère. Mais dans le cas de cette nouvelle affaire, c'était la femme de l'homme qui avait été tué, endormie sur le divan. La mise en scène était étrangement similaire dans les deux cas.

À chaque fois qu'elle regardait les dossiers, Mackenzie avait l'impression qu'elle passait à côté de quelque chose. Ce n'était pas flagrant mais elle sentait qu'il y avait *quelque chose* de plus, caché sous la surface.

Si le tueur avait accès aux maisons, c'est qu'il connaissait probablement les familles. Il devait y avoir une sorte de connexion entre le tueur et les victimes ou, tout au moins, entre le tueur et l'autre personne qui se trouvait dans la maison au moment du meurtre.

Elle y avait déjà pensé. C'était une idée qui l'avait presque amenée à appeler sa mère pour savoir si elle avait quelque chose de neuf à révéler concernant la nuit où son père avait été tué.

« Attends, » se dit Mackenzie à elle-même. Elle s'assit à la petite table près du lit et se laissa guider par son cheminement de pensée. Elle écarta tout ce qui était lié à l'enquête sur la mort de son père et ramena les événements de ces deux derniers jours en avant-plan. Elle mangea un morceau de pizza, tout en réfléchissant à certains détails.

J'ai négligé l'angle des connexions dans le cas des disparitions uniquement parce que la victime la plus récente était un auteur. J'ai supposé que sa célébrité – même minime – éliminait l'option qu'elle ait des connexions avec les autres victimes. Mais elle est originaire du coin, de Sigourney, à environ une heure de route. Et si...

Elle prit son téléphone et appela Ellington. « Ça a été rapide, » dit-il. « Je te manquais déjà ? »

« Peux-tu demander à Bateman de faire des recherches sur les connexions pouvant exister entre les victimes ? » demanda-t-elle, en ignorant sa blague.

« Tu veux dire, vérifier si les victimes avaient des liens entre elles ? On a exploré cette option lors de la réunion d'hier soir, White. Les victimes ne se connaissaient pas entre elles. »

« Je sais, » dit-elle. « Mais peut-être que chacune des victimes connaissait l'homme qui les a enlevées. Peut-être que c'était une connaissance commune. Dans une ville aussi petite que Bent Creek, ça pourrait en tout cas être une possibilité ? »

« Oui, en effet, » dit Ellington, ayant l'air soudain intéressé. « Je vais demander que quelqu'un y regarde de plus près. » Il fit une pause, puis lui demanda : « Tout va bien ? »

« Oui. »

Elle faillit lui dire qu'elle s'était plongée dans la vieille enquête concernant la mort de son père et l'affaire plus récente qui semblait y être liée. Elle avait toujours l'impression d'être plus détachée quand elle essayait d'y voir clair. Mais pour l'instant, elle préféra garder cette information pour elle. La dernière chose qu'elle voulait, c'était qu'Ellington offre de l'aider alors qu'elle luttait pour y voir clair.

Mackenzie raccrocha et commença à rassembler les dossiers éparpillés sur le lit. Elle faisait de son mieux pour ranger rapidement et partir mais, comme toujours, elle se retrouva à fixer durant un long moment la carte de visite et les draps tachés de sang. C'était comme si le passé était revenu pour non seulement la hanter mais aussi pour lui rappeler que même si elle était partie du Nebraska, il ne lui serait pas aussi facile d'échapper à son passé.

Alors, fais quelque chose, agis, pensa-t-elle. *Arrête de t'obséder sur le sujet et fais des recherches.*

Et pourquoi pas, après tout ? McGrath lui avait donné le feu vert et la mort de son père était l'unique raison pour laquelle elle avait voulu faire carrière dans la police.

Elle afficha le numéro de Kirk Peterson et faillit l'appeler. Elle était sûre qu'il n'aurait pas de problèmes avec le fait qu'elle l'appelle. Mais elle savait aussi que si elle l'appelait maintenant et que s'il avait la moindre nouveauté à lui apprendre, son esprit serait déchiré entre ces deux affaires.

Quand cette affaire sera résolue, prends une semaine ou plus pour travailler uniquement sur l'enquête concernant ton père, se dit-elle. *Franchement, tu te dois bien ça.*

C'était une décision facile à prendre. Elle en parlerait à McGrath quand elle rentrerait à Quantico. Elle devait se débarrasser du poids de son passé.

Mais d'abord, il y avait ce type qui avait enlevé Delores Manning et deux autres femmes. Il courait toujours et le plus longtemps il restait libre, plus minces seraient leurs chances de le retrouver. Elle savait qu'ils annonçaient de la neige pour très bientôt – peut-être même déjà pour demain matin. Une fois que la neige serait là, ce serait encore plus difficile de l'attraper.

Mackenzie jeta un œil par la fenêtre et regarda le ciel. Pour l'instant, il était bleu et n'annonçait aucune menace. Mais en sachant que la neige était probablement en route, elle se sentait d'autant plus pressée de repartir en chasse afin d'empêcher ce type d'enlever une autre victime.

CHAPITRE ONZE

Delores avait fait de son mieux pour rester sur le qui-vive. Elle ne s'était endormie qu'une seule fois et elle était presque sûre que ça n'avait pas duré plus de trois heures. Son état de panique, de fatigue et de peur faisait de ces dernières quarante-huit heures une sorte de brouillard. Durant ce temps, elle n'avait eu qu'une seule interaction avec l'homme qui l'avait enlevée. Il avait glissé une bouteille d'eau à travers l'une des fentes rectangulaires de son cageot.

Elle avait compris que c'était une sorte de cageot peu après que son esprit ait accepté le fait qu'elle avait été enlevée et qu'elle était retenue prisonnière. L'acceptation était venue de manière hésitante mais une fois qu'elle l'eut complètement intégrée, ça lui avait permis de commencer à penser de manière un peu plus logique.

Le cageot était fait de métal. Elle avait parcouru à plusieurs reprises tout le contour de l'espace confiné et elle ne parvenait pas vraiment à savoir ce que c'était. Pas de premier abord, en tout cas. Elle continuait à entendre les bruits d'animaux qu'elle avait entendus dès le début. En raison de ces sons, Delores commença à se demander si elle ne se trouvait pas dans une sorte de container à bétail – du genre de ceux qui étaient utilisés pour transporter les vaches sur les routes. Mais ce container n'était pas assez grand pour une vache. Il était un peu trop spacieux pour un cochon, par contre. Peut-être une chèvre ? Elle ne parvenait pas à le savoir… et essayer de trouver une réponse devenait presqu'une invitation à la démence.

Elle était également presque certaine qu'elle était retenue dans une grande remise ou une petite grange. Elle continuait à entendre ce bruit d'animaux qu'elle ne parvenait pas à identifier. Maintenant, il lui faisait penser à de gros rats. À un moment, elle pensa même avoir entendu le sifflement d'un train au loin.

Quand il avait amené la bouteille d'eau et au moment où il entra, elle avait entendu le bruit de verrous s'ouvrir sur ce qu'elle pensait être la porte du bâtiment. De temps en temps, elle avait également entendu l'homme parler en réponse au bruit émis par les animaux. Sa voix était généralement enjouée et elle supposa qu'il était occupé à les nourrir.

Sa voix n'avait *pas* été aimable ni enjouée quand il lui avait parlé. La conversation avait été brève et elle n'eut pas l'occasion de dire grand-chose mais ça lui permit de mieux jauger sa situation. Quand il était venu avec la bouteille d'eau, il avait grommelé un simple « Tiens » sur un ton bourru.

Puis il avait fait glisser la bouteille d'eau vers elle et il avait ajouté : « Si tu restes tranquille, je t'apporterai un peu de nourriture un peu plus tard. »

« S'il vous plaît, » avait-elle répondu. « Si vous me laissez sortir, je ne… »

« Ça, c'est le contraire de rester tranquille, tu vois ? À moins que tu ne veuilles mourir de faim là-dedans, tu vas la fermer. Tu ne l'ouvres que si je te le demande et c'est valable à partir de maintenant. »

Et ça avait été tout. Delores supposa que sa situation pourrait être bien pire. Il pourrait abuser d'elle, la violer ou la tuer. Elle était tout à fait consciente que tout ça pourrait très bien *finir* par lui arriver, mais pour l'instant elle était vivante et indemne.

Il lui avait donné la bouteille d'eau à un moment de la soirée d'hier. C'était impossible de deviner l'heure dans le container mais elle pensa qu'il devait être maintenant fin de matinée ou début d'après-midi de son deuxième jour. Quand il lui avait amené l'eau, elle put l'entrevoir pour la première fois à travers les fentes du container. C'était un type de grande taille, ses épaules étaient les plus larges qu'elle n'ait jamais vues. Il avait l'air d'avoir la quarantaine bien sonnée et il portait une barbe grise négligée.

Elle avait mémorisé les traits de son visage, se demandant si ça pourrait lui servir si elle parvenait à sortir de cet enfer.

Son estomac gargouillait de faim et elle avait besoin d'aller aux toilettes. Elle avait envisagé de le faire dans le container ; elle se retenait depuis six heures maintenant et la moitié de la bouteille qu'elle avait engloutie n'avait certainement pas aidé. Mais uriner dans sa propre prison serait vraiment s'avouer vaincue. Et jusqu'à son dernier souffle, elle comptait bien ne pas abandonner.

Bien entendu, elle ne savait pas du tout comment elle allait s'échapper. Elle pensa à hurler à l'aide. Même si ses cris ne faisaient qu'attirer le type, il ouvrirait probablement le container pour la faire taire. Il se pourrait que ce soit sa seule chance de pouvoir s'échapper. Mais elle savait aussi qu'il était de grande taille et elle se demanda si toute tentative de fuite ne serait pas plutôt une invitation au désastre.

Elle se disait que dans le pire des cas, il viendrait la chercher à un moment ou un autre. Il l'avait kidnappée pour une raison – et certainement pas uniquement pour la garder enfermée. Et bien qu'elle n'aime pas penser à quelles pourraient être ces raisons, l'idée seule de pouvoir se dégourdir les jambes et voir la lumière du jour était un véritable soulagement. C'était une petite lueur d'espoir qui se noyait dans l'espace sombre et confiné du container.

Je vais finir par devoir pisser dans ce container, pensa-t-elle. *Et après, je vais me retrouver enfermée ici avec l'odeur de ma propre pisse, qui ne fera que devenir plus forte d'heure en heure...*

Cette triste pensée fut interrompue par le grincement de la porte de la grange. Instinctivement, Delores se colla contre le fond du container. Une foule d'images lui vinrent en tête… des images de fuite ou de se retrouver battue à mort.

Elle entendit le bruit de ses pas à l'extérieur du container. Il arrivait d'un pas traînant, bloquant le rayon de soleil qui passait à travers les fentes. Elle ne dit rien et se contenta de fixer sa chemise à travers l'obscurité. C'était une chemise en jean à boutons. Un stylo sortait de la poche gauche sur sa poitrine.

« Ça va là-dedans ? » demanda-t-il.

La question la prit par surprise et elle se demanda si elle avait bien entendu. Elle ouvrit la bouche pour répondre mais apparemment elle ne fut pas assez rapide. Il frappa sur le côté du container, créant un bruit assourdissant qui résonna à travers tout son corps.

« *Hé* ! » dit-il, en hurlant presque.

« Oui. Je suis là. »

Il s'approcha et se mit à placer quelque chose le long des fentes rectangulaires du container. Le premier objet était une barre granola. Elle glissa sans problèmes à travers la fente et tomba sur le sol du container. Puis il plaça un sac froissé McDonald's le long des fentes. Il avait été plié et mis en boule et il dut pousser assez fort afin qu'il tombe à travers le trou. Quand il tomba au sol, une odeur de nourriture graisseuse et délicieuse remplit le container.

« À manger, » dit-il. « Tu as besoin de plus d'eau ? »

« Non, » dit-elle. « Mais, s'il vous plaît… j'ai besoin d'utiliser les toilettes. »

« Fais-le là-dedans, » lui répondit-il.

« Je ne peux pas faire ça, » dit-elle.

« Ce n'est pas un problème. Tu ne resteras pas là-dedans encore très longtemps. »

C'était une réponse terrifiante qui la fit ramper jusqu'à l'avant du container. « S'il vous plaît. Ne m'obligez pas à m'humilier de cette manière. S'il vous plaît, laissez-moi aller aux toilettes… »

« Non, et ça ne sert à rien de continuer à… »

« Je ferai ce que vous voudrez. Tout ce que vous voudrez. S'il vous plaît… laissez-moi sortir. »

« Tout ce que je veux ? » dit l'homme, pesant ces mots. Pendant qu'il réfléchissait, elle fixa des yeux sa chemise en jeans et imagina le visage qui allait avec et qu'elle avait vu hier soir. Elle pensa que ce serait plus facile de ne pas savoir à quoi il ressemblait ; ce serait plus facile d'y projeter le visage d'un monstre.

« Si j'ouvre ce container et que tu tentes quoi que ce soit, je te tue, » dit-il après une vingtaine de secondes. « Je te laisserai une minute pour t'accroupir et pisser dans un coin. Mais il y a un prix à payer. Quand tu auras fini, tu baisseras ton pantalon et on ira dans un des enclos. Tu mettras tes deux mains sur la barrière pour que je puisse bien les voir et je te prendrai par derrière. Si tu résistes, je te ferai mal. Je serai violent et après je te frapperai. Tu as compris ? »

Il énumérait les étapes comme si c'était quelque chose qu'il avait l'habitude de faire. *Te prendre par derrière* était particulièrement une façon étrange de décrire ce qu'il allait lui faire. Elle savait ce que ça voulait dire mais la manière dont il le disait le rendait d'une certaine façon plus sinistre.

Elle pressentit une occasion à ne pas manquer et elle répondit avant que la peur ne prenne le dessus sur son courage. « Oui, » dit-elle, tout en pensant déjà à l'éventuel viol.

L'homme hésita encore une fraction de seconde avant que Delores n'entende le bruit de clés. Elle entendit le bruit métallique d'une clé introduite dans la serrure à l'extérieur du container.

« Recule contre le mur arrière, » lui ordonna-t-il.

Elle obtempéra. Au moment où elle rampait vers l'arrière du container, un plan prit forme dans sa tête et bien qu'il paraisse presque ridicule, elle savait qu'il s'agissait probablement là de sa seule opportunité. Si elle échouait, elle serait battue, violée et peut-être même assassinée. Mais si elle baissait les bras et n'agissait pas, elle devrait endurer l'humiliation de cet homme la regardant uriner avant de la violer.

La porte du container s'ouvrit lentement. Une lumière remplie de poussière envahit l'espace et lui piqua les yeux. Elle vit qu'il la regardait attentivement, penché en avant.

Une sorte de sourire malade se dessinait sur ses lèvres. « Viens, » dit-il.

Elle obéit, en s'avançant sur ses jambes tremblantes. Il lui tendit une main pour l'aider et elle réalisa combien ses mains étaient énormes. Vu de l'extérieur du container, il avait l'air encore plus imposant que lorsqu'elle l'avait vu depuis l'intérieur. Il était énorme.

« Par là, » dit-il, en lui mettant une main sur l'épaule pour la guider vers un coin au fond de la grange.

Elle fit de son mieux pour qu'il ne remarque pas qu'elle jetait un œil autour d'elle. Elle vit un autre container, identique à celui où elle se trouvait. Il était vide, la porte était grande ouverte. Elle vit également un établi sur lequel étaient posés des vases en verre et de la peinture.

« Là, juste là, » dit-il, en montrant le coin du doigt.

« Est-ce que je peux au moins avoir un peu d'intimité ? » demanda-t-elle.

« Non. Je ne te quitte pas des yeux. Tu me prends pour un imbécile ? »

Une vague de colère l'envahit, ce qui finit de la décider à agir et suivre le plan qu'elle s'était construit en tête. Ça la terrifiait mais elle savait aussi qu'elle n'avait pas d'autre choix.

Gênée, elle déboutonna son pantalon, le baissa avec sa culotte et s'accroupit devant lui. Elle garda les yeux fixés au sol. Le soulagement était immense mais elle ne s'était jamais sentie aussi humiliée de sa vie.

Quand elle eut terminé, il ne lui tendit rien pour s'essuyer. Elle remonta son pantalon mais il s'approcha d'elle au moment même où elle l'eut remonté au niveau de sa taille. Il la prit par le bras et l'amena vers l'autre côté de la grange où se trouvaient deux boxes à chevaux.

« Ici, » dit-il, en montrant du doigt le box le plus proche. « Pose tes mains sur la barrière. »

Elle tremblait des pieds à la tête. Mais elle obéit car son plan l'exigeait. Elle lui tourna le dos et au moment où elle posa ses mains sur la barrière, ses énormes mains attrapèrent la taille de son jeans et l'abaissèrent d'un geste rapide.

« Tant que tu ne cries pas, » dit-il, « j'irai tout en douceur. »

Elle ne le voyait pas. Elle ne voyait que le mur de l'enclos à chevaux devant elle. Elle entendit le bruit de sa braguette au moment où il défit son pantalon, puis elle sentit sa main posée sur son dos, puis sur ses fesses. Il fit un pas en avant et au moment où elle sentit qu'il se penchait pour s'enfoncer en elle, elle tendit une main entre ses jambes et agrippa la première chose qu'elle attrapa.

Ses ongles s'enfoncèrent dans ses testicules. Elle les serra fermement, y enfonçant profondément ses ongles et en les tordant. Il hurla de douleur, si fort que c'en était assourdissant.

Elle se retourna, en serrant et tordant de plus en plus fort. Elle lui assena un dernier coup et écrasa ses testicules du poing avant de se mettre à courir. Il fit un bond en avant dans sa direction mais il s'effondra au sol, son pantalon toujours aux chevilles. Delores parvint à remonter le sien assez rapidement et courut en direction de la porte alors qu'il hurlait derrière elle.

Elle avait dû lui faire bien mal car elle avait du sang sur les doigts et des lambeaux de peau sous ses ongles. Mais elle n'eut pas le temps de savourer ce moment. Il fallait qu'elle se concentre sur sa fuite. Elle faillit tomber mais parvint à garder l'équilibre. Il tendit une main dans sa direction mais il la rata d'une dizaine de centimètres. Il était évident qu'il souffrait énormément et elle dut se retenir pour ne pas lui envoyer un autre coup de pied, *quelque chose...*

Delores passa la porte de la grange et sortit. Au moment où elle se retrouva à l'extérieur, elle se mit à hurler. Mais elle réalisa presque tout de suite que ses cris pourraient bien être inutiles. Elle était dans une vaste cour entourée uniquement de bois. Une autre grange se trouvait sur sa droite.

Elle se dirigea en direction de la maison, en continuant à hurler, puis elle s'arrêta. Elle entendait quelque chose au beau milieu de ses cris.

Une autre voix. Un autre cri. Et ce n'était pas l'homme derrière elle, qui était maintenant occupé à passer la porte de la grange. C'était une femme… et elle avait l'air terrifiée.

Delores avait vraiment envie d'aller jeter un oeil mais elle savait aussi que le temps jouait contre elle. *Il faut d'abord que je m'enfuie, puis j'enverrai la police,* pensa-t-elle. *Ils retrouveront l'autre femme et arrêteront cette ordure.*

Mais elle savait qu'il fallait qu'elle vérifie. Elle courut en direction de l'autre grange qui était fermée à clé. Elle frappa contre la porte. « Il y a quelqu'un là-dedans ? » demanda Delores.

« Oh mon dieu ! Oui ! »

La réponse fut déchirante. Encore plus dû au fait que Delores ne pouvait pas arriver jusqu'à la femme. « Je ne peux pas entrer maintenant, mais j'enverrai la police, » dit-elle. « Tiens bon ! »

Delores fut sur le point de se ruer devant elle, en direction de la maison mais elle vit l'allée poussiéreuse et elle n'était pas sûre de pouvoir courir plus vite que l'homme sur ce terrain découvert. Dans les tréfonds de sa mémoire, elle se rappelait avoir fait des recherches pour un livre où elle avait parlé avec un expert en survie qui lui avait appris que fuir à travers bois était bien plus facile que fuir en terrain découvert. Et bien que le terrain devant elle ne soit pas totalement découvert, il y *avait* des bois de tous côtés.

Elle courut vers la gauche, où la forêt n'était qu'à une dizaine de mètres. Au moment de passer l'orée du bois, elle se permit de jeter un oeil au-dessus son épaule. L'homme en chemise en jeans la poursuivait. Il clopinait toujours mais semblait avoir repris des forces.

Delores se rua dans les bois, courant aveuglément à travers une forêt qu'elle ne connaissait pas. Elle s'était déjà ramassé une branche en plein visage, ce qui avait créé un filet de sang le long de sa joue.

Elle n'allait plus jeter un œil en arrière. Elle savait qu'il la poursuivait et c'était tout ce qu'elle devait savoir. Elle devait continuer à avancer, continuer à espérer que cette forêt finirait par se terminer et la conduire à une route.

Elle esquiva des branches et contourna des souches, sans jamais cesser d'avancer. Elle courait en ligne plus ou moins droite. Elle entendait au loin l'homme qui la poursuivait à travers bois mais le son était étouffé par sa propre respiration et les cris de désespoir qui sortaient de temps à autre de sa bouche.

Et puis il y eut cet autre bruit. C'était un bruit presqu'irréel car il n'avait pas de sens, mais il était bien là. Et il venait de droit devant elle.

C'était le bruit rythmé d'un gros moteur, accompagné d'un bruit de brise et au premier abord, il n'avait pas de sens.

Un train, pensa-t-elle.

Et mon dieu, il avait l'air vraiment très proche.

Elle se mit à courir encore plus vite. Derrière elle, elle entendit l'homme laisser échapper un juron et un « *NON !* » étranglé.

Apparemment, il avait aussi entendu le bruit du train. Delores parvint à courir encore plus vite. Ses jambes lui demandaient grâce et ses poumons brûlaient mais elle continua à avancer. Le bruit du train se rapprochait de plus en plus et elle put voir des éclaircies parmi les arbres, révélant des fragments du ciel au-dessus d'elle.

Elle ne savait pas depuis combien de temps elle courait… peut-être cinq minutes mais certainement pas plus de dix. Elle avait néanmoins l'impression de courir un marathon. Son coeur battait la chamade et elle était en sueur. N'osant toujours pas regarder derrière elle, Delores passa l'orée du bois devant elle et se retrouva sous la vaste étendue du ciel qu'elle ne pouvait que deviner par morceaux à travers les arbres.

Et là, elle vit les rails du train, à seulement une quinzaine de mètres devant elle. Le train roulait dans un vacarme monstre, faisant trembler le sol. Elle vit les wagons passer, poussés sur les rails et soufflant de l'air chaud dans sa direction. Ce fut alors qu'elle se permit de jeter un œil derrière elle. Elle vit l'homme en chemise en jeans traverser l'orée du bois. Le regard haineux qu'affichait son visage était terrifiant… assez pour que Delores se mette à courir en direction du train.

Et que penses-tu que tu vas pouvoir faire ? se demanda-t-elle.

Elle savait ce qu'elle allait *essayer* de faire. Et si ça ne marchait pas, le pire qu'il pourrait arriver, c'est qu'elle meure. Et si elle mourait, elle ne devrait plus se tracasser de ce qui l'attendait avec le pervers qui la poursuivait.

« Oh mon dieu, oh mon dieu, » se mit à scander Delores.

Elle courut en direction du train. À chaque foulée, elle pouvait sentir les vibrations remonter le long de ses jambes. Elles lui traversaient tout le corps et faisaient même trembler ses yeux. Elle vit les wagons passer, l'un après l'autre. Ses yeux faisaient passer l'information à son cerveau et bien que ses muscles ne semblent pas avoir envie de prendre part à ce plan de malade, elle continua à courir.

Elle assimila les formes mouvantes des wagons, sachant que ses chances étaient minimes, consciente que les lois les plus basiques de la physique jouaient contre elle et que…

Elle vit les traverses sur le côté d'un des wagons et avant de se rendre compte de ce qu'elle faisait, elle sauta en avant.

Sa main droite attrapa une barre de l'échelle de fortune qui pendait sur le côté du wagon. Son corps suivit son bras tendu et heurta la partie inférieure du train. Elle faillit lâcher prise au moment de l'impact mais sa main gauche réussit à attraper l'échelon. Quand elle réalisa qu'elle tenait bon, elle sentit également le tiraillement de la gravité peser sur ses jambes.

Elle pendait littéralement du train, ses jambes battant l'air comme du papier flottant au vent. Delores hurla et tendit la main vers l'échelon suivant. Elle donna une impulsion vers le haut, les tremblements du wagon et des rails semblant la pousser telles des mains invisibles. Avec un hurlement de détermination, elle réussit à atteindre un autre échelon et parvint finalement à poser ses pieds sur la barre inférieure.

Et maintenant, quoi ?

Elle n'avait aucune idée. Elle regarda derrière elle et vit l'homme qui la poursuivait. Il n'était plus qu'une tache qui disparaissait au loin. Puis elle regarda en direction des bords du wagon. Il était d'une couleur rouge délavée, fermé par une porte coulissante, dont le verrou ne se trouvait qu'à un mètre de distance de son bras gauche. D'après ce qu'elle pouvait en voir, le verrou n'était pas fermé.

Elle sentit l'adrénaline traverser son corps et put même discerner le goût de cuivre dans le fond de sa gorge alors que son corps était trempé. Elle se déplaça vers le bord extérieur de la fine échelle et tendit la main gauche en avant.

Juste avant que ses doigts ne parviennent à la toucher, la porte s'ouvrit. Ce fut si soudain que Delores hurla de surprise. Un homme la regardait et durant un bref instant, elle eut l'impression que c'était lui… l'homme en chemise en jean qui l'avait enfermée dans le container. Mais en un coup d'œil, elle vit qu'il s'agissait là d'un homme aux yeux hagards, qui avait l'air d'avoir la soixantaine. Sa barbe blanche était sale, ses yeux étaient écarquillés et il avait l'air surpris.

« C'est quoi ce *bordel* ? » dit l'homme. « Mais ma parole, vous êtes *folle* ? »

Elle supposa qu'il s'agissait là d'un vagabond, un clochard qui squattait les trains pour se rendre d'un endroit à l'autre. Quoi qu'il en soit, en ce moment, c'était son sauveur. Il lui tendit la main et elle la prit.

« Vous pourrez y arriver ? » demanda l'homme.

Delores hocha la tête mais elle pleurait. Elle prit la main de l'homme et la serra fermement sans la lâcher. L'homme lui fit un signe de la tête et tira. Delores lâcha les échelons, en hurlant. Elle sentit qu'elle tombait, tirée en avant. Le vieil homme avait l'air assez faible et elle eut peur de l'arracher au wagon, les propulsant tous les deux vers une mort certaine dans le talus sous les rails.

Mais au lieu de ça, elle sentit un coup violent au niveau du ventre et quelque chose de solide et de stable sous son corps. Le vieil homme était parvenu à la tirer à l'intérieur du wagon. Ses pieds pendaient toujours à l'extérieur. Elle les ramena rapidement sous elle, en essayant de reprendre son souffle.

« Merci, » parvint-elle à lui dire, dans un sifflement.

Il était agenouillé à côté d'elle et l'observait. Une puanteur atroce émanait de lui mais à cet instant, il était la personne la plus magnifique qui soit aux yeux de Delores.

« Qu'est-ce que vous foutiez là dehors ? » lui demanda-t-il.

Elle essaya de parler mais les mots sortirent sous forme de sanglots. Mais ce qu'elle parvint à dire résumait toute l'histoire. *« Un homme… m'a kidnappée… deux jours… enfuie… »*

« Mon dieu, » dit le vieil homme.

Si son corps n'avait pas été incroyablement douloureux, ses yeux brouillés par les larmes et son coeur battant la chamade, elle aurait peut-être remarqué le regard étrange dans les yeux de l'homme. Elle aurait peut-être aussi remarqué qu'il déboutonnait son pantalon.

« Et bien, » dit l'homme, « je me sens encore *d'autant* plus mal pour ce que je suis sur le point de faire. »

Elle eut à peine le temps de comprendre les mots prononcés avant que les mains de l'homme ne la prirent par les cheveux. Elle haleta de surprise et de douleur au moment où il leva sa tête du sol. Quand elle heurta le sol, le bruit sembla s'amplifier à l'intérieur de sa propre tête. L'homme répéta le mouvement à deux reprises. Au troisième choc, Delores s'évanouit, en sentant quelque chose de plus brutal que le sommeil l'envahir alors que le wagon la berçait au loin.

CHAPITRE DOUZE

Une des choses qui énervait vraiment Mackenzie, c'était de suivre une piste tout en sachant parfaitement qu'elle ne donnerait aucun résultat. La seule raison pour laquelle elle ne se sentait pas totalement démoralisée alors qu'elle et Ellington roulaient sur une route secondaire de Bent Creek, était parce qu'elle savait aussi que même la piste la plus minime pouvait parfois fournir quelque avancée.

Après quatre heures d'appels téléphoniques, de vérifications de dossiers, de recoupements et de recherches dans les archives de Bent Creek des vingt dernières années, Mackenzie, Ellington et une équipe de quatre policiers de Bent Creek n'étaient parvenus qu'à une seule piste potentielle – une seule personne qui avait des liens avec les trois victimes. Et c'était vraiment un lien très ténu.

« Tu as l'air un peu abattue, » lui dit Ellington, en conduisant lentement le long de la route secondaire, à la recherche d'une maison en particulier.

« Non… c'est juste que je ne suis pas vraiment fan de suivre des pistes qui ne mèneront probablement à rien. »

« Oh, je vois ce que tu veux dire, » dit Ellington. « Un de mes instructeurs au Bureau avait une assez bonne analogie concernant le fait d'enquêter chaque piste en profondeur, peu importe si elle avait l'air peu prometteuse. Il disait qu'il fallait imaginer marcher le long d'une rivière après la pluie et soulever chaque pierre sur le chemin. Il y aura toujours *quelque chose* en-dessous de chacune d'entre elles : des vers, des insectes, des débris. Chaque pierre révélera quelque chose de différent de la précédente et elles méritent dès lors *toutes* d'être soulevées. »

« Ça s'applique assez bien, » dit-elle. « Mais je préfère ne pas envisager des pistes potentielles sous forme de pierres à soulever. »

Ellington gara la voiture, ayant finalement trouvé la maison en question, et haussa les épaules. « Éh, chacun sa façon de voir les choses, j'imagine. »

Ils sortirent de voiture et regardèrent en direction de la maison qui se trouvait devant eux. Elle appartenait à la grand-mère de Naomi Nyles, Mildred Cole, quatre-vingt-un ans. Quand ils l'avaient appelée depuis le commissariat, la vieille dame avait eu l'air un peu trop enthousiaste à l'idée d'avoir de la compagnie, même s'il s'agissait d'agents du FBI venus lui poser des questions sur la disparition de sa petite-fille. Elle leur avait dit de frapper à la porte et d'entrer directement car, comme elle l'avait expliqué, sa

« hanche avait tendance à la lâcher et vu que je ne sais pas quand elle finira par ne plus me répondre, je préfère rester assise dans mon fauteuil. »

Suivant les instructions de la vieille dame, Mackenzie et Ellington entrèrent après avoir frappé à la porte. « Bonjour, madame Cole ? » dit Mackenzie alors qu'ils s'avançaient dans un petit vestibule.

« Oui, par ici, » dit une vieille voix enjouée, provenant de leur droite.

Ils entrèrent dans le salon et trouvèrent Mildred Cole assise dans un grand fauteuil inclinable. Un verre de thé glacé était posé sur une table à côté d'elle et la télévision marchait à plein volume. Elle était occupée à regarder une émission sur la rénovation de maisons.

« Merci d'avoir accepté de nous rencontrer, » dit Ellington.

« Bien sûr, pas de problème, » dit Mildred. « Ce n'est pas comme si j'avais une tonne d'autres choses à faire ces temps-ci, vous savez ? »

« Et bien, nous essayerons que notre visite soit brève, » dit Mackenzie, en étant presqu'obligée de hurler pour se faire entendre avec le bruit de la télé. Mildred finit par comprendre et coupa le son de la télé avec une télécommande qu'elle sortit de l'un des nombreux replis du fauteuil.

« J'imagine qu'ils n'ont toujours pas retrouvé Naomi, hein ? » demanda Mildred.

« Non, madame, » dit Ellington.

« Mais nous espérons pouvoir découvrir un maximum concernant les vies des femmes ayant disparu, » ajouta Mackenzie. « Y compris les liens, même les plus ténus, qui pourraient exister entre elles. Et alors que nous enquêtions sur le passé des trois femmes disparues, nous avons trouvé un lien solide. Et c'est *vous.* Et puisque vous êtes en plus la grand-mère de l'une des victimes, ça nous a semblé une piste sérieuse. »

« J'ai vu aujourd'hui les nouvelles à la télé concernant la disparition de la troisième femme, » dit Mildred. « Delores Manning. Vraiment une gentille fille. »

« À ce sujet, » dit Mackenzie, « nous avons découvert que vous avez gardé Delores quand elle était enfant. Vous rappelez-vous combien de temps vous l'avez gardée ? »

« Oh, je ne me rappelle plus exactement, » dit Mildred. « Sa mère n'était pas souvent là, vous savez. Parfois Delores restait chez moi jusqu'à vingt heures ou vingt et une heures avant que sa mère ne vienne la chercher – la plupart du temps, complètement ivre. Je pense que Delores devait avoir environ treize ans quand elle a cessé de venir chez moi. »

« Et à part sa mère, y avait-il d'autres problèmes dans la vie de Delores ? »

« Pas que je me souvienne. Elle se comportait toujours très bien et passait son temps à écrire dans ses cahiers. Elle a toujours su qu'elle voulait être écrivain. »

« Et maintenant, concernant Crystal Hall, » dit Ellington. « Nous avons découvert que vous avez travaillé pour son père à l'abattoir en ville. C'est bien ça ? »

« Oh oui. Et la pauvre fille s'y trouvait parfois. Elle venait au bureau de son père après l'école et y faisait ses devoirs. Son père était toujours très occupé… un homme bon mais fort occupé, vous voyez le genre. Sa mère est décédée quand elle avait neuf ans et la famille ne s'est jamais remise. Alors j'aidais Crystal à faire ses devoirs autant que je le pouvais. Mais pour tout ce qui était algèbre ou maths, ce n'était pas mon fort. C'était une enfant très gentille. Mais je pense qu'en grandissant, elle est devenue un peu… et bien… elle aimait beaucoup les garçons. Sans vouloir en dire plus. »

« Vous voulez dire qu'elle était un peu débauchée ? » demanda Mackenzie.

« C'est peu dire. La première fois qu'elle a été prise sur le fait, c'était à l'arrière d'un magasin et je pense qu'elle n'avait que quatorze ans. L'homme qu'elle… et bien, auquel elle offrait ses *services*, avait dix-neuf ans. Les rumeurs racontent que son père l'a recherchée à deux reprises et retrouvée dans les bois avec des garçons. Il l'a même suprise une fois en pleine action. »

« C'était il y a combien de temps ? » demanda Mackenzie.

« Oh, je ne suis pas tout à fait sûre. Dix ou douze ans peut-être ? »

« Est-ce que vous avez continué à lui parler après ça ? » demanda Ellington.

« Non et je le comprends tout à fait. Ces petites filles qui m'ont connue quand elles étaient enfant n'avaient pas vraiment besoin d'une vieille femme dans leurs vies, vous savez ? Je n'ai parlé avec aucune d'entre elles durant au moins les dix dernières années. Juste un bonjour de temps en temps dans la rue quand j'étais encore capable de sortir. Mais Delores m'a envoyé un exemplaire de son premier livre avec une note de remerciement. Vraiment une gentille fille… »

« Alors, vous n'avez aucune idée du lien qui pourrait exister entre elles ? » demanda Mackenzie. « Est-ce que vous avez une idée de la raison pour laquelle quelqu'un aurait pu les prendre pour cibles ? »

La vieille dame fronça les sourcils et avala une gorgée de son thé glacé. « Non. Les gens sont juste méchants par les temps qui courent, vous ne trouvez pas ? Je veux dire par là, est-ce que quelqu'un aurait vraiment besoin d'une raison ou d'un lien, à part le fait qu'ils aient juste de mauvaises intentions ? »

Le silence se fit entre eux suite à cette question. Mackenzie regarda autour d'elle et vit les photos de famille, la Bible sur la petite table de salon et les vieux bouquins éparpillés ici et là sur des étagères poussiéreuses et sur une bibliothèque bancale.

« Et bien, nous vous remercions encore une fois pour le temps que vous nous avez consacré, » dit Ellington.

« Oh, vous allez déjà partir ? » demanda Mildred. « Restez au moins pour un verre de thé. Tenir compagnie à une vieille dame pendant encore cinq minutes, non ? »

Mackenzie ouvrit la bouche pour décliner poliment l'invitation mais Ellington fut plus rapide qu'elle. « Vous savez, je pense que c'est effectivement possible, » dit-il, en décochant un sourire rapide à Mackenzie. « Dites-moi juste où se trouve le thé et je le servirai. Ce n'est pas nécessaire que vous vous leviez. »

Mildred gloussa et se leva péniblement et lentement du fauteuil. « Oh, je n'ai pas encore abandonné l'idée d'être capable de recevoir des gens. »

Elle continuait à glousser en sortant du salon et en se dirigeant vers le corridor. Mackenzie sourit à Ellington, trouvant adorable et attirante sa décision de rester un peu plus longtemps. Cet homme était apparemment plein de surprises.

« Tout ira bien, » lui dit-il tout bas. « De plus, c'est du thé sucré. Plus une dame est âgée, plus le thé est sucré. Et je ne peux vraiment pas rater cette occasion de prendre un bon verre de thé sucré. »

Mackenzie ne sut pas quoi répondre, alors elle resta silencieuse. Elle regarda autour d'elle, essayant d'imaginer une jeune Delores Manning étendue sur le sol avec un cahier et un stylo. Elle avait cette image devant les yeux quand elle fut interrompue par le bruit de glaçons s'entrechoquant dans deux verres de thé sucré qui s'approchaient d'eux depuis le corridor.

Pendant les cinq minutes suivantes où ils restèrent assis là avec Mildred, Mackenzie pensait déjà aux histoires que la vieille dame leur avait racontées et comment elles pourraient l'amener vers d'autres pistes.

Le père de Crystal Hall, pensa-t-elle. *Ce n'est certainement pas le type que nous recherchons mais avec une fille ayant une telle réputation, il doit certainement connaître les voyous de cette ville. C'est probablement la meilleure piste que nous ayons pour l'instant.*

Avec cette idée en tête, il était devenu plus facile pour elle de rester assise tranquillement et d'apprécier son verre de thé au moins autant qu'Ellington n'avait l'air de le savourer.

***

La nuit tombait au moment où ils se dirigèrent vers leur voiture. Quand Ellington fut assis derrière le volant, il regarda en direction de Mackenzie et sourit. « Alors, qui va passer l'appel ? »

« Quel appel ? » demanda-t-elle.

« Au père de Crystal Hall. C'est la prochaine étape, non ? »

C'était vraiment étrange la manière qu'ils avaient de rapidement se synchronizer. Alors qu'ils sirotaient leur thé, c'était *exactement* ce qu'elle avait pensé : que ce serait une bonne idée de parler avec le père de Crystal Hall. Peut-être qu'ils pourraient obtenir quelques noms de types avec lesquels Crystal avait été impliquée. C'était à nouveau une maigre piste mais ça valait mieux que pas de piste du tout.

« J'appelle Bateman, » dit-elle.

« OK. Bon alors, dis-moi… à part le thé sucré, peut-on dire que la visite chez Mildred Cole a été peu productive ? »

« Non, je n'irais pas jusque là, » dit Mackenzie. « On a obtenu quelques informations de plus concernant ces femmes. Nous en savons plus à leur sujet maintenant. Tout détail, même le plus minime, peut s'avérer utile dans le futur. Et ça nous a permis d'avoir l'idée, même vague et qui risque de nous mener à pas grand-chose, de parler avec le père de Crystal Hall. Comme tu le dirais si bien, c'était une pierre qui valait la peine d'être soulevée. »

« Tu finiras bientôt par réfléchir comme moi, » dit Ellington.

« Et c'est bien ça qui me fait peur, » dit-elle, en cherchant le numéro de téléphone de Bateman.

Rapide comme à son habitude, Bateman décrocha après la première sonnerie. « Hé, agent White, vous avez du neuf ? »

« Pas encore, » dit-elle. « Mais nous venons de parler avec Mildred Cole et je pense que ça vaudrait la peine de parler avec le père de Crystal Hall. Il vit toujours dans la région de Bent Creek ? »

« Oh oui. Et vous savez… il est dix-sept heures cinquante-sept maintenant. Et je peux vous garantir qu'il sera très facile à retrouver. Il vous suffit de vous arrêter au bar Bumper avant vingt et une heures. »

« Même maintenant, moins de dix jours après que sa fille ait été enlevée ? »

« Oui, même maintenant. Je pense qu'il a l'impression qu'elle a juste déménagé. C'est une famille un peu bizarre. Il y a vraiment quelque chose de pas net. Je vais vous envoyer une photo récente d'il y a environ cinq mois lorsqu'il a été arrêté pour ivresse et désordre sur la voie publique. »

« Merci, » dit Mackenzie. « Nous vous tenons au courant. »

Elle raccrocha et regarda Ellington. « Envie d'aller boire un verre ? »

« Toujours. »

Elle chercha l'adresse du bar Bumper et donna les instructions à Ellington. Elle reçut un email de Bateman contenant la photo du père de Crystal Hall. Il s'appelait Donald M. Hall et il avait cinquante et un ans. Puis elle regarda par la vitre. La nuit tombait, les premières étoiles commençaient à briller et la menace de neige était de plus en plus imminente.

Tout ce que Mackenzie pouvait penser, c'était combien il s'agissait là d'une autre occasion pour leur type de passer à l'action.

CHAPITRE TREIZE

Mackenzie n'aimait pas du tout la musique country et à chaque fois qu'elle entrait dans un bar et que c'était la première chose qu'elle entendait, elle faisait la grimace intérieurement. Ce ne fut pas différent quand ils entrèrent dans le bar Bumper. Le bar était un peu plus joli que celui qui se trouvait près du motel 6 et où elle était allée avec Ellington. Il n'y avait pas grand monde, juste quelques hommes assis au bar et un groupe bruyant d'une vingtaine d'années, attablé dans un coin autour d'un pichet.

Mackenzie remarqua tout de suite Donald Hall, assis au bar. Un autre homme était assis à côté de lui mais ils ne se parlaient pas. Donald Hall fixait d'un regard vide la petite télé derrière le bar, dont le son était coupé et qui montrait deux présentateurs de sport sur ESPN. Elle vit à nouveau comment Ellington assumait le rôle de protecteur au moment où il prit les devants en traversant l'endroit. Mackenzie remarqua deux hommes assis au bar, qui la regardaient passer. Leurs yeux lui firent l'effet d'envahisseurs. Elle était contente qu'Ellington soit avec elle. Sinon, un de ces types lui aurait sûrement adressé un commentaire et elle aurait fini par devoir donner un coup ou l'autre.

Ils s'approchèrent de Donald Hall, gardant un peu leur distance tout en rejoignant le bar. « Monsieur Hall ? » demanda Mackenzie.

Il se tourna vers eux et elle put voir une légère ivresse dans ses yeux. Il avait l'air et l'attitude d'un buveur chevronné. Mackenzie imagina qu'il devait être le genre de type à boire en excès au moins deux fois par semaine et à boire modérément les cinq autres jours. Vu que sa fille venait de disparaître, elle pensa que cette moyenne était peut-être un peu différente maintenant… même s'il *pensait* que Crystal avait juste quitté la ville sans prendre la peine d'en informer qui que ce soit.

« Qui le demande ? » demanda-t-il.

« Nous sommes du FBI, » dit Mackenzie. « Je suis l'agent White et voici l'agent Ellington. Nous espérions pouvoir vous parler de ce qui est arrivé à votre fille. »

« Qu'est-ce que vous voulez savoir ? » demanda-t-il. Il avait l'air plutôt ennuyé par leur présence. S'il pensait que sa fille ait pu disparaître, il le cachait incroyablement bien.

« Peut-être pourrions-nous parler en privé ? » suggéra Mackenzie.

« Non, ici, c'est très bien. De plus… il n'y a rien à dire. Tout le monde en ville sait très bien quel genre de fille Crystal était. Et spécialement les putains de mecs. »

« Pourriez-vous nous en dire plus à ce sujet ? » demanda-t-elle.

Donald avala une gorgée de sa bière et regarda Mackenzie comme si elle était stupide. « Et bien, voyons… la police et moi-même l'avons surprise à quatre reprises en train de se taper des mecs dans des voitures entre ses quatorze ans et ses dix-sept ans, et une fois à tailler une pipe à un mec derrière un magasin. Elle est partie de la maison à dix-sept ans pour vivre avec un type qui l'a mise enceinte et elle s'est cassée après avoir obtenu de l'argent pour se faire avorter. Elle a déménagé à Des Moines pour fuir ses problèmes mais elle devait revenir dans le coin pour visiter des fermes pour son boulot. L'année dernière, elle a été surprise en train de coucher avec un des fermiers. Sa femme l'a su et l'a quitté. Alors ouais… ma petite Crystal est bien connue dans le coin. »

« Et le shérif Bateman m'a dit que vous ne pensiez pas qu'elle ait été enlevée. »

« Non. Elle a été réprimandée par sa hiérarchie chez Wrangler Beef pour la manière dont elle se comportait. Elle n'a jamais été faite pour le travail… enfin, en tout cas, pour un vrai travail. Est-ce que Bateman vous a dit que, lorsqu'elle fut prise en flagrant délit à l'âge de seize ans, il y avait de l'argent en jeu ? Une centaine de dollars pour qu'un type de trente ans puisse passer une heure avec elle sur le siège arrière d'une voiture. Elle n'a jamais été quelqu'un de responsable. Je pense qu'elle a abandonné sa voiture, en voyant qu'une autre fille avait disparu – cette Naomi Nyles – et a fui ses responsabilités. Dieu seul sait où elle se trouve maintenant et ce qu'elle peut bien être occupée à faire. »

« Et vous n'avez aucune envie de le savoir ? »

Donald Hall se détourna de Mackenzie et se remit à fixer la télé des yeux. « Non. Et maintenant… est-ce qu'on en a terminé ? »

« Une dernière question, si vous voulez bien, » dit Mackenzie. « Ce fermier qui a perdu sa femme à cause de cette affaire, qui était-il ? »

« Ça n'a pas d'importance. Sa femme est partie et il a déménagé au Texas. »

« Et concernant ces autres hommes avec lesquels Crystal a été prise en flagrant délit dans le passé ? » demanda Ellington. « Est-ce que l'un d'entre eux vous inspire tout spécialement de la méfiance ou semble être un type fait pour attirer les problèmes ? »

Donald réfléchit à la question durant un instant et se mit à sourire. « Vous savez, » finit-il par dire, « en fait, ouais. Cet enfoiré qui a payé pour ses services. Il s'appelle Mitch Young. »

« Est-ce qu'il vit dans le coin ? »

« Ouais, il se terre dans un mobilhome délabré dans les bois longeant la Route 14. »

Mackenzie et Ellington échangèrent un regard et virent qu'ils partageaient exactement la même idée.

Bingo.

***

Après avoir reçu des indications de la part de Bateman, Ellington et Mackenzie retournèrent en direction de la Route 14. Revoir cette route dans l'obscurité des premières heures de la nuit semblait une prémonition. C'était littéralement comme s'ils revisitaient la scène de crime. Alors qu'ils se dirigeaient vers l'adresse qui leur avait été indiquée, ils passèrent devant un de ces sentiers en terre battue fermés par une chaîne – ces sentiers qui avaient attiré hier l'attention de Mackenzie, la première fois où ils étaient venus sur cette route.

« Une coïncidence ? » dit Ellington.

« Peut-être bien, » dit Mackenzie. « Cette région de l'Iowa pullule de routes secondaires. Enfin, si cette piste s'avère prometteuse, Bateman et trois autres policiers sont prêts à intervenir. »

Ellington continua à rouler durant un kilomètre avant de tourner à gauche sur une route en terre battue. Elle était recouverte en partie de gravier mais avait l'air en mauvais état. Quand ils s'avancèrent, Mackenzie réalisa que cette route était supposée être une allée d'entrée. Le fait qu'elle soit du même côté de la route que les deux sentiers en terre battue fermés par des chaînes qu'elle avait remarqués hier, la mit en alerte.

L'allée qui menait au logement de Mitch Young était ridiculement longue. Mackenzie estima qu'ils avaient roulé pendant près d'un demi kilomètre avant de finalement voir le mobilhome devant eux. Le mobilhome était en très mauvais état. Deux marches en parpaing menaient à la porte d'entrée. On aurait dit qu'il était sur le point de s'effondrer – et un coup de vent aurait pu faire l'affaire. Deux camions délabrés et une petite camionnette étaient garés dans l'allée poussiéreuse. L'endroit avait vraiment l'air louche dans l'obscurité et encore plus quand le faisceau des phares de leur voiture l'inonda de lumière.

« Merde, » dit Ellington. « White, tu vois ce que je vois ? »

Elle regarda au-delà des véhicules et du mobilhome délabré qui se trouvaient devant eux. Sur la droite du mobilhome, sur un lopin de terre envahi d'herbes qui semblait être le jardin, il y avait deux containers. Ils mesuraient environ un mètre de haut et peut-être un mètre cinquante de large.

« Il y a quelque chose de pas net ici, » dit Ellington.

« Je suis bien d'accord, » dit-elle. « J'appelle Bateman. » Elle le fit rapidement. Quand il décrocha, elle passa outre les civilités et dit simplement : « Nous avons besoin de vous ici rapidement. Rien encore de concret mais des signes d'avertissement partout. »

Elle raccrocha avant de laisser le temps à Bateman de répondre. Elle échangea un regard avec Ellington et ils sortirent de voiture. Ils entendirent tout de suite le son étouffé de musique provenant du mobilhome. Des accords de guitare en solo se déversaient dans la nuit, accompagnés d'un son de basse que Mackenzie reconnut.

De l'autre côté de la voiture, Ellington émit un léger bruit de dégoût. « Beurk. Skynyrd. Définitivement ce type n'annonce *rien* de bon. »

Elle appréciait la pointe d'humour – et commençait à comprendre que c'était la manière qu'avait Ellington de gérer le stress – mais elle ressentait tout de même le besoin de garder sa main à portée de son arme. Pour l'instant, il ne s'agissait juste que d'une visite normale afin d'obtenir des informations et il n'y avait aucune *vraie* raison de suspecter un danger autre que les inculpations de l'homme pour comportement obscène avec une mineure dans le passé.

Ils n'allèrent pas tout de suite vers la porte d'entrée mais se dirigèrent directement vers le jardin. Mackenzie s'approcha du premier container et utilisa la torche de son téléphone pour jeter un oeil à l'intérieur. Le container était rouillé et il y avait un trou à l'arrière. Il semblait être fait d'une sorte de plastique industriel. Le deuxième container était dans le même état – abandonné et délabré. S'ils avaient été utilisés pour y enfermer des personnes dernièrement, elles n'auraient eu aucune difficulté à s'en échapper.

Ils marchèrent en silence vers l'avant de la maison pendant qu'Ellington regardait autour de lui d'un air dégoûté au moment où ils s'approchèrent des marches en parpaing.

Il n'y avait de la place que pour une seule personne sur l'escalier de fortune. Quand Mackenzie prit pied sur l'une des marches, elle se mit à trembler légèrement. Quand elle frappa à la porte, elle sentit combien l'escalier était fragile.

À l'intérieur, elle entendit quelqu'un pousser un rapide « *Merde...* »

Ensuite elle entendit un léger vacarme et de l'agitation à l'intérieur du mobilhome. Elle frappa à nouveau à la porte mais cette fois-ci, elle ajouta, « C'est l'agent Mackenzie White du FBI. Monsieur Young, j'entends que vous êtes à l'intérieur et j'apprécierais vraiment que vous veniez ouvrir la porte. »

L'agitation cessa durant un instant et après un silence de quelques secondes, elle reçut une réponse. « Juste un instant. »

Mackenzie regarda en direction d'Ellington et vit qu'il avait aussi la main droite à proximité de son arme. Elle était contente de voir qu'elle n'était pas la seule à pressentir une sorte de désastre dans l'air. Une pensée lui vint ensuite à l'esprit... une pensée dangereuse peut-être, mais stratégique.

Elle fit un signe à Ellington de s'éloigner tout en lui chuchotant : « Évitons qu'il sache que nous sommes deux. S'il y a quelque chose de louche, il est plus probable qu'il vende la mèche s'il pense que je suis toute seule. »

Il inclina la tête et fronça les sourcils, laissant clairement comprendre qu'il n'était pas adepte de cette idée. Mais au dernier moment, il recula dans l'ombre sur le côté du mobilhome.

Au moment où il se retrouva dissimulé dans la pénombre, la frêle porte d'entrée s'ouvrit. Un homme obèse la fixa des yeux. Il portait un t-shirt blanc en lambeaux et un jeans déchiré. Il avait l'air clairement amusé de la voir.

« Qu'est-ce que je peux faire pour vous ? » demanda-t-il.

Il avait pris un air intentionnellement arrogant. Il faisait également de son mieux pour bloquer la porte d'entrée et éviter qu'elle puisse jeter un œil à l'intérieur.

« J'enquête sur une série de disparitions dans la région, » dit-elle. « Une des femmes disparues est Crystal Hall. Votre nom est apparu lors de mes recherches. »

« Disons que Crystal Hall est un nom qui va faire surface à chaque fois que vous parlerez avec à peu près tous les hommes en ville. »

« Peut-être bien, » dit Mackenzie. « Mais ils n'ont pas tous payé une centaine de dollars pour coucher avec une mineure à l'arrière d'une voiture. »

« C'était il y a presque dix ans, » dit Young. « J'ai payé mon tribut pour cette histoire. »

« Je sais bien mais j'espérais que vous pourriez tout de même répondre à certaines de mes questions. »

« Je ne pense pas pouvoir beaucoup vous aider. »

« Laissez-moi en juger. »

« Écoutez… je suis désolé que Crystal ait disparu mais je ne suis pas la personne qui va vous en apprendre beaucoup plus. Après le soir où on s'est fait prendre, je ne l'ai revue qu'une seule fois. Et on n'a pas vraiment beaucoup parlé. »

« Est-ce que vous l'avez aussi payée cette fois-là ? »

« Non. »

« Monsieur Young, pourriez-vous me dire à quoi servent les containers qui sont dans votre jardin ? »

« À rien, vraiment. Juste à y entreposer des trucs. »

« Est-ce que je peux y jeter un œil ? » demanda-t-elle.

« Vous avez un mandat ? »

« Non. »

« Alors non. Vous ne pouvez pas fouiller dans mes affaires juste parce qu'une salope a disparu et qu'il s'avère que j'ai goûté à la marchandise. Alors pourquoi vous ne rebroussez pas chemin, chérie, et… »

« Je vous demande d'arrêter tout de suite et si vous m'appelez encore une seule fois *chérie*, j'obtiendrai un mandat et je fouillerai chaque centimètre carré de cet endroit. »

« Pour quel motif ? »

« Pour suspicion. Vous avez pris pas mal de temps avant d'ouvrir la porte. Qu'est-ce que vous cherchiez à cacher ? »

« Ce n'est pas vos affaires. Je faisais le ménage. Et maintenant, foutez le camp de ma propriété. »

Mackenzie avait un très fort pressentiment – un pressentiment qui lui disait qu'il y avait certainement quelque chose à l'intérieur de ce mobilhome. Elle monta sur le bloc en parpaing du haut et se retrouva face à face avec lui. « Monsieur Young, je vais devoir insister à ce que vous me laissiez entrer. »

« Et si je ne le permets pas ? »

« Alors, au lieu que ce ne soit que *moi* qui jette un œil, ce sera trois autres agents et la police locale dans quelques heures, avec un mandat. C'est vous qui voyez. »

« Et bien, je pense que je… »

Il bougea soudain rapidement – ou en tout cas, rapidement pour lui – et se pencha sur le côté. Il réussit à mettre la main sur la crosse d'un fusil qui était posé là mais il n'eut pas le temps de lever le canon.

Mackenzie lui assena un coup à la poitrine. Au moment où il vacilla en arrière, elle enfonça son bras sous son aisselle droite et le souleva. Elle le jeta au sol dans une prise presque parfaite. Quand il heurta le sol, il laissa échapper un gémissement pendant que le fusil qu'il avait essayé d'atteindre tombait à ses côtés.

Dans un mouvement gracieux, Mackenzie sauta de la marche en parpaing et éloigna le fusil du pied. Elle sortit ensuite sa propre arme et pointa le canon dans sa direction. « Restez au sol et placez vos mains au-dessus de la tête. »

Il se remit sur pieds, n'ayant pas vu Ellington qui approchait sur sa gauche. Ellington sortit également son arme et la pointa d'une main ferme à quelques centimètres du dos de Young. « Faites ce qu'on vient de vous dire. »

Lentement, Young plaça ses mains au-dessus de la tête et entrecroisa les doigts. Il cherchait toujours à retrouver son souffle, après avoir été jeté d'une hauteur d'environ un mètre du sol.

« Tentative de pointer un fusil sur un agent du FBI, » dit Ellington. « Que caches-tu qui soit aussi important ? »

« Allez tous les deux vous faire foutre, » dit Young.

« Ce n'est pas vraiment gentil de votre part, » dit Ellington. « Agent White, si c'est OK pour vous, je vais peut-être aller jeter un coup d'œil à l'intérieur ? »

« Allez-y, » dit-elle.

D'un mouvement rapide, Ellington entra dans le mobilhome. Dans les secondes qui suivirent, Mackenzie entendit un sifflement admiratif émis de manière exagérée par Ellington. Il ressortit trente secondes plus tard, tenant en main quelques fioles en verre et plusieurs petits sachets contenant quelque chose qui ressemblait à de petits cristaux ou à du gros sel.

« Joli petit labo de fortune pour méthamphétamine que tu as là, » dit Ellington.

Mackenzie réalisa que c'était leur deuxième arrestation pour trafic de drogue qu'ils réalisaient durant les dernières vingt-quatre heures. *Quelles pouvaient en être les probabilités ?* pensa-t-elle.

Tenant toujours son arme pointée sur Mitch Young, elle entendit le bruit de sirènes au loin, annonçant que Bateman et ses hommes n'étaient plus très loin. Dans cet espace isolé au milieu des bois et à distance de la Route 14, ces sirènes faisaient l'effet de fantômes.

Le point positif dans tout ça, c'était qu'ils avaient capturé un autre fournisseur important de drogues de Bent Creek. Le point négatif, bien sûr, c'était que ces containers étaient vides. Mitch Young n'était pas le type qu'ils recherchaient.

Elle prit un moment pour regarder les arbres qui l'entouraient, se demandant quelle profondeur pouvait avoir cette forêt et se disant combien il était facile pour quelqu'un de s'y cacher, d'observer le trafic en soirée et de frapper à nouveau.

CHAPITRE QUATORZE

À part les chaînes de restaurants, il n'existait que deux autres options pour manger à l'extérieur à Bent Creek. Deux heures après avoir quitté le mobilhome de Mitch Young, Mackenzie et Ellington se trouvaient dans l'une de ces deux options, une gargote du nom de Bull's. C'était une steakhouse, également spécialisée dans des plats à base de jambon. Mackenzie trouvait qu'il devait être étrange de vivre dans une ville surtout connue pour son abattoir et de manger régulièrement dans un endroit comme celui-ci.

C'était une des raisons pour laquelle elle avait commandé une salade pour dîner. Ellington avait quant à lui commandé un hamburger, des frites et une soupe. Au moment où ils se mirent à manger, elle réalisa qu'ils n'avaient pas vraiment parlé du fait d'aller dîner. C'était comme un accord tacite, une décision qui n'avait pas besoin de conversation. Elle avait entendu parler de ce genre de choses entre partenaires mais ils n'étaient pas partenaires. C'était la première fois qu'ils passaient autant de temps ensemble, alors parvenir à ce genre de conclusion était un peu étrange.

« Je pense que Bateman commence à être un peu énervé, » dit Ellington. « Je pense qu'il a l'impression qu'on est occupé à lui donner une leçon. »

« Les deux arrestations d'aujourd'hui étaient totalement un coup de chance, » dit Mackenzie. « Nous n'étions pas activement à la *recherche* de ces deux types. »

« Oui, mais je peux comprendre d'où peut venir le malaise, » dit Ellington.

« Tu sais, » dit-elle, « je sais que ça pourrait froisser des susceptibilités dans la communauté, mais j'en arrive à penser que nous en sommes au point de devoir nous procurer des mandats et fouiller toutes les fermes des environs. Des arrestations fortuites pour trafic de drogue, c'est très bien mais il y a toujours un type là dehors qui kidnappe des femmes. »

« C'est une idée, » dit-il. « Il y a onze fermes dans un rayon de trente kilomètres. »

« Vingt-quatre si tu étends le rayon à quatre-vingts kilomètres, » dit-elle, en le corrigeant.

« Ça veut dire un gros effort de police, » dit Ellington. « Bateman est un type adorable mais je ne sais pas comment il réagirait à ça. Surtout depuis qu'il passe un peu pour un incompétent de par notre faute. »

« Et bien, on pourrait peut-être réduire le nombre de fermes à quatre ou cinq, » dit Mackenzie. « On pourrait faire appel à Thorsson et à Heideman. Ce serait un début. Peut-être que Bateman se sentirait mieux du coup. »

« Propose-le-lui, alors, » dit Ellington. « De toutes façons, je pense que Bateman a un faible pour toi. »

« Impossible, » dit-elle, entre deux bouchées. « Je suis presque sûre qu'il y a quelque chose entre lui et Roberts. »

« Ah bon ? Et comment le sais-tu ? »

« Intuition féminine, j'imagine. »

« Est-ce que ça marche aussi pour attraper des kidnappeurs introuvables ? » demanda-t-il. « J'imagine que non, hein ? »

« Non, pas aussi bien. »

Ils finirent leur dîner et roulèrent en direction du Motel 6. En chemin, Mackenzie passa l'appel à Bateman. Comme Ellington l'avait prévu, Bateman n'était pas fan de l'idée.

« Écoutez, agent White, » dit-il. « Je comprends votre cheminement de pensée, vraiment. Mais si vous vous mettez à fouiller les fermes des alentours uniquement parce que nous n'avons aucune autre piste, vous allez énerver pas mal de personnes honnêtes et dévouées. Entre vous et moi… la majorité des fermes des environs contourne l'une ou l'autre loi sur l'agriculture. Rien de bien méchant – juste des infractions mineures. Ils le savent tous et ils n'accueilleraient probablement pas chaleureusement l'idée d'avoir des agents du FBI mettant leur nez dans leurs affaires. »

Mentalité de petite ville, pensa-t-elle. *C'est peut-être l'une des raisons pour laquelle Bateman et ses hommes n'avaient jamais été capables de localiser les sources du trafic de drogue et procéder à des arrestations ; ils avaient bien trop peur de froisser des susceptibilités et de déplaire à la population locale.*

« Écoutez, » dit-il. « Je vais passer quelques coups de fil et voir ce que je peux faire. On peut en reparler demain matin ? »

Elle faillit lui dire qu'attendre le lendemain matin laissait une nuit entière au kidnappeur pour frapper à nouveau. Mais au lieu de ça, elle dit sur un ton très calme : « Combien de voitures seront en patrouille cette nuit ? »

« Quatre voitures. Certains de mes hommes font des journées de seize heures pour que ce soit possible. »

« Appelez-nous si on peut vous aider. »

Mackenzie racrocha et remarqua tout de suite l'air sceptique sur le visage d'Ellington. Il était entré sur le parking du motel et il avait garé la voiture devant leurs chambres. « Hum, est-ce que tu viens juste de me porter volontaire pour un travail de sentinelle sur les routes secondaires du coin ? »

« Peut-être bien. » Elle regarda sa montre et ajouta, « Ça nous laisse environ quatre heures et demie de sommeil. »

« Et bien, avant qu'on s'y mette, je pense que ce serait une bonne idée de jeter un oeil aux cartes topologiques que la police de Bent Creek m'a envoyées par email. D'après ce que j'ai pu voir sur mon téléphone, ils ont fait du bon boulot. Ils y ont même superposé les routes provenant d'une autre carte. J'aimerais vraiment jeter un œil à ces chemins en terre battue fermés par une chaîne. »

« Bonne idée, » dit-elle.

Ils allèrent dans la chambre d'Ellington, où il synchronisa son téléphone à l'iPad qu'il emmenait parfois avec lui pour lire ses emails. Alors qu'il affichait les cartes sur le plus grand écran de l'iPad, Mackenzie regarda autour d'elle et se demanda ce que ça ferait de rester ici après qu'ils en aient terminé avec les cartes et exploré toutes les théories possibles qu'ils pourraient en avoir déduit.

« OK, » dit Ellington, en montrant l'écran du doigt. « Alors voici les deux sentiers en terre battue qui partent de la Route 14. Celui-ci finit en cul-de-sac dans une sorte de champ abandonné. C'est vraiment très proche de là où se trouve le mobilhome de Mitch Young. Mais cet autre sentier, là… on dirait qu'il s'est séparé en différent chemins ou routes à un moment donné. Tu vois ? »

Mackenzie voyait de quoi il voulait parler. Le sentier en terre battue s'arrêtait à un moment donné mais, un peu plus loin sur la carte, il semblait recommencer et serpenter en trois différentes directions. Mais finalement, ils finissaient tous par s'effacer sans mener nulle part.

« Aucune ferme par là, » dit-elle.

« Non, pas actuellement. Mais ça vaudrait la peine d'en savoir plus concernant le propriétaire d'un terrain qui semble avoir eu *un jour* une ferme dans le coin. »

« Alors il nous faudrait savoir qui est le propriétaire de ces terrains, » dit Mackenzie. « Mais pour être tout à fait honnête, ça me semble une piste assez peu prometteuse. »

« C'est vrai, » dit Ellington. « Mais je continuerai à soulever chaque pierre que je trouve pour voir ce qu'il y a en-dessous. »

« Ah, toi et tes pierres, » dit-elle, en soupirant.

« J'ai toujours pensé que c'était une bonne manière d'envisager une enquête, » dit Ellington. « Un de ces bouts de sagesse que j'ai reçu lors de ma formation. »

« Depuis combien de temps es-tu un agent ? » demanda Mackenzie.

« C'est ma sixième année. »

« Et est-ce que tu t'es déjà retrouvé dans une situation aussi déconcertante que celle-ci ? »

« Quelques fois, » dit-il. « Mais dans chaque affaire, à l'exception d'une, on a fini par attraper notre type. »

« C'était dans quelle affaire que ça a échoué ? »

Ellington la regarda d'un air perplexe et elle faillit se rétracter. Mais il sourit et s'assit au bord du lit tout en se mettant à répondre.

« Lors de ma troisième année en tant qu'agent de terrain, on m'a assigné une affaire concernant un type qui prenait des photos de femmes quittant leur boulot, les imprimait, puis les leur envoyait. Mais il modifiait les photos. Il y dessinait des trucs pornographiques, y crevait les yeux, ce genre de choses. Au moment où j'ai rejoint l'enquête, il envoya une photo à une femme – une mère qui avait perdu sa fille l'année précédente. La fille avait disparu, puis avait été retrouvée morte dans le fleuve Hudson six semaines plus tard. La photo que le type lui avait envoyée était une photo de sa fille. Elle portait les mêmes vêtements que le jour où elle avait disparu et elle était attachée et bâillonnée sur la photo. Et ce fut la dernière fois qu'on entendit parler de lui. »

« Plus aucune lettre après ça ? » demanda Mackenzie.

« Rien. On a continué à chercher ce salopard pendant six mois, à tenter de résoudre l'affaire et à ce jour, nous n'avons pas le moindre indice. Parfois je vois… non, oublie. »

« Non… quoi ? Tu vois quoi ? »

Il hésita durant un instant avant de continuer à parler. Ils sentaient tous les deux qu'ils franchissaient une sorte de limite – qu'ils devenaient proches de manière plutôt rapide.

« Parfois, je vois cette photo, » dit Ellington. « De la petite fille. Elle avait sept ans. Je vois parfois la photo qu'il a envoyée à sa mère et ça me donne envie de vomir. Ça me rend malade qu'on n'ait jamais pu l'attraper. »

« J'imagine que cette affaire te hante pour l'instant, non ? » demanda-t-elle.

« Oui, en effet. »

Elle réalisa qu'elle était inconsciemment devenue beaucoup plus proche de lui. Elle se tenait debout devant lui et il la regardait depuis le bord du lit. Elle vit de la douleur dans ses yeux au moment il racontait l'histoire.

Lentement, elle tendit la main vers lui. Elle caressa le côté de son visage de son pouce. Il prit sa main et commença à la caresser. Puis il l'approcha doucement de lui au moment où il se mit debout.

Ils étaient face à face maintenant. La douleur dans ses yeux était toujours présente mais commençait peu à peu à disparaître. Elle était remplacée par quelque chose d'autre, une sorte d'énergie qui la fit se sentir bien.

« Mackenzie, » dit-il. « Je ne sais pas si… »

Il fut interrompu par la sonnerie d'un téléphone. C'était celui de Mackenzie, qui se trouvait toujours sur la table où ils avaient étudié les cartes. Elle prit une profonde inspiration et se mit à glousser.

« Tu trouves aussi, non ? » dit Ellington, en lui serrant la main. « Super timing. »

« C'est probablement pour le mieux, » dit-elle. Elle attrapa son téléphone et trouva soudainement qu'il lui était difficile de le regarder dans les yeux. Elle veilla à avoir repris ses esprits avant de répondre à l'appel. « Agent White. »

« White, c'est Bateman. Dans combien de temps pouvez-vous être à l'hôpital ? »

« Je ne sais même pas où se trouve l'hôpital, » dit-elle. « Pourquoi ? Il s'est passé quelque chose ? »

« On a retrouvé Delores Manning. »

CHAPITRE QUINZE

La petite flamme qui s'était allumée entre Mackenzie et Ellington fut tout de suite éteinte dès qu'elle l'informa de ce que Bateman venait de lui dire. La nouvelle était tellement énorme qu'ils furent totalement capables d'éluder la gêne du moment et ils se dirigèrent vers la voiture avant de filer vers Cedar Rapids, où Delores Manning avait été admise à l'hôpital une heure et quinze minutes plus tôt.

Mackenzie continua à recevoir des appels alors qu'Ellington filait à une vitesse de cent cinquante à l'heure vers Cedar Rapids. Certains appels venaient de Bateman, d'autres de l'agent Thorsson. Thorsson et Heideman étaient retournés au bureau local d'Omaha ce matin et ils proposaient de revenir. Mackenzie avait poliment décliné l'offre, demandant seulement à connaître davantage de détails.

Les détails étaient les suivants : deux policiers de Cedar Rapids avaient amené Delores Manning à l'hôpital. Elle a été retrouvée par un aiguilleur à la gare de marchandises à l'Est de Cedar Rapids. Ce même aiguilleur a reçu un coup de poing d'un clochard, qui fut poursuivi et attrapé par trois autres aiguilleurs. Il fut finalement arrêté par la police quand Delores fut retrouvée dans le wagon. Elle avait été sévèrement battue ; les hommes qui la trouvèrent dans le train crurent d'abord qu'elle était morte.

Au moment où Mackenzie et Ellington entrèrent dans l'hôpital, Ellington s'approcha d'elle et lui parla tout bas.

« Je t'ai laissée prendre la direction des opérations jusqu'ici, » dit-il. « Là, ça va aller ? Questionner une femme qui revient à elle et commence juste à se rendre compte de ce qui lui est arrivé ? »

« Oui, ça ira. » Elle savait qu'il essayait seulement de prendre soin d'elle mais elle ne pouvait pas s'empêcher de lui en vouloir d'avoir posé la question.

Après avoir été informés par la réception de l'endroit où se trouvait Manning, ils prirent l'ascenseur jusqu'aux soins intensifs. Au moment où ils en sortirent, Mackenzie remarqua deux policiers qui se tenaient devant une porte au bout du couloir. Elle se dirigea vers eux, en cherchant de la main son badge. Quand les policiers les virent arriver, un air de soulagement envahit leurs visages.

« Je suis l'agent White et voici l'agent Ellington, » dit-elle au moment où ils se retrouvèrent devant la porte de Delores Manning. « Comment va-t-elle ? »

« Les dernières informations que nous avons reçues du médecin disent qu'elle va s'en sortir mais qu'elle souffre encore beaucoup. Sa famille a été prévenue et un psychologue arrivera d'ici une heure. »

« Est-ce qu'elle est en état de parler ? » demanda Ellington.

Avant que les policiers n'aient l'occasion de répondre, un médecin s'approcha d'eux à grands pas. Il avait l'air fatigué et un peu agité. Il avait aussi l'air un peu ennuyé de voir autant de personnes devant la porte de l'une de ses patientes.

« Je préférerais qu'elle ne parle pas pour l'instant, » dit le médecin. « Elle est sortie d'affaire, oui. Mais les premiers scans montrent une légère hémorragie sous-arachnoïdienne. Si elle est soumise à un stress ou poussée dans ses retranchements, elle risque de faire une attaque cérébrale. Il y a également un risque d'œdème – nous allons devoir continuer à la surveiller durant les prochains jours afin de garder un œil là-dessus. Et puis il y a la légère fracture du crâne et la commotion cérébrale. »

« Est-ce qu'elle sait ce qui lui est arrivé ? » demanda Mackenzie

« En grande partie, oui, » dit le médecin. « Elle ne se rappelle de rien mais elle eut conscience de ce qui s'était passé dès qu'elle est revenue à elle. Le vagabond lui a joué un tour. Tous les tests montrent que les abus ont été uniquement physiques, il l'a tabassée. Il n'y a aucun signe qu'elle ait été violée. »

Un soulagement, même léger, reste un soulagement, pensa Mackenzie. « Et concernant l'endroit où elle se trouvait avant ça ? Est-ce qu'elle s'en rappelle ? »

« À peine. Mon dieu, c'est horrible. Cette femme a traversé un enfer, » dit le médecin. « Elle en a parlé par bribes… »

« Docteur, je respecte la santé et le bien-être de vos patients, ainsi que votre travail, » dit Mackenzie. « Mais je pense que Delores peut nous fournir des informations qui nous permettraient de retrouver deux autres femmes qui ont été kidnappées ces derniers jours. Il faut que je lui parle le plus vite possible. Vous pouvez bien entendu assister à l'entrevue. Si vous pensez qu'il y a un risque pour sa santé, vous pourrez me dire d'arrêter et je ne ferai pas d'histoire. »

Le médecin y réfléchit durant un instant et ses épaules s'affaissèrent. « Au premier signe de souffrance, vous devrez en rester là. Préparez vos questions dès maintenant car je doute qu'elle dure plus de trente secondes si elle doit se rappeler ce qu'elle a vécu. Je ne peux vraiment pas prendre le risque d'une attaque cérébrale. »

« C'est compris, » dit Mackenzie.

Sur ces mots, le médecin ouvrit la porte de Delores et les laissa entrer. Les deux policiers restèrent à leur poste devant la porte.

Heureusement, Delores n'était pas en si mauvais état que ce que Mackenzie avait craint. Sa tête était entourée d'abondants pansements du côté droit et elle portait une légère attelle autour du cou. Elle avait un bleu sur le côté droit du visage et des auréoles rouges autour des yeux, indiquant qu'elle avait pleuré.

« Delores, » dit le médecin, « ce sont des agents du FBI. Ils veulent te poser quelques questions mais je les ai prévenus que si je te voyais réagir d'une certaine façon, je les mettrais à la porte. Est-ce que tu es d'accord ? »

« Oui, » dit Delores. Sa voix était rauque et faible. Elle regarda Mackenzie et Ellington avec une pointe d'espoir au moment où ils s'approchèrent du côté gauche de son lit.

« Est-ce que vous pouvez répondre à quelques questions ? » demanda Mackenzie.

« Oui, » dit-elle à nouveau. « J'ai une violente migraine en dépit des analgésiques, mais j'ai toute ma tête. »

« J'essayerai de faire vite, » dit Mackenzie. « Tout d'abord, il faut que vous sachiez que vous êtes l'une des trois femmes enlevées sur des routes secondaires dans la région de Bent Creek durant ces deux dernières semaines. Vous avez été la deuxième à être enlevée sur la Route 14. Au jour d'aujourd'hui, nous n'avons aucune idée d'où peuvent se trouver les deux autres femmes. Est-ce que vous pouvez nous dire *quoi que ce soit* sur l'endroit où vous étiez retenue captive avant de parvenir à vous enfuir ? »

« Une sorte de grange ou de remise. J'entendais… des grognements, des cris perçants. Ce genre de choses. Provenant d'animaux peut-être. J'étais retenue dans une sorte de caisse… une sorte de container. Peut-être le genre de container qu'utilisent les fermiers pour transporter les animaux sur les routes. Avec des fentes sur l'avant. »

« Est-ce que vous vous rappelez exactement de l'endroit où vous êtes montée dans le train ? »

Delores secoua la tête. « Tout avait l'air pareil, d'après ce que je me rappelle. Juste des arbres. Je pense… oui, je pense que je pouvais déjà entendre de temps en temps le sifflement du train lorsque j'étais dans ce container. »

« Vous rappelez-vous combien de temps vous avez couru ? » demanda Mackenzie.

« Non. Enfin… ce n'était pas loin. Peut-être deux kilomètres ? Je ne suis pas vraiment sûre. »

« Avez-vous vu quoi que ce soit au moment où vous vous êtes enfuie ? » demanda Mackenzie.

« Je sais que oui mais je ne me rappelle plus vraiment. Tout est brouillé. Je me rappelle d'une autre grange, je pense. Et… oh mon dieu. J'avais oublié. Jusqu'à maintenant, j'avais oublié. »

« Qu'est-ce que vous aviez oublié ? » demanda Ellington.

« Quand je suis sortie de la grange… j'ai entendu quelqu'un d'autre qui hurlait depuis une autre grange. Une femme. Je lui ai brièvement parlé… je ne me rappelle pas ce que je lui ai dit. Mais je n'avais pas le temps de la sauver. Il fallait que je m'enfuie… »

Delores se mit à pleurer et au moment où elle le fit, son visage grimaça de douleur. Mackenzie se rendit compte que le seul fait de pleurer accentuait encore sa souffrance.

Le médecin se dirigea vers la porte et l'ouvrit. « OK, c'est assez. Elle ne peut pas… »

« Non, ça va, » dit Delores. « Je ne me rappelle pas de grand-chose de toutes façons. »

« On peut arrêter si vous le voulez, » dit Mackenzie.

Sans la regarder, Delores continua à parler. « Non, il vaut mieux que ce soit maintenant. Avec mon bol ? Si je ne lâche pas tout maintenant, qui sait ce qu'il pourrait encore m'arriver d'autre aujourd'hui. »

Delores rit à son propre commentaire mais personne ne l'imita. Delores prit quelques profondes inspirations pour se calmer et poursuivit. « Le type était vraiment imposant. Mais… je n'arrive pas à me rappeler son visage. Je suis presque sûre qu'il m'a frappée avec un marteau quand il m'a enlevée sur la route. À part ça… tout est confus et brouillé et.. merde. Je suis vraiment désolée. »

« Tout va bien, » dit Mackenzie. « Est-ce que vous avez pu par chance voir l'homme qui vous a enlevée ? »

« Je pense, mais comme je vous le disais… c'est flou. Le seul visage dont je peux clairement me rappeler, c'est celui de l'homme dans le train… »

Son regard se glaça et elle regarda en direction du plafond. Un air de honte envahit son visage et Mackenzie sut qu'il était temps de la laisser seule. « Je pense qu'il a essayé de me violer mais… je ne sais pas. J'imagine que son attirail a eu des ratés. » Elle laissa échapper un petit rire strident à ces mots.

« Delores, encore merci pour le temps que vous nous avez consacrés, » dit Mackenzie. « Vous nous avez fourni de précieuses informations. Peut-être même assez pour retrouver ce type. »

Elle hocha la tête, les larmes coulant le long de ses joues. « Si vous pouviez jeter l'enfoiré du train en prison, ce serait aussi vraiment super. »

« Ça ne devrait pas être un problème, » dit Ellington. « Encore merci. »

Ils hochèrent tous deux de la tête en direction du médecin et ressortirent de la chambre. Les policiers près de la porte avaient l'air fatigués mais vigilants, ils faisaient de leur mieux pour tenir leur poste.

« Le vagabond du train, » dit Mackenzie. « Vous savez où il a été emmené ? »

« Aux dernières informations, il était détenu dans une cellule au commissariat central. »

« Est-ce que vous pourriez appeler votre chef et l'informer que les agents White et Ellington sont en route pour le commissariat ? »

« Oui madame, » dit le policier.

Mackenzie et Ellington se dirigèrent vers l'ascenseur. Une fois que les portes se furent refermées, Ellington se mit à parler.

« Alors la police a mis la main sur le vagabond, » dit-il. « Clair et net. On dirait que la police de Cedar Rapids contrôle la situation. Alors pourquoi y allons-nous ? »

« Car si on le cuisine suffisament, il est possible qu'il nous révèle des informations qu'il pense ne pas pouvoir l'incriminer. »

« Telles que ? »

« Tel que l'endroit exact où il se rappelle avoir vu Delores Manning monter dans le train. Il faut aussi qu'on appelle Bateman et qu'on lui demande une carte détaillée des itinéraires de train dans la région de Bent Creek. »

Ellington sourit et hocha la tête. « J'aimerais pouvoir dire que j'y avais pensé le premier mais… en fait, tu es plus rapide que moi. »

CHAPITRE SEIZE

Mackenzie fixait le vagabond des yeux à travers la vitre de la salle d'interrogation. Pour l'instant, il avait dit à la police de Cedar Rapids qu'il s'appelait Bob Crawford et qu'il était originaire de Fort Worth, au Texas. Mais après une heure d'interrogation, ce fut toute l'information qu'ils parvinrent à lui soutirer. Durant l'interrogatoire, ils avaient appliqué un bloc de glace sur la main de Crawford ; il s'était apparemment sérieusement blessé en frappant Delores Manning.

Mackenzie et Ellington se trouvaient dans la salle d'observation en compagnie de deux flics de la police d'État. Tous deux regardaient également Crawford. L'un d'entre eux avait l'air totalement furieux, tandis que l'autre avait plutôt l'air triste et abattu.

« Ça vous dérange de me laisser faire un essai ? » demanda Mackenzie.

« Allez-y, » dit le policier qui avait l'air en colère. « Mais je vous préviens tout de suite, ce type est une perte de temps. Il tremble de partout et son odeur ressemble à un mélange de vestiaire de sport et de vieux bar. Il réclame un verre et est incapable de penser clairement. Si vous ne parvenez pas à lui soutirer quoi que ce soit de plus, on finira probablement par le jeter en cellule de dégrisement jusqu'à demain matin. »

« Merci, » dit Mackenzie. Elle quitta la salle d'observation et s'avança dans le couloir. Au moment où elle atteignit la porte de la salle d'interrogation, elle entendit Ellington derrière elle.

« Ça va aller ? » demanda-t-il.

« Oui, ça va aller. »

Ils échangèrent un regard et elle comprit ce qu'il voulait dire. Ce vagabond, prétendant être un certain Bob Crawford, avait tabassé Delores Manning. Bien qu'il ne l'ait pas violée, tout indiquait qu'il avait essayé mais qu'il avait fini par échouer. Ellington voulait juste s'assurer que Mackenzie n'était pas dégoûtée par ce type au point que ça affecte son jugement et ses capacités.

« Ça ne te dérange pas que je t'accompagne ? » demanda-t-il.

« Si tu veux, » dit-elle.

Sans attendre sa réponse, elle ouvrit la porte et entra. Bob Crawford faisait face à la porte et quand elle entra dans la pièce, il ne fit aucun effort pour cacher sa réaction. Un rictus se dessina sur ses lèvres – un rictus qui disparut complètement quand Ellington la rejoignit.

Ellington resta debout près de la porte pendant que Mackenzie prenait place sur la seule chaise qui se trouvait de l'autre côté de la table. « Monsieur Crawford, » dit-elle, « je suis l'agent White du FBI. J'espère vraiment que vous serez plus coopératif avec moi que vous ne l'avez été avec la police. »

Il baissa les yeux vers la table et Mackenzie vit qu'il tremblait, comme le policier d'État le lui avait dit.

« Vous tremblez, » dit-elle. « Est-ce que ça va ? »

« Il me faut un verre, » dit Crawford. « Y a-t-il une chance que vous puissiez m'aider ? »

« Ce dont vous avez besoin, c'est d'un passage en prison, » dit-elle. « Vous avez méchamment amoché cette femme. Je peux vous en demander la raison ? »

Il haussa les épaules. « J'étais faible. »

« Faible ? »

« Ça fait une éternité que je n'ai plus été avec une femme. »

La colère montait en Mackenzie mais elle parvint à se contrôler. « Et bien, on dirait que votre plan n'a pas vraiment fonctionné, hein ? Vous ne parveniez pas à vous concentrer ? Le train faisait trop de bruit ? Vous vous êtes tellement amoché les mains que vous ne parveniez plus à bander ? »

Le visage de Crawford se remplit de colère et de honte. Il arrêta de trembler durant un instant et il la regardait maintenant droit dans les yeux.

« Monsieur Crawford, est-ce que la police vous a dit qui était cette femme et ce qu'elle avait enduré durant ces derniers jours ? »

« Non. »

« Elle s'est enfuie d'un homme qui l'a gardée captive durant au moins deux jours. Et au moment où elle finit par faire un acte héroïque et parvient à s'échapper, elle tombe sur vous et vous empirez sa situation. Qu'est-ce que vous foutiez dans ce train, au fait ? »

« Je voyageais, » dit-il. « Je n'ai pas vraiment de voiture. Je n'ai pas de travail depuis près de six ans… juste des boulots journaliers de merde dans des fermes. Je n'ai pas eu de vrai boulot ou d'amis ni de famille en… »

« Vous pouvez m'épargner votre histoire larmoyante de clochard, » dit Mackenzie. « Il y a des tonnes de gens qui sont dans le creux de la vague, mais qui ne tabassent pas, ni ne tentent pas de violer des femmes. »

Crawford n'eut rien à dire en réponse. Il se concentra de nouveau sur la table, jetant un coup d'œil en direction d'Ellington comme s'il cherchait une forme de soutien.

« Monsieur Crawford, » dit Mackenzie, « est-ce que par hasard vous vous rappelez où se trouvait le train quand cette femme y est montée ? »

Il était clair qu'il n'avait pas l'intention de parler. Il baissa les épaules et s'enfonça sur sa chaise. Au moment il le fit, Mackenzie se leva et haussa les épaules.

« C'est comme vous voulez. Mais vous vous souviendrez de moi quand vous serez en cellule de détention. Vous y serez au moins pendant trois jours, le temps de remplir la paperasserie. Personne ne va se dépêcher pour un vagabond. Et je peux déjà vous dire tout de suite que vous en prendrez sans aucun doute pour au moins deux ans. Si vous pensez que c'est difficile *maintenant* d'obtenir un verre, attendez d'être en prison. J'ai entendu dire que leur vin de chiotte a le goût de pisse. »

Elle se dirigea vers la porte, en remarquant l'air perplexe sur le visage d'Ellington. Puis elle entendit Crawford bouger la chaise derrière elle.

« Attendez, » dit-il. « En fait… j'ai juste attrapé le train et c'est tout. Je l'ai fait cinq fois au total. Et la moitié du temps, je n'ai aucune idée de là où je me trouve. »

Mackenzie se retourna pour lui faire face. « OK, » dit-elle. « Mais qu'est-ce que vous vous rappelez avoir vu quand elle a attrapé le wagon en marche ? »

« Rien de spécial, vraiment. Juste des arbres. Assurément des pins, mais je ne sais pas grand-chose de plus. »

« Des pins le long de la voie ? » demanda-t-elle.

« Oui, je pense bien. Je suis presque sûr qu'il y avait un bois de pins. »

« Et c'est tout ? » demanda Mackenzie. « Vous êtes sûr ? »

« Oui, assez sûr. »

« Merci, » dit Mackenzie et elle sortit de la pièce.

Elle retrouva Ellington à l'extérieur de la salle, entre les portes qui menaient à la salle d'interrogation et celles qui menaient à la salle d'observation.

« Je ne vais pas mentir, » dit Ellington. « J'aime bien ce côté que tu as en toi. »

« Pas moi, » dit-elle. « J'ai l'impression d'être un peu trop incontrôlable. »

« Des pins, » dit Ellington. « Ça pourrait être une piste prometteuse. »

« Effectivement. Cet indice, en plus d'une carte des itinéraires de train d'aujourd'hui dans la région, pourrait bien nous offrir de nombreuses réponses. Peux-tu appeler Bateman pendant que je termine ici ? »

« Bien sûr, » dit-il. « Et Mackenzie… je veux dire, *White*. C'était vraiment impressionant. Comment es-tu parvenue à ce qu'il s'ouvre de cette manière ? »

« Il a tabassé une femme aujourd'hui… ce qui me fait penser qu'il a maltraité et dévalorisé les femmes toute sa vie. Quand il y en a une qui lui répond et lui fait face, ses habitudes et ses convictions disparaissent et il ne lui reste rien de plus qu'un état de panique. »

Ellington sourit et hocha de la tête, tout en sortant son téléphone

« Oh, et Ellington… demande à Bateman s'il y a de nouveaux arrivants en ville. Toute cette histoire de vagabond m'a fait penser qu'il est possible que ce type ne soit pas quelqu'un du coin. S'il traîne en ville sans se faire remarquer, il doit connaître des endroits où se cacher et auxquels personne ne penserait. C'est une mince piste mais ça vaut la peine d'essayer. »

« OK, » dit Ellington, en affichant le numéro de téléphone de Bateman.

Mackenzie ne perdit pas de temps à savourer l'admiration qu'elle ressentait chez lui. Elle entra dans la salle d'observation avec tous ses sens en éveil, mettant déjà un plan en place pour le moment où ils retourneraient à Bent Creek.

CHAPITRE DIX-SEPT

Ils étaient en route pour Bent Creek depuis moins de dix minutes quand Mackenzie reçut un appel du shérif Bateman. Il était presque vingt heures et Mackenzie avait l'impression que toute la journée avait filé à une vitesse incroyable. C'était une sensation épuisante mais qui servait aussi à la motiver.

« Bon, » dit Bateman. « Ellington m'a demandé de vérifier s'il y avait de nouveaux arrivants en ville. Ma première réaction était de dire *non*, mais en y réfléchissant, il y a un type qui m'est venu à l'esprit. Je n'irais pas jusqu'à dire qu'il s'agit d'un vagabond mais nous avons vérifié ses antécédents et il a vécu dans six villes différentes durant les deux dernières années. Il a aussi un léger casier judiciaire : possession de marijuana avec l'intention de la vendre, menus larcins et plusieurs infractions routières. »

« Vous avez un nom et une adresse ? » demanda Mackenzie.

« Il s'appelle Miller Rooney. Je vous envoie son adresse par message. Quelques-uns de mes hommes peuvent vous retrouver là-bas si vous le voulez. »

« Je ne pense pas que ce soit nécessaire, » dit Mackenzie. « Mais merci pour votre aide. »

Bateman émit un petit bruit de remerciement et raccrocha. Mackenzie posa son téléphone sur la console et fronça les sourcils.

« Je pense qu'on commence un peu à énerver Bateman, » dit-elle.

« Dans quel sens ? » demanda Ellington, assis derrière le volant.

« Je ne suis pas sûre. Je pense qu'il a l'impression qu'il ne nous aide pas beaucoup. Peut-être qu'on commence un peu à marcher sur ses plates-bandes… et qu'il a l'impression que ses forces de police ont l'air de ne pas bien faire leur boulot. »

Ellington se contenta de hausser les épaules en guise de réponse. Le téléphone de Mackenzie émit un son au moment où elle reçut le message de Bateman avec l'adresse de Miller Rooney.

« Envie de faire une dernière visite ce soir ? » demanda-t-elle.

« Est-ce que j'ai le choix ? » demanda-t-il.

« Non. »

Elle introduisit l'adresse dans le GPS et ils roulèrent en direction d'une autre piste, qui avait l'air tout aussi peu prometteuse que les autres. *Peut-être qu'au final, ça servira à quelque chose,* pensa Mackenzie avec une pointe de sarcasme. *Peut-être qu'on finira par arrêter sans le vouloir un autre trafiquant de drogue et énerver encore un peu plus Bateman.*

***

Il était 20h55 quand ils atteignirent l'adresse que Bateman leur avait donnée. C'était une maison simple à un étage, nichée parmi d'autres maisons le long des bois. Si ce type ne faisait que passer, Mackenzie en déduisit qu'il devait sûrement louer l'endroit. Vu qu'il était si tard, elle faillit proposer qu'ils reviennent le lendemain pour lui rendre visite. Mais ils étaient déjà sur place et la journée avait déjà été épuisante – alors une visite de plus ou de moins…

Ellington gara la voiture dans la petite allée négligée et éteignit les phares. Quand Mackenzie sortit dans l'obscurité et fit face à la maison, elle eut une impression similaire à celle qu'elle avait ressentie en approchant le mobilhome de Mitch Young. Elle n'avait pas le même pressentiment qu'elle avait eu alors mais l'ambiance d'une petite ville la nuit, entourée de bois, avait tout de même un aspect inquiétant.

Ellington frappa à la porte. Quand elle s'ouvrit, il fallut un instant à Mackenzie et à Ellington pour se mettre à parler. Ils ne s'attendaient pas vraiment à une telle vision au moment où la porte s'ouvrirait.

Une jeune femme ouvrit la porte. Elle avait l'air d'avoir la vingtaine. Elle portait un t-shirt qui avait été transformé en débardeur, les manches avaient été découpées. Le débardeur de fortune épousait ses formes et le logo des Rolling Stones était collé à sa poitrine généreuse, dont les côtés dépassaient largement du débardeur. À part le t-shirt, elle ne portait rien d'autre qu'une petite culotte noire. Ses cheveux blonds flottaient de manière désordonnée sur ses épaules, d'une manière qui lui allait plutôt bien.

« Oui ? » demanda-t-elle, visiblement pas gênée par son apparence.

« Nous cherchons Miller Rooney, » dit Mackenzie, encore décontenancée par l'état d'habillement de la fille.

« OK, » dit la fille, en se retournant lentement. « Juste un instant, je vais le chercher. »

Deux choses vinrent à l'esprit de Mackenzie au moment où la fille s'éloigna. D'abord, il était clair qu'elle avait fumé quelque chose. Et la deuxième chose, c'était que sa culotte noire épousait son derrière comme si elle avait été peinte. Elle regarda en direction d'Ellington et fut impressionnée par le fait qu'il n'en profite pas pour apprécier la vue.

« Qu'en penses-tu ? » murmura Mackenzie au moment où la fille s'éloigna à l'intérieur de la petite maison.

« C'est un sacrilège d'abîmer un t-shirt des Rolling Stones de cette manière, » dit Ellington. « Mais aussi… je pense qu'elle est défoncée. »

Quelques secondes plus tard, un jeune homme apparut. Il était torse nu et portait seulement une paire de jeans déchirés aux genoux. Ses longs cheveux étaient séparés par une raie et coincés derrière ses oreilles. Il ressemblait un peu à une version châtain de Kurt Cobain.

« Vous cherchez à me parler ? » demanda-t-il.

« Oui, en effet, » dit Mackenzie. « Nous sommes les agents White et Ellington du FBI. Nous aimerions vous poser quelques questions. »

Miller jeta un regard rapide par-dessus son épaule, probablement nerveux à l'idée d'avoir chez lui une quelconque drogue avec laquelle sa petite amie était défoncée. Sans les inviter à entrer, Miller alluma la lumière du porche et sortit, en fermant la porte derrière lui.

« Oui, bien sûr. Que se passe-t-il ? » demanda-t-il. « FBI… vraiment ? »

« Oui, » dit Mackenzie. « Et je peux vous assurer que nous ne sommes pas venus ici pour savoir quelle genre de petite fête vous vous êtes organisée avec votre amie. J'aimerais vous demander pourquoi vous êtes venu à Bent Creek. »

« Oh, oui, bien sûr » dit Miller. Mackenzie vit qu'il était aussi un peu défoncé mais pas autant que la fille qui avait ouvert la porte. « Et bien, les parents de Kelly vivent ici. Son père pensait qu'il pourrait m'obtenir un boulot à l'abattoir mais ça n'a pas vraiment marché. »

« Kelly… c'est la fille qui a ouvert la porte ? » demanda Mackenzie.

« Oui, c'est elle. »

« Pourquoi ça n'a pas marché avec le boulot ? » demanda Ellington.

« Un instant, là… pourquoi vous êtes venus déjà ? »

Effectivement, il est défoncé, pensa Mackenzie. *Il n'arrive même pas à penser de manière cohérente.*

« Nous sommes ici car plusieurs personnes ont disparu durant ces derniers jours, » dit Mackenzie. « Ne le prenez pas mal, mais dans des cas pareils, en général c'est assez normal d'aller parler avec les personnes récemment arrivées en ville. »

« Oh, OK, je vois, » dit Miller, en hochant de la tête comme si on venait de lui révéler une évidence. « Et bien, ça n'a pas marché pour le boulot parce que j'ai des antécédents. J'ai un casier judiciaire. Rien de bien méchant, vous savez. Mais les gens sont vraiment méfiants. Comme si je n'étais pas assez bien pour travailler dans un abattoir. »

« Pendant combien de temps comptez-vous encore rester à Bent Creek ? » demanda Mackenzie. »

« Qui sait ? J'ai un peu travaillé dans un élevage de cochons. C'est un boulot de merde mais ça me permet de gagner de l'argent. Kelly est fâchée avec sa famille. Il se pourrait bien qu'on remonte sur Seattle dans quelques semaines. »

Mackenzie était certaine que Miller Rooney n'était pas le type qu'ils recherchaient. Non seulement il n'était pas assez intelligent, mais il faisait preuve d'une attitude bien trop insouciante pour avoir la patience et la résistance pour kidnapper quelqu'un… encore moins trois personnes.

« OK, et bien, ce sera tout, » dit Mackenzie. « Merci de nous avoir consacré un peu de votre temps. Et monsieur Rooney… soyez un peu plus discret concernant votre usage de drogues, vous voulez bien ? Si je voulais vraiment vous embêter, je vous enverrais maintenant quelques flics pour vous prendre sur le fait. C'est compris ? »

L'ombre d'une inquiétude passa brièvement dans les yeux de Miller. « Oui, bien sûr, désolé. Je n'y manquerai pas. »

Mackenzie et Ellington descendirent du petit porche et se dirigèrent vers leur voiture. Au moment où Ellington reculait pour sortir de l'allée, Mackenzie vit Miller Rooney se faufiler de nouveau à l'intérieur de la maison.

« Et bien, ça a été une perte totale de temps, » dit Ellington.

« Pas totalement, » dit Mackenzie. « Ça m'a donné quelques bonnes idées sur comment recycler quelques vieux t-shirts que j'ai gardés de mon adolescence. »

« Oh, n'essaie *même* pas de me faire gober ça, » dit Ellington avec un rire qui était un peu trop forcé pour être réel.

« J'ai vraiment besoin d'un verre, » dit-elle.

« Oui, moi aussi. Mais cette fois-ci, c'est toi qui invites, hein ? »

« Bien sûr, » dit-elle. « Mais avant ça, je vais appeler Bateman. Il s'est plié en quatre pour nous, alors le moins que je puisse faire, c'est de le maintenir informé et voir s'il y a quoi que ce soit qu'on puisse faire pour l'aider. »

« Avec toutes ces arrestations pour trafic de drogue, je dirais qu'on en fait déjà assez, » dit Ellington.

Mackenzie pensait la même chose mais elle n'avait pas envie d'avoir l'air aussi outrée. Elle appela Bateman et remarqua qu'il avait l'air un peu frustré au moment où il décrocha.

« Bateman, » dit-il.

« On vient juste de parler avec Miller Rooney et il est clair qu'il n'a rien à voir avec tout ça. Comment ça va de votre côté ? Vous avez pu trouver quelque chose avec les itinéraires et horaires de trains ? »

« Pas encore, » dit-il. « Pour l'instant, on cherche à déterminer à quel endroit une rangée de pins pourrait être aussi proche des rails. J'ai appelé le département des forêts mais ils ne pourront pas nous en dire plus avant demain matin. »

« N'hésitez pas à nous appeler si vous avez besoin de quoi que ce soit. »

« Même chose de votre côté, » dit-il, mais il était clair qu'il n'était pas vraiment sincère.

Durant les deux derniers jours, quelque chose avait changé dans son attitude. Mackenzie se demanda si ça avait à voir avec le seul fait qu'elle et Ellington avaient pris la direction des opérations. Ou peut-être qu'il se sentait juste aussi perdu et abattu qu'elle.

Elle détestait l'idée de rester passive alors qu'ils avançaient si peu sur cette affaire – spécialement après que Delores Manning soit parvenue à s'échapper – mais elle savait aussi qu'il n'y avait pas grand-chose d'autre qu'elle puisse faire. Durant un bref instant, elle envisagea de retourner sur les dossiers concernant la mort de son père mais quelque part, c'était encore plus déprimant. Alors pour l'instant, ce serait tout aussi bien de passer une heure ou deux dans un bar avec Ellington.

Elle estima qu'il devait y avoir de pires choses à faire pour faire passer le temps pendant une enquête qui semblait être au point mort et ne leur apporter aucune piste, aucun indice et aucune résolution.

CHAPITRE DIX-HUIT

Ils retournèrent au bar Bent Creek et reçurent leur premier verre à 21h30. Mackenzie était fatiguée et espérait que quelques verres lui permettraient de bien dormir ce soir. Elle savait que si elle retournait dans sa chambre avec le peu d'énergie qui lui restait, elle finirait par mettre son nez dans les dossiers concernant la mort de son père. Et cela signifierait une nuit agitée de sommeil, parsemée de cauchemars.

Étonnamment, il y eut peu de conversation entre eux. Ce dont ils *parlèrent* n'avait rien de sérieux ni de professionnel, à l'inverse de ce que Mackenzie pensait d'Ellington. Elle avait l'impression d'être un peu irresponsable, mais elle en avait aussi besoin. La dernière amie qu'elle avait eue ne faisait plus partie du Bureau – elle avait en fait quitté l'académie juste après avoir reçu son diplôme. Ça faisait très longtemps que Mackenzie n'avait pas eu l'occasion de parler de trucs sans importance avec quelqu'un.

« Alors, » dit Ellington. « Ces fameux t-shirts de groupes de rock que tu vas bientôt transformer en quelque chose de bien plus sexy… de quels groupes voulais-tu parler ? »

« Oh, ça ne vaut pas la peine d'en parler. »

« Mais bien sûr que si. Qu'est-ce que tu as appris à mon sujet cette semaine ? Que j'aime les Stones et que je déteste Skynyrd. C'est tout ce que tu as à savoir au sujet d'un homme. À ton tour maintenant. »

« Il se peut que j'aie toujours un t-shirt de Nine Inch Nails. »

« Vraiment ? Je ne t'imaginais *vraiment* pas en gothique. »

« Et je ne l'étais pas. C'était juste que j'aimais bien ce genre de musique. »

« C'est un soulagement, » dit Ellington. « Je t'avais plutôt imaginée en fan de boy bands. »

« En d'autres mots, tu as vraiment une très mauvaise opinion à mon sujet. »

« C'est tellement éloigné de la vérité que tu es incapable de le voir, » dit-il. « Ce que j'ai vu de toi ces derniers jours a été incroyable. Je savais que tu étais douée – je l'ai su dès que je t'ai vue pour la première fois au Nebraska – mais tu es en fait un agent exceptionnel. McGrath le pense aussi. »

« Et bien, ce n'est pas comme ça que je me sens pour l'instant, » dit-elle.

« Je pense que les cartes et les infos sur les trains vont nous aider, » dit-il.

Mackenzie remarqua que sa bière était vide mais au lieu d'en recommander une autre, elle se leva. Elle laissa un billet de dix dollars sur le bar pour payer leurs verres. « Je vais en rester là pour ce soir, » dit-elle. « Je suis vraiment fatiguée et je ne me rappelle pas de quand date la dernière fois où j'ai dormi plus de six heures. »

« Plus de six heures ? » dit Ellington. « Tu veux dire que c'est possible ? »

Il finit sa propre bière et se leva. « Et bien, je ne vais pas boire tout seul. Et il y a de pires façons de terminer une journée. »

Ils quittèrent le bar Bent Creek ensemble et traversèrent le parking en direction du Motel 6. Ellington l'accompagna jusqu'à la porte de sa chambre. Elle sortit la clé de sa poche et l'introduisit dans la serrure, se demandant s'il attendait à ce qu'elle l'invite à entrer.

« Tu as fait du bon boulot aujourd'hui, White. Si je peux me permettre de m'avancer, j'aimerais faire une prédiction. Nous attraperons ce type dans les prochaines quarante-huit heures. »

« Ça, c'est *vraiment* s'avancer, » dit-elle.

« C'est de l'optimisme, » dit-il. Sur ce, il sourit et dit, « Bonne nuit, Mackenzie. »

Il se dirigea vers la porte de sa chambre qui se trouvait à côté de la sienne et lui fit un petit signe de la main. Mackenzie ouvrit sa porte et entra dans sa chambre. Elle garda la clé en main pendant un instant alors qu'une idée envahissait son esprit. En fait, ce n'était pas vraiment une idée mais plutôt une *envie.*

Une déclaration osée, pensa-t-elle.

Remettant sa clé en poche, elle sortit dans l'obscurité et s'approcha de la porte d'Ellington. Elle frappa deux fois et attendit. Elle l'entendit bouger à l'intérieur et s'approcher de la porte. Quand il l'ouvrit, il eut l'air un peu surpris.

« Tout va bien ? » demanda-t-il.

« Oui, » dit-elle. « Je pensais juste à une autre déclaration osée. »

Avant qu'il n'ait eu le temps de lui demander de quoi elle voulait parler, elle rentra dans sa chambre et l'embrassa.

Il lui fallut un moment pour comprendre ce qui se passait mais quand il comprit, il retourna son baiser. Ils s'embrassèrent de manière rapide et pressante, une connexion de cinq secondes qu'ils interrompirent au même moment. Ils restèrent là debout, à trente centimètres l'un de l'autre, à se regarder.

Maintenant, il va me sortir le discours sur le fait « qu'il ne me voit pas comme ça », pensa Mackenzie. *Oh mon dieu, comment est-ce que j'ai pu me tromper à ce point ?*

Mais il s'approcha d'elle. Il plaça une main sur sa hanche et l'autre le long de son cou. Il y eut une légère hésitation entre eux avant qu'ils ne s'embrassent à nouveau. Cette fois-ci, le baiser fut plus lent et moins pressant. Ce à quoi elle ne s'était *pas* attendue, ce fut la rapidité avec laquelle ils s'y abandonnèrent tous les deux. Ce deuxième baiser n'était pas du tout bizarre. Il était fluide, il avait une indéniable chaleur et, pour être tout à fait honnête, il était sexy à fond.

Dans la manière experte qu'il avait de l'embrasser, leur langues se mélangeant et leurs lèvres ne se séparant à aucun moment, et dans la façon qu'il avait de la tenir par la hanche, c'était presque parfait. C'était tellement parfait qu'elle ne se rendit pas compte qu'il l'avait doucement poussée contre le mur jusqu'à ce qu'elle sente une légère pression derrière ses épaules.

Elle laissa ses lèvres et ses mains prendre le contrôle. Elle finit par interrompre le baiser mais seulement pour embrasser sa mâchoire et son cou. Pendant ce temps, ses mains tâtonnèrent jusqu'aux boutons de sa chemise et commencèrent à les défaire. Il se mit à faire de même. Alors qu'il déboutonnait sa chemise, ses mains glissèrent en-dessous et elle eut l'impression d'être à nouveau une adolescente fébrile au moment où un frémissement la traversa.

Avec leurs deux chemises ouvertes, ils étaient maintenant peau contre peau. Elle l'approcha plus près d'elle, se pressant contre lui. Il y avait maintenant bien plus que de la chaleur dans leur baiser, il y avait aussi une sorte d'étincelle à laquelle elle ne s'était pas attendue, une sorte de tension qui s'était lentement créée entre eux depuis la première fois où elle l'avait vu au Nebraska, il y a presqu'un an.

Elle fit glisser ses mains le long de ses côtes, effleurant sa poitrine et s'approchant des boutons de son pantalon.

Il fit un pas en arrière, en s'éloignant. Le baiser avait été si intense qu'il était hors d'haleine. Il la regardait avec un air confus. Elle vit du désir et de la volupté dans ses yeux, mais il y avait également autre chose.

« Mackenzie, » dit-il. « Je n'arrive pas à croire que je sois sur le point de dire ça, mais… je ne peux pas. »

« Qu'y a-t-il ? » demanda-t-elle. Elle n'avait aucune intention de le supplier mais elle ne se rappelait pas la dernière fois où elle avait été autant attirée physiquement par un homme. Elle était encore grisée par le baiser ; elle avait l'impression que le sol tournait légèrement.

« Crois-moi, » dit-il, « J'en ai très envie. J'en ai envie depuis quelques temps. Mais… je ne veux pas être ce genre de type. Mon divorce a été finalisé il y a à peine quelques semaines. Si on continue maintenant ce qu'on est en train de faire… »

« Oh, je vois, » dit-elle. Et le fait était qu'elle *voyait* vraiment. Mais ça ne l'aida pas à tempérer la frustration qu'elle ressentait. Elle commença à lentement reboutonner les boutons de sa chemise, en faisant de son mieux pour ne pas avoir l'air de faire la tête.

« J'aurais dû arrêter plus tôt, » dit-il, en commençant à reboutonner sa propre chemise. « Mais mon dieu, Mackenzie… J'ai eu envie de t'embrasser depuis bien plus longtemps que je ne voudrais l'avouer. »

« Je vois ce que tu veux dire, » dit-elle. Et elle décida d'en rester là. Elle n'allait pas dire un mot de plus à ce sujet. Pour sa part, elle pouvait très bien se réveiller demain matin et continuer à vivre comme si ces dernières minutes n'avaient jamais existé.

« Je suis désolé, » dit-il.

« Ne le sois pas. C'est moi qui ai commencé. Il n'y a pas de problèmes, Ellington, » dit-elle, en veillant à bien utiliser son nom de famille pour lui montrer qu'à partir de maintenant, leur relation serait strictement professionnelle. « Je vais retourner dans ma chambre et aller dormir. Plus de six heures de sommeil, tu te rappelles ? »

Il hocha de la tête. Elle le regarda directement dans les yeux pour la première fois depuis qu'il s'était éloigné d'elle. Le fait qu'il ait l'air en porte à faux la fit se sentir un peu mieux. Au moins, elle n'était pas la seule à être déboussolée par ce qui venait juste de se passer.

« Bonne nuit, » dit-elle, en ouvrant la porte et en sortant.

Ellington lui répondit par un *bonne nuit* mais la porte se referma entre eux avant qu'il n'ait eu le temps de prononcer tous les mots.

***

Elle se sentait à nouveau incroyablement immature au moment où elle essaya de s'endormir. Elle était sexuellement frustrée et les images d'Ellington torse nu ne quittaient pas son esprit. Elle faillit ressortir du lit et reprendre les dossiers concernant la mort de son père mais elle résista à l'envie. Elle parvint à s'endormir un peu avant minuit, le poids de la journée ayant fini par peser sur elle.

Durant son sommeil, elle reconnut les signes précurseurs d'un cauchemar qui s'approchait. Elle en avait eu tellement durant les dix-huit dernières années que son esprit endormi les sentait venir avant même qu'ils ne commencent. Dans le silence de sa chambre de motel, elle laissa échapper un léger gémissement de peur.

Dans ce cauchemar, elle se tenait debout au milieu d'un grand champ. La maison où elle avait grandi durant la majorité de son enfance se trouvait devant elle mais derrière, il y avait les forêts denses de l'Iowa, les forêts qui entouraient la Route 14. Alors qu'elle fixait la maison des yeux, elle entendit quelqu'un qui s'approchait derrière elle.

Elle se retourna et vit son père devant elle – vivant et indemne. Il lui sourit et la prit dans ses bras.

« On dirait que tu es perdue, » dit-il.

« Je me sens perdue, » dit-elle.

« Cet endroit, » dit-il, en montrant la maison du doigt, « sera toujours ta maison. Tu as bougé à gauche et à droite depuis que je suis parti mais tu reviens toujours ici, n'est-ce pas ? »

Elle regarda la maison et se rendit compte qu'elle la détestait avec la même intensité qu'elle pourrait haïr un autre être humain.

« Je reviens pour toi, » dit-elle.

« Je sais, » dit Benjamin White. Puis il mit la main en poche et en sortit une carte de visite. Quand il la lui tendit, Mackenzie ne fut pas du tout surprise de voir qu'il s'agissait de la carte de visite des Antiquités Barker.

« Je ne sais pas ce que ça signifie, » dit-elle.

« Mais tu finiras par le savoir. N'abandonne pas, ma chérie. »

Puis il tendit la main derrière lui et sortit quelque chose de la ceinture de son pantalon. Il le lui montra et elle recula de surprise. Il tenait un colt .44 en main – le type même de revolver qui l'avait apparemment tué. Lentement, il porta l'arme à sa tête.

« Je resterai ici jusqu'à ce que tu trouves la réponse, » dit-il, en touchant sa tête avec le canon du colt. « Mais j'ai aussi l'impression d'être la raison pour laquelle tu continues à revenir ici… à revenir ici et oublier les gens comme elle. »

Quand il dit *elle*, il fit un signe de tête en direction du porche de la maison. Là, elle vit Delores Manning, étalée sur les marches. Elle était visiblement morte, recouverte d'une quantité importante de sang.

« Papa, je suis vraiment perdue. »

« Alors, trouve-toi toi-même, » dit-il.

Elle ouvrit la bouche pour répondre mais le bruit tonitruant du colt fit trembler tout ce qui l'entourait. Dans une gerbe de sang, son père s'effondra à genoux et tomba le visage dans l'herbe.

Mackenzie hurla et tomba à genoux. Son cri déchira son cauchemar tel le hurlement du vent, mais ne fut pas aussi bruyant que l'écho tonitruant du coup de feu qui avait tué son père.

CHAPITRE DIX-NEUF

Missy Hale regarda le premier flocon de neige tomber sur son pare-brise et dit, « Merde. »

C'était déjà assez difficile comme ça qu'elle ait commencé sa journée à une heure incroyablement matinale mais la neige annoncée était la cerise sur le gâteau. Elle avait vu assez de neige durant les derniers jours de son voyage et, en ce qui la concernait, elle était impatiente de voir le printemps arriver.

Peut-être que si elle parvenait à faire rapidement sa prochaine visite, elle pourrait être de retour à Des Moines à onze heures. Elle avait fait sa visite la plus importante de la journée, à l'abattoir de Bent Creek, à 7h45. Maintenant qu'il était presque 9h00, elle avait une dernière visite à faire – un quelconque petit fermier qui contournait les lois sur les déchets depuis maintenant des mois. En tant que chercheur et contact pour le département de l'agriculture, s'occuper des déchets faisait définitivement partie des tâches les plus humbles du boulot de Missy. Certains jours, elle devait prendre jusqu'à deux douches pour débarasser ses cheveux de la puanteur des cochons et du fumier des vaches.

Un autre flocon de neige s'abattit sur son pare-brise. Elle arriva au bout de la longue route d'accès qui menait à l'abattoir et mis son clignoteur droit. Elle s'avança sur la route, en jetant un coup d'œil à l'adresse de la ferme suivante. C'était de l'autre côté de Bent Creek mais elle connaissait assez bien la région pour savoir qu'elle pouvait prendre un raccourci, quitter la route principale et rouler sur la Route 14 pour arriver de l'autre côté de la ville.

Missy roula encore huit kilomètres, se rapprochant des premiers signes de vie réels de la petite ville de Bent Creek. La neige continuait à tomber et le ciel montrait des signes avant-coureurs que quelque chose de bien plus important allait leur tomber dessus dans les prochaines heures.

Quand elle se retrouva à moins d'un kilomètre de l'endroit où elle allait tourner sur la Route 14, elle aperçut une lumière rouge clignotante sur le côté de la route juste devant elle. Elle ralentit et regarda dans cette direction au moment où elle s'approcha de la lumière. Elle arriva à ce qui ressemblait à l'entrée d'une ancienne route de service ou un chemin de terre de campagne. Un camion y était garé, à environ trois mètres de la route. La portière du côté chauffeur était ouverte et un homme était penché à l'intérieur, ses jambes toujours au sol mais le reste de son corps dissimulé. D'après ce qu'elle put en voir, il avait l'air complètement immobile. Ça, combiné aux feux de détresse clignotants, lui fit penser que quelque chose ne tournait pas rond.

Lentement, elle se gara sur le côté de la route, juste derrière le camion. En s'en approchant, Missy vit que les jambes de l'homme avaient l'air totalement molles. Elle n'avait aucune idée de ce qui avait pu se passer mais l'homme avait l'air blessé. Peut-être qu'en roulant il avait eu une sorte d'attaque ou d'arrêt cardiaque, et s'était garé sur le bord de la route en espérant que ses feux de détresse attireraient l'attention de quelqu'un.

Elle sortit de sa camionnette de service – un modèle standard pour le département de l'agriculture de l'Iowa – et remonta la capuche de son manteau. Elle détestait jusqu'à sentir les flocons de neige tomber sur ses joues et sur son nez.

« Bonjour ? » dit-elle. « Vous m'entendez ? Est-ce que tout va bien ? »

Elle fit un autre pas en avant et commença à se sentir mal à l'aise.

Si tu penses qu'il est blessé et que tu veux l'aider, appelle le 911 depuis ton téléphone. Vas-y... retourne dans ta camionnette.

Mais l'état complètement mou de ses jambes lui disait que cet homme était sérieusement blessé. Elle devrait d'abord au moins vérifier son état avant d'appeler. La personne du 911 lui demanderait de toute façon plus de détails.

« Monsieur ? » dit-elle, en s'avançant. Elle pouvait maintenant voir l'intérieur du camion. L'homme avait une capuche remontée sur la tête, attachée à un épais manteau. « Tout va bien ? »

Puis, soudain, l'homme se mit à bouger.

Elle hurla mais ça ne dura qu'un instant. Quelque chose heurta violemment son front et tout son corps s'affaissa. Elle eut l'occasion de voir l'homme durant une fraction de seconde, avant de s'effondrer au sol dans un tourbillon de ténèbres.

***

Il avait été prudent cette fois-ci. Il avait vérifié l'emploi du temps et il était sûr de savoir à quelle heure la femme ressortirait de l'abattoir. Il y avait travaillé dans le passé – il y avait même déjà vu Missy Hale à plusieurs reprises, lorsqu'il était employé. Alors il savait qu'elle aurait terminé vers 8h45 ou 9h00. Il s'était garé ici, en sachant que personne ne reconnaîtrait ce vieux pickup. Il se trouvait sur sa propriété depuis deux ans, recouvert d'une bâche. Les plaques étaient fausses et bien qu'elles puissent être localisées, elles

les feraient remonter à un pauvre type quelque part en Caroline du Nord.

Il avait vu sa camionnette s'approcher et avait fait le mort, en veillant à allumer ses feux de détresse. Il savait qu'elle se garerait derrière lui, ce qui rendrait un peu plus difficile la manoeuvre pour sortir d'ici.

Et puis, bien sûr, il pensa qu'il l'avait peut-être frappée un peu trop fort. Il avait utilisé un simple marteau et l'avait frappée avec le bout de la tête. Il pensait qu'elle allait être dans les vapes mais pas totalement assommée.

Mais c'était fait maintenant et il ne pouvait rien changer. Il allait devoir s'adapter à la situation.

Il savait aussi que, bien que le trafic sur cette route soit pratiquement inexistant après 8h00, il devait s'attendre à l'une ou l'autre voiture. Alors il devait se dépêcher.

Il regarda sa montre au moment où il se mit à rouler vers la Route 14. À partir du moment où Missy s'était garée derrière lui jusqu'au moment où il était retourné à la route principale, moins de quatre-vingt-dix secondes s'étaient écoulées. Devant et derrière lui, il n'y avait aucun trafic.

La neige tombait de plus en plus fort maintenant. Alors que certains se plaignaient de la neige, il était content qu'elle soit là. Elle recouvrait tout et effaçait toute trace.

Il espérait avoir effacé toute trace laissée par Delores Manning pendant sa fuite d'hier à travers bois. Il supposait qu'elle avait probablement raconté tout ce qu'elle savait aux autorités. Il s'attendait à voir arriver la police à tout moment. Et si c'était le cas, ce n'était pas un problème. Il était préparé à ça. Puis… peut-être qu'ils comprendraient même pourquoi il faisait ce qu'il faisait.

Et sinon, et bien, il avait une tonne de munitions.

De plus, bien que la neige soit si belle et qu'il soit enthousiaste à l'idée d'une confrontation avec la police, il avait des choses plus urgentes à régler pour l'instant.

Par exemple, il avait hâte de fourrer Missy Hale dans le même container où Delores Manning avait été enfermée jusqu'à hier matin.

Mais il avait des tonnes de choses à faire d'abord. Avec un sourire satisfait aux lèvres, il partit au travail pendant que la neige tombante s'épaississait autour de lui.

CHAPITRE VINGT

Vu qu'elle n'avait pas réglé d'alarme, Mackenzie dormit jusqu'à 7h20. Bien qu'il soit encore relativement tôt, elle considérait ça comme une grasse matinée. De plus, ça faisait plus de six heures de sommeil, comme elle et Ellington avaient plaisanté sur le sujet hier soir.

Ah merde… Ellington, pensa-t-elle. *J'imagine qu'il va falloir que je me retrouve face à lui à un moment ou à un autre de la matinée.*

Elle s'assit sur le lit et attrapa son téléphone. Elle n'avait reçu aucun message, aucun appel, aucun email. Elle savait que s'il n'y avait pas de nouvelle piste aujourd'hui, il se pourrait bien qu'elle et Ellington doivent rentrer à Washington à la fin de la journée. Elle sortit du lit et se prépara, en suivant un programme très précis : douche, brossage de dents, cheveux, vêtements. Tout était minuté et elle était capable d'être prête en vingt minutes.

Quand elle eut terminé, elle décida qu'il vaudrait mieux éluder tout de suite la gêne qui existait entre elle et Ellington. Elle irait frapper à sa porte et ils partiraient ensemble pour une autre journée de travail. En l'absence de nouvelles pistes, elle imagina qu'ils commenceraient par se rendre au commissariat de Bent Creek. Elle se demanda si Thorsson et Heideman y seraient ou s'ils étaient toujours au bureau local d'Omaha étant donné l'absence de résultats.

Elle sortit de sa chambre et au moment où elle en refermait la porte, elle vit Ellington sortir du bureau du motel. Il lui fit un signe de la main et se dirigea vers elle, en sortant les clés de voiture de sa poche.

« Qu'est-ce que tu faisais là-dedans ? » demanda-t-elle.

« J'ai reçu un appel de McGrath ce matin. Il demandait des nouvelles de l'enquête et je les lui ai données. Il a demandé à ce qu'on revienne à Washington pas plus tard que ce soir, s'il n'y avait rien de neuf aujourd'hui. On travaillera toujours sur l'enquête mais il ne veut pas qu'on reste sur place, à travailler sur une affaire qui n'avance pas. »

Mackenzie se doutait que ça risquait d'arriver, alors ce ne fut pas vraiment une surprise. « Tu veux qu'on aille voir Bateman ? » demanda-t-elle. « Peut-être qu'on pourra trouver quelque chose à partir des cartes et des itinéraires de train. »

« Ça me paraît une très bonne idée, » dit-il. « Écoute… concernant hier soir… »

Elle hocha la tête. « Non. Pas besoin d'en parler. Essayons de rendre cette journée productive et clôturer cette affaire. Je serai incapable de le faire si je continue à penser à hier soir. »

« OK, » dit-il.

Elle n'avait pas eu l'intention de parler sur un ton sec mais elle savait que c'était comme ça que c'était sorti. Elle espérait qu'Ellington la connaisse assez bien pour savoir que ce n'était pas son intention. C'était difficile à savoir car ils restèrent silencieux durant les deux minutes qu'il leur fallut – même dans la neige fraîche – pour se rendre du Motel 6 au commissariat de Bent Creek.

Quand ils arrivèrent au commissariat, ils se dirigèrent vers l'arrière du bâtiment après avoir reçu des indications de la réceptionniste. Mackenzie sentait l'odeur de café et de beignets – une odeur qui lui remonta le moral malgré les tensions entre elle et Ellington, et le fait que McGrath voulait qu'ils rentrent à Washington. Elle frappa à la porte de la salle de conférence, qui était en partie ouverte, et fut reçue par un rapide « Entrez. »

Quand elle entra, Bateman lui fit un petit signe de la main et un léger sourire. Il avait l'air fatigué et, pour dire la vérité, pas vraiment content de la voir.

« Agents White et Ellington, » dit Bateman. Il montra du doigt un homme plus âgé, ayant environ la soixantaine, et dit, « Voici Earl Temper du département des forêts. Il nous aide à essayer de délimiter les endroits où Delores Manning aurait pu monter dans ce train. »

« Et vous avez une idée ? » demanda Mackenzie.

« Peut-être, » dit Earl. « Heureusement, il n'y a pas beaucoup de pins dans les bois de cette région, alors ça facilite un peu mon travail. » Il lui fit glisser une carte des forêts et montra du doigt une marque en forme de U qu'il y avait tracée au marqueur.

« Là, c'est une zone d'environ trente kilomètres longeant les rails. D'après mes informations, c'est le seul endroit où il y aurait des pins aussi proches du chemin de fer mais j'ai passé quelques coups de fil et demandé davantage d'informations afin de m'assurer d'avoir raison. Si vous me laissez environ une heure, je peux probablement réduire ce rayon de trente kilomètres à environ dix ou quinze. »

« Ce serait super, » dit Mackenzie.

Pendant ce temps, l'agent Roberts fit glisser une des trois boîtes de beignets en direction de Mackenzie et Ellington. « Servez-vous, » dit-elle.

Mackenzie ne se fit pas prier et la remercia mais elle était un peu mal à l'aise. Quelque chose avait changé dans l'atmosphère depuis hier. Il y avait quelque chose dans l'air qui faisait maintenant très *Twin Peaks* mais elle ne parvenait pas à savoir pourquoi. Peut-être que c'était juste dû à l'humeur de Bateman ou aux tensions entre elle et Ellingon, mais quelque chose ne tournait pas rond.

« Est-ce qu'il y a un historique d'autres types de crimes dans la région ? » demanda Mackenzie, en regardant la carte d'Earl.

« Non, » dit Bateman. « Un de mes hommes vient de vérifier, à peine vingt minutes avant que vous n'arriviez. »

Elle n'était pas sûre de savoir s'il s'agissait là d'une attaque délibérée. Mais de toute façon, elle n'eut pas vraiment le temps de se poser la question. Juste après que Bateman ait terminé de parler, son téléphone se mit à sonner. Il le décrocha du clip qu'il avait à sa ceinture et répondit à l'appel, la bouche pleine de beignet.

« Bateman. »

Il écouta attentivement durant un moment, puis se rassit droit sur sa chaise. Mackenzie essaya de lire l'expression de son visage mais elle n'était pas sûre de savoir s'il recevait de bonnes ou de mauvaises nouvelles.

« Un instant, » dit Bateman. « Je vais vous mettre sur haut-parleur. » Avant de le faire, il s'adressa à toutes les personnes présentes dans la pièce – Mackenzie, Ellington, Roberts et Earl Temper – et dit : « C'est Janice Smith, du département d'agriculture. »

Puis il mit le téléphone en mode haut-parleur et le posa au milieu de la table. « OK, Janice… on vous écoute. À part moi, sont présents Earl Temper du département des forêts, l'officier Roberts et les agents White et Ellington du FBI. Racontez-leur ce que vous venez juste de me dire, puis continuez avec les détails. »

« OK, » dit Smith. « J'ai reçu un appel de l'un des fermiers qui vit dans votre coin… un homme du nom de David Ayers. Il avait une réunion prévue ce matin avec une représentante du département de l'agriculture. Il l'a déjà rencontrée à plusieurs reprises et elle est toujours ponctuelle. Il nous a appelés il y a dix minutes pour dire que la représentante – Missy Hale – n'était toujours pas arrivée. Nous avons essayé d'appeler son téléphone mais il n'y a aucune réponse. Maintenant, je me rends compte que c'est peut-être exagéré, mais je sais que vous avez des soucis avec une affaire de disparitions. J'ai pensé que ça valait la peine d'y regarder de plus près. Je vous ai déjà envoyé toutes les informations concernant Missy, ainsi que les plaques d'immatriculation de la camionnette qu'elle conduisait. »

« On vérifie tout de suite, » dit Bateman, en jetant un coup d'œil en direction de Mackenzie comme pour dire *J'espère que vous êtes OK.* Elle lui fit un signe de tête pour lui indiquer qu'il n'y avait pas de problème.

« Merci, » dit Smith. « Sincèrement, ce n'est pas le genre de Missy d'arriver en retard ou, tout au moins, de ne pas appeler pour prévenir. Sinon, je ne vous aurais pas appelés. »

« Ne vous tracassez pas, » dit Bateman. « Nous veillerons à vous maintenir informée. »

Sur ce, il raccrocha et regarda autour de lui. « Je pense qu'elle a raison, » dit-il. « Ça n'a peut-être rien à voir mais quelles autres pistes avons-nous pour l'instant ? »

« Je ne pense pas que ce soit exagéré, » dit Mackenzie. « Sans rapport d'accident qui aurait pu provoquer un retard, tout cas de personne disparue dans une région où de nombreuses disparitions ont eu lieu, vaut la peine d'y regarder de plus près. »

Elle se dirigea vers la porte sans dire un mot de plus. Au moment où elle le fit, Bateman se mit également debout. « Au risque d'être trop nombreux, j'aimerais toutefois venir avec vous cette fois-ci. »

« Bien sûr, » dit Mackenzie. Elle ne voulait pas perdre davantage de temps ou d'attention à essayer de comprendre pourquoi il semblait y avoir des tensions avec Bateman. De plus, s'il voulait les accompagner, il avait le droit de le faire.

Elle lui laissa même prendre les devants et attendit pendant qu'il attrapait un autre beignet avant de quitter la salle de conférence. Au moment où Mackenzie quitta la pièce, elle était envahie d'un sentiment bizarre ; bien qu'elle espère vraiment que Missy Hale soit vivante, en bonne santé et que tout ça ne soit qu'une réaction exagérée, elle savait également que si elle était *vraiment* en danger, ça pourrait bien être la dernière piste à suivre avant qu'elle et Ellington ne doivent rentrer chez eux.

CHAPITRE VINGT ET UN

Quand ils arrivèrent à la ferme de David Ayers, Mackenzie vit qu'il était occupé à placer une bâche au-dessus d'un tas de bois sur le côté gauche de sa jolie maison à deux étages. La neige continuait de tomber et Mackenzie se demanda quelle épaisseur serait nécessaire avant que Bateman n'ait des chaines placées aux roues de sa voiture de patrouille. Mackenzie remarqua que l'arrière de la voiture de police qui les précédait, dérapa légèrement sur la gauche au moment où elle se gara dans l'allée d'Ayers.

Ayers les regarda arriver et leur fit un signe de la main tout en resserrant sa capuche autour de la tête. Il marcha lentement en direction du porche, attendant que tout le monde soit arrivé. Roberts était venue avec Bateman, devançant de quelques pas Mackenzie et Ellington. Quand les présentations furent faites, Ayers les invita à entrer dans la maison.

C'était une superbe maison de ferme, rustique au point d'en être élégante. Un feu brûlait dans la cheminée dans le spacieux salon.

« Je dois dire, » dit Ayers, « que je ne pensais pas que mon coup de fil allait provoquer une telle réaction. Je ne m'attendais certainement pas au FBI. »

« Et bien, le département de l'agriculture m'a appelé juste après que vous ayez téléphoné pour demander des nouvelles de Missy Hale, » dit Bateman. « Comme vous le savez probablement, il y a eu toute une série de disparitions dans la région. Les gens du département de l'agriculture ne veulent pas courir de risque. Personne ne parvient à joindre Missy par téléphone, ni par email. »

« Oh, mon dieu, » dit Ayers.

« Alors… je sais que ça n'a peut-être rien à voir, » dit Bateman, « mais vous rappelez-vous de quoi que ce soit dont vous ayez parlé et qu'il faudrait qu'on sache ? »

« Moi et Missy ? » demanda Ayers. « Non. Elle vient tous les trimestres pour vérifier la manière dont je gère les procédures de traitement des déchets… pour veiller à ce qu'il n'y ait rien de nuisible pour les réserves d'eau locales et des trucs du genre. À chaque fois qu'elle vient, on a une aimable conversation et c'est à peu près tout. »

« Vous ne lui avez pas parlé concernant cette visite ? » demanda Mackenzie. « Aucune conversation pour confirmer le rendez-vous ? »

« Non, pas du tout. Tout se fait en ligne. Je savais que c'était Missy qui allait venir car son nom apparaissait sur la facture. »

« Pouvez-vous nous montrer la facture, s'il vous plaît ? » demanda Mackenzie.

« Bien sûr, » dit-il. « Elle est dans mon bureau. J'en ai pour un instant. »

Les quatre policiers restèrent silencieusement assis pendant qu'Ayers s'éloignait vers son bureau. Quand il fut hors de portée, Mackenzie s'approcha de Bateman afin de pouvoir lui parler tout bas.

« Vous connaissez bien David Ayers ? »

« Assez bien. Si vous voulez savoir si je pense qu'il soit capable de kidnapper des femmes, la réponse est non. Le type n'a aucun antécédent. Sa femme est morte il y a cinq ou six ans et bien qu'il soit assez riche pour pouvoir prendre sa retraite, il continue à travailler. C'est un des types les plus gentils de la ville, si vous voulez mon avis. »

« Est-ce qu'il a sa ferme depuis longtemps ? » demanda-t-elle.

« Oui. Une des premières de la ville, je pense. Je ne connais pas vraiment l'histoire de la famille mais je pense que cette ferme existe depuis les années 20. »

Elle n'avait pas d'autres questions, ce qui n'était pas plus mal vu qu'Ayers venait de rentrer de nouveau dans le salon. Il tendit à Mackenzie une feuille de papier contenant un formulaire assez simple. Il y était indiqué la date et l'heure de la visite d'aujourd'hui. Une petite note en bas de la feuille disait *Votre rendez-vous est pris avec la représentante Missy Hale. Contactez le bureau si vous avez des questions.*

« Monsieur Ayers, » dit Mackenzie, « vu son travail, peut-être que certaines fermes en ville auraient rencontré des difficultés avec elle ? Suite par exemple à un rapport négatif ou à une amende ? Connaissez-vous quelqu'un qui pourrait lui en vouloir ? »

« Non, mais j'imagine que c'est une possibilité. »

« Hé, David, » dit Bateman. « Tu sais si l'État les envoie encore dans ces horribles camionnettes ? »

« Ces camionnettes à châssis bas de couleur beige ? » demanda Ayers.

« Celles-là même. »

« La dernière fois où elle est venue, oui. »

Mackenzie prit note de cette information. Ils avaient la plaque d'immatriculation, le numéro d'enregistrement et maintenant, éventuellement la couleur du véhicule. C'était probablement la piste la plus sérieuse dont ils disposaient. D'après les informations que

Bateman avait reçues, ils savaient également que Missy s'était rendue à son premier rendez-vous du matin, celui qu'elle avait à l'abattoir. Ce qui voulait dire que, quelque part entre l'abattoir et la ferme d'Ayers, une camionnette très particulière avait disparu d'une manière ou d'une autre.

On arrive enfin à quelque chose, pensa-t-elle.

Mais la neige continuait de tomber dehors et ça entraverait probablement tout effort de recherches.

« Merci pour le temps que vous nous avez consacré, monsieur Ayers, » dit-elle. « Je vous laisse entre les mains du shérif Bateman et de l'officier Roberts. L'agent Ellington et moi-même allons devoir vous laisser. »

Bateman la regarda d'un air surpris – presque le même air avec lequel la regardait Ellington. Mais faisant toujours preuve d'une grande capacité d'adaptation, Ellington hocha de la tête et la suivit jusqu'à la porte. Il ne dit pas un mot avant qu'ils ne soient en bas des marches et qu'ils ne se dirigent vers leur voiture de location.

« La neige te tracasse aussi ? » demanda-t-il.

« Oui. Si on veut retrouver cette camionnette, il faut qu'on le fasse avant que la neige nous en empêche. Tu sais quel temps ils annoncent ? »

Il sortit son téléphone et afficha les prévisions météo au moment où ils entrèrent dans la voiture. « Chutes de neige pendant encore au moins une heure, puis ce sera plutôt tempête. »

« Alors il faut *vraiment* qu'on se dépêche, » dit-elle. « Nous savons que Missy Hale était à l'abattoir ce matin. Alors on va commencer par là et suivre tous les itinéraires possibles entre l'abattoir et la ferme d'Ayers. Cette camionnette doit bien être quelque part. »

« Tu crois ? » demanda Ellington, alors qu'il faisait marche arrière pour sortir de l'allée. « Disons que notre type ait bien enlevé Missy Hale. Pourquoi prendrait-il son véhicule alors qu'il avait laissé les autres sur le bord de la route ? »

« Car s'il l'a *bien* enlevée, c'était ce matin. En pleine journée. Toutes ses autres mises en scène avaient eu lieu durant la nuit. »

« Et honnêtement, » dit-il, « c'est pour ça que je ne pense pas que Missy soit l'une de ses victimes. Pourquoi changerait-il ses habitudes ? Pourquoi prendre un tel risque ? »

« Parce que Delores Manning s'est enfuie. Il est blessé. Dans sa fierté, son égo, ou peu importe. Non seulement il avait besoin de la remplacer, mais il avait aussi besoin de faire quelque chose de plus téméraire pour se prouver quelque chose. »

« Merde, » dit Ellington. « Tu as raison. Ça tient la route. »

« Je pense qu'il a soit récupéré sa camionnette, soit il l'a laissée sur le bord de la route comme les autres. Je pense que ce serait bien peut-être de demander à quelques hommes de Bateman de patrouiller la Route 14, vu qu'il semble que ce soit là son lieu de prédilection. »

« Oui, et bien, je te laisse l'honneur de le lui demander, » dit Ellington. « On dirait qu'il y a quelque chose qui le dérange dernièrement et je n'ai pas envie d'être celui qui… »

« Arrête-toi ! »

Elle avait presque crié car l'idée lui était venue si soudainement. Ellington obtempéra, appuyant à fond sur les freins et faisant un peu cahoter la voiture sur la neige. Bien que les routes ne soient pas encore entièrement recouvertes, la neige qui s'était accumulée les rendait plutôt glissantes.

« Qu'est-ce qu'il y a ? » demanda-t-il.

« Cette route secondaire, là-bas… il y avait des traces de pneus. »

Ellington recula et revint à la hauteur de la route secondaire. C'était un autre de ces chemins de campagne, comme ceux qu'ils avaient vus sur la Route 14. Celui-ci se trouvait à environ cinq cent mètres de la ferme d'Ayers. Il n'y avait pas de barrière, juste des mauvaises herbes le long du chemin.

Mais effectivement, il y *avait* des traces de pneus. Elles étaient à peine visibles dans la neige mais elles étaient bien là.

Mais ce sont des traces faites dans la neige. Les flocons qui tombent sont occupés à les recouvrir – ce qui veut dire que ces traces ne datent pas de plus d'une heure ou deux.

« Tu penses qu'on peut aller jeter un oeil par là, avec ce tacot ? » demanda Ellington.

« Je pense qu'on peut essayer. »

Ellington tourna sur le sentier et Mackenzie vit tout de suite qu'il s'agissait là d'un chemin très ancien. Deux fines pistes montraient l'endroit où de nombreux pneus avaient roulé mais c'était tout. Il n'y avait pas de gravier, ni vraiment d'accotement défini – rien. Par contre, plus ils avançaient, plus il leur était facile de voir les traces.

Heureusement, la route n'était pas très longue. Après moins d'un kilomètre, le sentier vira sur la droite, en direction de la ferme d'Ayers. Le chemin continuait encore pendant environ deux cent mètres avant de s'arrêter dans un petit champ qui était en grande partie occupé par un étang.

Ellington gara la voiture et ils en sortirent. Mackenzie regarda le sol qui les entourait mais c'était principalement de la terre battue et de l'herbe sèche, rendant les traces moins visibles. Elle regarda en direction de l'étang et des arbres qui l'entouraient de tous les côtés. À vue de nez, l'étang faisait environ trente mètres de diagonale et cinquante mètres de large. Ce n'était pas vraiment un étang mais plutôt ce qu'elle avait souvent entendu appeler un *coin de pêche.*

Elle s'avança vers l'étang, en regardant la neige tomber à la surface et se dissoudre lentement dans l'eau. Alors qu'elle scrutait les rives, elle vit d'autres traces, mais ce qu'elle voyait n'avait pas de sens. Les traces qu'ils avaient suivies réapparaissaient au bord de l'étang. Elles n'avaient pas tourné mais elles avaient continué tout droit…

« Merde, » dit Mackenzie.

Elle s'approcha de la rive et regarda dans l'eau. Elle était assez limpide, grâce aux conditions cristallines de l'hiver. Elle put facilement voir la forme carrée étrange, penchée sur le fond. Elle se trouvait à environ un mètre en-dessous de la surface et même à travers l'eau et les flocons de neige, elle put voir qu'elle était de couleur beige.

« Ellington, j'ai trouvé la camionnette. »

Il s'approcha rapidement et laissa échapper un rire nerveux. « Oh mon dieu, » dit-il.

Mackenzie sortit son téléphone et appela Bateman. La réception n'était pas des meilleures mais elle l'entendit assez clairement au moment où il décrocha.

« Bateman, » dit-il.

« C'est White. Nous avons retrouvé la camionnette de Missy Hale. »

« Quoi ? C'était rapide. Où êtes-vous ? »

« Au bout d'un chemin en terre à moins d'un kilomètre de la ferme d'Ayers. Je me tiens au bord d'un étang et je vois l'arrière de la camionnette sous la surface de l'eau. »

« Attendez… à moins d'un kilomètre ? En direction de la ville ? »

« Oui. Pourquoi ? »

Il y eut un silence avant que Bateman ne réponde, sur un ton plutôt mal à l'aise. « C'est l'étang de David Ayers. »

***

Vingt minutes plus tard, le champ devant le petit étang grouillait d'activité. Mackenzie et Ellington étaient assis dans leur voiture de location avec David Ayers, pour rester au chaud. Pendant ce temps, deux hommes avaient enfilé des tenues de plongée pour s'aventurer dans l'étang. Ils étaient occupés à accrocher la camionnette à un crochet attaché à l'arrière d'une dépanneuse, garée au bord de l'étang. Bateman parlait avec le chauffeur de la dépanneuse pendant que Roberts et d'autres policiers regardaient.

« C'est incroyable, » dit Ayers. Il regardait en direction de l'étang, comme s'il allait vomir.

« Est-ce que je peux vous demander pourquoi vous ne bloquez pas l'accès à votre propriété ? » demanda Mackenzie. « Nous avons vu plusieurs de ces petits sentiers fermés par une chaîne le long des routes secondaires de Bent Creek. »

« Parce que j'ai fait l'erreur de laisser aux gens le bénéfice du doute. La plupart des habitants de Bent Creek savent qu'ils peuvent venir ici et pêcher quand ils le veulent. Ça ne me dérange pas. La plupart du temps, ce sont des pères accompagnés de leurs enfants et parfois l'une ou l'autre bande de potes qui viennent boire un coup et se plaindre de leurs mariages. Je suis content qu'ils puissent profiter de cet endroit. »

« Alors n'importe qui peut venir ici ? » demanda Ellington. « Est-ce qu'ils vous appellent parfois pour vous demander la permission ? »

« Certains le font. Mais après qu'ils aient appelé la première fois, je leur dis toujours que ce n'est pas nécessaire de prévenir. »

« Alors, en d'autres mots, » dit Mackenzie, « il est impossible de savoir qui a bien pu venir ici ce matin. »

« C'est ça. »

Mackenzie regarda de nouveau en direction de l'étang. Les hommes étaient sortis de l'eau et commençaient à enlever leur combinaison de l'autre côté de la dépanneuse. Le chauffeur appuya sur un levier et le câble se mit à se tendre. Il y eut un bruit de grincement, puis la camionnette commença tout doucement à apparaître. Elle sortit lentement de l'eau lorsque le chauffeur commença à faire avancer la dépanneuse.

Mackenzie regarda les bois qui les entouraient et commença à prendre conscience de la neige. *Celui qui a conduit cette camionnette dans l'étang a dû repartir à pied. Il n'y a aucune trace de pneus quittant le champ. Et s'il est parti à pied, la neige aura recouvert ses traces. Une autre voie sans issue.*

« Merci encore pour votre aide, monsieur Ayers, » dit Mackenzie. Elle sortit de la voiture et se dirigea vers la dépanneuse. Bateman et Roberts étaient déjà occupés à ouvrir les portes de la camionnette. De l'eau en sortit en s'écoulant.

« C'est un vrai cauchemar, » dit Bateman. « Pour dire vrai… j'espérais presque trouver un corps là-dedans. »

« Vous permettez ? » demanda-t-elle, en se dirigeant vers la portière ouverte.

« Allez-y. »

Mackenzie regarda à l'intérieur de la camionnette, légèrement submergée par l'odeur d'eau stagnante qui en émanait. La camionnette avait l'air assez propre, bien que trempée. La seule chose importante qu'elle vit, fut un iPhone qui avait glissé sur le sol et s'était coincé sous la pédale des gaz. Elle s'en saisit et vit qu'il était toujours allumé et qu'il fonctionnait toujours. Son coûteux étui Otterbox l'avait apparemment sauvé.

« Vous pensez pouvoir passer outre l'écran du mot de passe ? » demanda Bateman.

« On peut essayer, » dit Mackenzie. Mais sincèrement, elle ne pensait pas que ça allait beaucoup les aider. À moins que l'homme qu'ils recherchaient l'ait appelée, elle doutait de trouver quoi que ce soit d'utile dans le téléphone.

Mackenzie regarda sa montre. Il était un peu après onze heures. La journée avait soudain l'air de passer trop rapidement.

L'homme était à pied après ça, se rappela-t-elle. *Et vu qu'elle avait eu un rendez-vous à l'abattoir, ça ne laissait qu'une marge de temps minime. Même s'il avait mis la voiture dans l'étang quinze minutes après son rendez-vous, ça ne lui laissait que deux heures devant lui. À pied, il se déplacerait lentement. Mais s'il avait un autre véhicule quelque part, qui l'attendait ? Si c'*est *une personne du coin, il doit connaître des endroits où dissimuler une voiture.*

« Shérif, je pense qu'il faut qu'on déclare l'état d'urgence. »

« Sur toute la ville ? »

« Non. Mais ce type était à pied quand il est parti d'ici. » Puis elle continua en lui expliquant ce qu'elle avait pensé, jusqu'à la possibilité qu'il ait caché un autre véhicule dans le coin.

« Et bien, s'il *avait* une autre voiture, même à plus d'un kilomètre d'ici, il pourrait aussi bien être parti de la ville à l'heure qu'il est. Je ne peux pas déclarer l'état d'urgence pour toute une ville, sur base d'un simple *espoir*. »

C'était le premier acte réel de résistance qu'elle rencontrait chez lui mais elle savait aussi qu'il avait raison. De plus, ils n'avaient aucune idée de la personne qu'ils recherchaient. Ça provoquerait de nombreuses vérifications inutiles sur les pourtours de la ville. Ce qui voudrait également dire une force de police fatiguée et démoralisée.

« Si vous pouvez trouver quelque chose de plus précis, » dit Bateman, « ce serait peut-être possible. Mais je ne peux pas mettre des policiers à toutes les sorties de la ville sans aucune idée de ce qu'ils doivent chercher. »

« Je comprends, » dit Mackenzie. « Et concernant les propriétés à distance de marche d'ici ? Est-ce qu'on pourrait vérifier toute activité suspecte ? Peut-être rechercher si quelqu'un a vu cette camionnette passer devant chez eux ? »

« Oui, ça, c'est faisable. »

Le pire de tout, c'était qu'il n'y avait aucune empreinte visible à part les leurs. La neige fraîche avait recouvert toute trace.

« Et peut-être que quelques policiers pourraient scruter l'orée des bois et chercher tout signe indiquant que quelqu'un soit récemment passé par là, » ajouta Mackenzie. « Si ce type est reparti à pied il y a moins de deux heures… »

« Alors toute trace aura rapidement été recouverte par la neige, » continua Bateman.

Bateman lui fit un signe de tête au moment où elle se dirigea vers sa voiture. Ellington la rejoignit, en jetant un dernier coup d'œil à la camionnette détrempée qui se trouvait derrière eux.

« Quelle est la prochaine étape ? » demanda-t-il.

Peut-être que c'était dû au fait qu'elle était frustrée par le manque d'indices, ou bien c'était peut-être le ton de sa voix – elle n'était pas certaine. Mais cette fois-ci, on aurait *vraiment* dit qu'il essayait de la tester ou de la déstabiliser. Elle était sûre que ce n'était pas son intention mais c'était l'impression que ça lui donnait.

À la recherche d'une piste quelconque, Mackenzie lui fit part de la seule idée qu'il lui restait. « Missy Hale a été vue pour la dernière fois à l'abattoir. Et puisqu'on dirait que l'abattoir est un peu le nerf de cette ville, je propose qu'on aille rendre visite à la dernière personne qui ait parlé avec elle. Peut-être qu'on pourra se faire une idée de l'humeur dans laquelle se trouvait Missy Hale quand elle est partie. »

« C'est mieux que rien, » dit Ellington, au moment où ils entrèrent dans la voiture.

Il fit marche arrière du mieux qu'il put, en contournant les cinq autres véhicules qui se trouvaient dans le champ. Mackenzie regarda une dernière fois en direction de la scène au moment où ils se mirent à rouler sur le sentier en terre battue en direction de la route asphaltée. La neige tombait de plus en plus fort maintenant et Ellington dut faire fonctionner les essuie-glaces. La neige qui ne cessait pas de tomber, elle le savait, allait rendre les choses plus difficiles. Sachant cela, le mouvement incessant des essuie-glaces sur le pare-brise ressemblait plus au tic-tac d’une horloge vraiment pressante plutôt qu’à un moyen d’éliminer la neige.

CHAPITRE VINGT-DEUX

« Cette neige va rendre les choses bien plus difficiles », dit Ellington, alors qu'ils s'approchaient de l'abattoir. Les routes n'étaient pas encore vraiment dangereuses mais ça ne tarderait plus à arriver. « Que penses-tu si on se divisait les tâches ? »

« Dans quel sens, se diviser les tâches ? » demanda-t-elle.

« Et bien, on n'a pas besoin d'être deux pour poser des questions à l'abattoir – en pensant qu'il y ait même des informations à y obtenir. Pendant ce temps, l'autre pourrait aller jeter un coup d'œil aux petites fermes avoisinantes que personne n'a encore pris la peine d'aller visiter. Et j'aimerais bien le faire avant que cette fichue neige rende les choses impossibles. »

« À quelles fermes pensais-tu ? » demanda-t-elle.

« En regardant les cartes ce matin, j'en ai repéré deux. L'une d'entre elles n'est pas trop éloignée de l'abattoir. »

« C'est une bonne idée, » dit-elle.

« Bien sûr que c'en est une, » dit-il avec un sourire. « Alors que penses-tu si je te dépose à l'abattoir et que je revienne te chercher dans une heure ? Ça devrait me laisser assez de temps pour aller au moins visiter la ferme la plus proche. »

« Ça marche, » dit-elle. Mais sincèrement, elle n'aimait pas du tout l'idée de se retrouver bloquée à l'abattoir de Bent Creek sans moyen de transport. Mais elle faisait confiance à Ellington et à son instinct, alors elle n'ajouta rien de plus.

Ellington roulait lentement à travers la neige. Alors qu'ils traversaient le centre ville, ils dépassèrent deux camions municipaux. L'un était équipé d'un chasse-neige à l'avant et l'autre déversait une grande quantité de sel et de produits chimiques sur la route, dans le but de combattre l'enneigement avant que la situation n'empire. Bien que Mackenzie considère l'abattoir comme le cœur de la ville, il était en fait situé en bordure de la localité. Et malgré qu'ils aient à traverser toute la ville enneigée, ils arrivèrent à l'entrée en moins de vingt minutes.

Ellington la conduisit jusqu'à la porte d'entrée, en passant par un rond-point qui reliait la route à ce qui ressemblait à des quais de déchargement à l'arrière. Il y avait plusieurs parkings, probablement pour les employés.

Avant de fermer la portière derrière elle, Mackenzie jeta un œil à l'intérieur de la voiture. En voyant son air déterminé, et la manière presque protectrice qu'il avait de la regarder, elle eut une forte montée d'émotion liée à la nuit dernière.

« Ne joue pas au loup solitaire, » dit-elle. « S'il y a quoi que ce soit, appelle-moi. »

« Bien sûr et même chose pour toi. Je t'appelle quand je suis en route pour venir te chercher. »

Elle referma la portière, en essayant de comprendre le sentiment qui l'envahissait. Ce n'était pas de l'amour ; elle n'était pas assez naïve que pour aller jusque là. Mais il était clair qu'elle ressentait une forme de sentiment à son égard.

Et tu auras tout le temps du monde pour essayer de comprendre une fois que cette affaire sera clôturée, pensa-t-elle. *Pour l'instant, reste concentrée. McGrath veut qu'on rentre à Washington et cette neige va sérieusement compliquer la situation.*

Elle monta une courte mais large volée d'escaliers qui menait à l'entrée de l'abattoir. N'ayant jamais visité ce genre d'endroit auparavant, elle fut un peu surprise par l'aspect du lieu. Elle s'était attendue à une sorte d'usine délabrée, un bâtiment gris et industriel. Mais l'avant de l'imposant bâtiment ressemblait à n'importe quelle autre entreprise professionnelle qu'elle ait vue jusqu'ici. Et c'était pareil après avoir passé les portes d'entrée. Elle se retrouva dans un vestibule joliment décoré qui servait de salle d'attente. Une réceptionniste était assise derrière une paroi en verre à l'autre bout de la pièce et elle parlait au téléphone. Une porte fermée se découpait dans le mur juste à côté de son bureau.

Mackenzie arriva près de la réceptionniste au moment où elle terminait son appel. Elle regarda Mackenzie avec un sourire qui était visiblement préparé à l'avance et qui faisait partie de son boulot.

« Bonjour, » dit Mackenzie, en montrant discrètement son badge à la femme. Elle parlait tout bas car elle ne souhaitait pas attirer l'attention des trois personnes assises dans la salle d'attente. « Je suis l'agent Mackenzie White du FBI. J'aimerais parler à la personne qui a eu rendez-vous´ ce matin avec Missy Hale, du département d'agriculture. »

Le sourire s'effaça sur le visage de la femme. Il fut remplacé par de la méfiance et de la préoccupation. « Bien sûr. Laissez-moi appeler mon superviseur afin de savoir qui était la personne en question. »

Mackenzie attendit pendant que la réceptionniste faisait son boulot. Elle se demanda quelle quantité de l'économie de Bent Creek provenait de cet abattoir. Elle avait entendu parler de petites villes prospérant uniquement grâce à leurs scieries ; elle supposa que ça devait être la même chose pour Bent Creek et son abattoir.

Ça expliquerait très certainement la prospérité de certaines des fermes de la région.

De l'autre côté de la vitre en verre, la réceptionniste reposa son téléphone. « Venez par ici, » dit-elle, en se levant de sa chaise et en ouvrant la porte à côté de son bureau.

La réceptionniste la guida à travers un petit couloir et avant même d'arriver au bout, un homme d'âge moyen vint à leur rencontre. Son visage affichait le même air de préoccupation que la réceptionniste avait eu quelques minutes plus tôt. Il était clairement inquiet ; la présence du FBI dans l'abattoir ne lui plaisait visiblement pas.

La réceptionniste eut l'air contente de lui passer le flambeau. Elle ne dit pas un seul mot au moment où elle fit demi-tour et retourna vers son poste.

« Agent White, » dit l'homme, en lui tendant la main. « Je suis Carl Houghton. Que puis-je faire pour vous ? »

Avant même qu'elle n'ait eu le temps de répondre, Carl Houghton la mena le long du couloir jusqu'à son bureau. C'était une grande pièce qui montrait les signes évidents d'un homme qui adorait son boulot. Deux grands tableaux pendaient aux murs, remplis de notes. Son bureau était propre mais couvert de dossiers de travail qui semblaient bien organisés. Des livres, des fichiers et des piles de papiers étaient empilés le long des côtés.

« Vous avez parlé ce matin avec Missy Hale, c'est bien ça ? » demanda Mackenzie, en prenant place sur une chaise en face de son bureau.

« Oui, c'est bien ça, » dit Houghton. Il ne s'assit pas mais préféra rester debout au bord de son bureau. Il était clairement préoccupé. Il n'était apparemment pas le genre de type à être habitué aux imprévus.

« Est-ce que la réunion fut fructueuse ? » demanda Mackenzie.

« Oui, comme toujours. Elle vient pour vérifier nos procédures de traitement des déchets et pour jeter un œil à nos chiffres trimestriels, histoire de s'assurer que les affaires ne marchent pas *trop* bien. Nous sommes autorisés à ne produire qu'une certaine quantité de viande par trimestre. »

« Est-ce que vous saviez qu'elle allait ensuite rendre visite à un fermier de Bent Creek après votre rendez-vous ? »

« Je savais qu'elle avait une courte matinée de travail devant elle. C'est tout ce qui est ressorti des banalités qu'on s'est échangées. »

« Et avez-vous trouvé qu'elle avait peut-être l'air ennuyée ou nerveuse ? »

« Non, pas vraiment, » dit Houghton. « Elle avait plutôt l'air contente, je pense. Peut-être juste un peu ennuyée par le fait qu'ils annoncent de la neige mais à part ça, elle m'a paru tout à fait normale. »

« Je vous pose toutes ces questions car elle n'est jamais arrivée à son rendez-vous suivant, » dit Mackenzie. « En fait, la camionnette qu'elle conduisait vient d'être sortie d'un étang il y a moins d'une demi-heure. »

« Mon dieu ! Vous êtes sérieuse ? »

« Oui. Mais pour l'instant, nous pensons qu'elle est toujours vivante. Elle ne se trouvait pas dans la camionnette et nous avons des raisons de penser qu'elle pourrait être une autre victime du type qui a enlevé plusieurs femmes sur les routes de Bent Creek. Alors, pourriez-vous à nouveau bien y réfléchir et vous assurer qu'il n'y avait rien de spécial qui sorte de l'ordinaire ? »

Elle vit que Houghton réfléchissait à sa question. Mais après quelques secondes, il haussa les épaules et secoua la tête. « Je suis désolé, mais non… Je n'ai rien vu qui clochait. Aucun signal d'alerte, aucun signe, rien. »

« Diriez-vous que vous connaissiez bien Missy ? »

« Et bien, ça a toujours été une relation strictement professionnelle. Mais je la vois quatre fois par an et elle vient parfois à la fête de Noël que nous organisons ici. Mais en ce qui concerne sa vie privée, je ne sais pas grand-chose. Je sais qu'elle n'est pas mariée, pas d'enfants, rien de tout ça. Elle avait l'air d'aimer son boulot et avait un bon sens de l'humour. À part ça… je suis désolé, mais non. »

Mackenzie avait une autre question en tête mais elle hésita à la poser. C'était tellement éloigné du sujet qu'elle craignait que Carl Houghton comprendrait combien ils n'avaient aucune piste dans cette affaire. Mais elle n'avait pas vraiment le choix. Elle n'avait rien d'autre sous la main et l'enquête commençait à vraiment leur échapper.

« Ça fait combien de temps que vous travaillez ici, monsieur Houghton ? »

« Ça a fait vingt ans le mois de juin passé. »

« Durant tout ce temps, avez-vous eu des employés qui semblaient un peu excessifs ? Par exemple, quelqu'un qui serait parti suite à un mauvais tempérament ? »

« Il y a bien eu l'un ou l'autre cas, oui. Mais rien de vraiment énorme. Aucune dispute violente ou ce genre de choses. Je me rappelle d'une fois où on a dû renvoyer un employé il y a environ trois ans. Nous avions découvert qu'il était impliqué dans des combats de chiens. Nous trouvions ça inhumain et, puisque nous nous efforçons vraiment à protéger l'environnement et à essayer d'être aussi humains que possible – en tout cas, pour un abattoir – nous l'avons renvoyé. »

« Est-ce qu'il est parti sans faire de problèmes ? »

« Oui, il a compris la raison. Il était plein de remords concernant ses activités. »

« Et il y a beaucoup de renouvellement au niveau des employés ? »

« Pas vraiment. Nous offrons une bonne paye et les salaires sont parmi les cinq plus élevés de l'État pour une entreprise de cette taille. »

« Je me demandais… s'il serait difficile d'obtenir une liste des employés ayant décidé de quitter leur travail de leur propre chef durant ces dernières années ? »

« Je peux demander aux RH de préparer ça pour vous, » dit-il. « Pour quand en avez-vous besoin ? »

« Le plus tôt sera le mieux. Et peut-être aussi y inclure l'employé qui a été viré à cause des combats de chiens. »

« Est-ce que je peux vous en demander la raison ? »

Elle faillit le lui dire mais elle se ravisa. Une idée venait soudain de lui apparaître, une idée qui pourrait mener à une avancée importante. *Ce type devait savoir que Missy sortait de l'abattoir. Soit ça, ou soit il a vraiment eu de la chance* d'être *au bon endroit pour l'enlever entre deux rendez-vous. Ce qui veut dire qu'il connaissait son emploi du temps. Et s'il le connaissait, soit il connaît la manière dont l'abattoir fonctionne, soit il a accès aux emplois du temps des employés au sein du département de l'agriculture.*

« C'est juste par mesure de précaution. C'est le dernier endroit où elle a été vue, alors on doit considérer toutes les possibilités. »

Oh, Ellington aurait adoré entendre ça, pensa-t-elle.

« Et bien, je m'assurerai que les RH traitent ça en priorité. Quel est le meilleur moyen de vous envoyer l'information ? »

« Vous pouvez l'envoyer par email au shérif Bateman, » dit-elle. Puis elle se leva, réalisant qu'elle avait encore une demi-heure devant elle avant qu'Ellington ne vienne la rechercher. « Est-ce que ça vous dérangerait si j'allais parler avec les RH afin de m'assurer qu'ils sachent ce qu'ils doivent rechercher ? »

« Il n'y a pas de problèmes, » dit Houghton. « On fera tout ce qu'on peut pour vous aider. Venez avec moi. Je vous guiderai jusqu'au département des RH. »

Mackenzie le suivit, tout en ressentant à nouveau un énorme sentiment d'échec. Comment était-il possible qu'ils n'aient encore trouvé aucun indice sur ce type ? Faire quelque chose d'aussi effronté comme de submerger un véhicule du gouvernement dans un étang devrait offrir une piste… *quelque chose.*

Peut-être qu'il devient de plus en plus arrogant ou désespéré, pensa-t-elle. *Non seulement il a enlevé Missy Hale en plein jour mais il s'est également débarrassé d'un véhicule du gouvernement dans un étang. Il va continuer sur sa lancée et il va bien finir par merder.*

Mais, si ça n'arrivait pas ? Et s'il en avait fini avec les enlèvements et qu'il était prêt à passer à autre chose ? Mackenzie savait que c'était une possibilité tout à fait plausible et elle n'aimait pas l'idée de ce que pourrait être cet *autre chose.*

Alors qu'Houghton la guidait à travers l'édifice vers le département des RH, ils passèrent devant une grande baie vitrée dans le couloir. Elle regarda à l'extérieur et vit que la neige continuait à tomber, recouvrant le monde d'un manteau blanc et rendant sa tâche bien plus ardue.

CHAPITRE VINGT-TROIS

Missy Hale savait qu'elle était têtue. C'était un trait de caractère que son professeur de primaire avait remarqué chez elle et qui avait eu pour conséquence de nombreuses réunions de parents. C'était probablement aussi la raison pour laquelle elle n'avait jamais été capable d'avoir une relation amoureuse sérieuse pendant plus de huit ou neuf mois. À trente-cinq ans, elle reconnaissait ce trait de caractère et savait que ce n'était pas quelque chose dont elle pouvait vraiment être fière.

Pourtant, alors qu'elle était assise au fond de cet endroit qui ressemblait à une sorte de bétaillère, c'était son côté têtu sur lequel elle comptait le plus. Elle était presque certaine que c'était la seule raison pour laquelle elle n'était pas occupée à perdre complètement les pédales.

Elle avait peur, elle avait mal mais elle était aussi en colère. Elle avait une énorme bosse sur le front, du fait d'avoir été frappée à la tête par ce qu'elle croyait être un grand marteau de charpentier. Elle effleura la bosse, grimaçant non seulement sous l'effet de la douleur mais aussi en sentant la taille du truc.

Tu t'es vraiment comportée comme une idiote aujourd'hui, pensa-t-elle. *Comment as-tu pu te faire avoir comme ça ?*

Elle voyait encore l'image du type effondré dans son camion. Il avait été un bon acteur, c'est vrai, mais tout de même... même dans une petite ville comme Bent Creek (ou peut-être justement, *spécialement* dans ce genre de ville), elle savait que les femmes devaient être particulièrement prudentes sur ces routes secondaires à moitié désertes.

Elle ne savait pas vraiment combien de temps elle était restée inconsciente. Elle avait ouvert les yeux il y avait à peine dix ou quinze minutes. Au moment où elle avait senti une vague de panique l'envahir, elle l'avait réprimée directement. Ça avait été bien plus facile qu'elle ne l'aurait pensé et elle était sûre que la douleur intense de son front avait aidé ; ça lui avait donné quelque chose sur lequel se concentrer.

Depuis lors, elle s'était permis quelques instants de peur mais ça s'était limité à ça. Après s'être débarrassée de ce sentiment, son côté têtu avait repris le dessus. Il lui disait que non seulement tout allait aller très bien mais aussi qu'elle sortirait bientôt d'ici.

Peu importe ce qu'*ici* signifiait.

Elle avait rendez-vous avec David Ayers à 9h00. Il était maintenant 11h05, comme le lui indiquait sa montre. Un coup de fil avait certainement été passé. Probablement que David Ayers avait appelé son superviseur et, si elle avait de la chance, son chef aurait essayé d'appeler son téléphone. Et bien que son téléphone fût toujours dans la camionnette, elle était sûre que l'alerte avait été donnée vu qu'elle ne répondait pas. Elle ne savait pas combien de temps ça prendrait avant que la police ne soit impliquée, mais elle se disait que ses chances de sortir d'ici étaient plutôt bonnes.

Bien entendu, elle n'avait aucune idée de ce qu'était cet *ici*. L'homme pour lequel elle s'était arrêtée l'avait attaquée et la maintenait captive dans ce qui ressemblait à une sorte de container. De l'intérieur, elle avait l'impression qu'il s'agissait là d'un de ces containers industriels utilisés pour transporter le bétail. Et si c'était le cas, elle était sûre qu'il lui serait impossible d'en sortir toute seule.

Devant elle, elle ne voyait rien d'autre que de la terre battue, quelques morceaux de paille et un mur en bois. L'odeur de moisi et de fumier lui fit penser qu'elle se trouvait dans une grange. Elle était retenue captive dans un container à bétail dans une grange, quelque part autour de Bent Creek. Elle pensa à David Ayers mais elle savait qu'il était impossible qu'il soit capable d'une chose pareille.

Finalement, utilisant son côté têtu pour rassembler un peu de courage, Missy se déplaça vers l'avant du container. Elle dût se pencher et se plier presqu'en deux pour pouvoir avancer. Là elle vit ce qui ressemblait à du grillage de basse-cour, attaché entre le bord du container et la porte. Avec cette seconde couche de sécurité, elle était sûre qu'il lui serait impossible de s'enfuir.

Ce qui voulait dire qu'il ne lui restait que deux options : rester assise à ne rien faire, en espérant que le type qui l'avait enlevée ne la tuerait pas prochainement, ou hurler pour l'attirer et espérer avoir une conversation rationnelle avec lui. Aucune de ces deux options ne lui semblait très tentante mais il était hors de question qu'elle reste juste là à attendre que son sort soit décidé pour elle.

Elle frappa contre le grillage et se mit à hurler. Elle ne fut capable que d'émettre un seul mais puissant *« HÉ ! »* avant que la douleur n'explose tel un volcan dans sa tête.

Elle recula en trébuchant sous l'effet de la douleur et elle eut l'impression qu'elle allait vomir. Elle se sentait en plein brouillard, elle avait le vertige et la nausée. Elle avait l'impression qu'une pointe s'enfonçait dans son front.

Ce connard m'a vraiment joué un sale tour, pensa-t-elle. Et à cette idée, son côté têtu et résistant se mit un peu à décliner.

Quelques instants plus tard, elle entendit le son retentissant d'un cliquetis et le bruit de ce qui ressemblait à d'énormes charnières. *Les portes de la grange qui s'ouvrent,* pensa-t-elle.

Le pire de tout, c'était qu'elle connaissait à peu près toutes les personnes qui possédaient une ferme à Bent Creek. Il en existait quelques-unes de petite taille qu'elle n'avait jamais visitées mais c'était parce qu'elles n'étaient pas assez importantes pour justifier l'intérêt et les ressources du département de l'agriculture.

Elle entendit le bruit de pas qui s'avançaient, puis une ombre tomba à travers le grillage au moment où l'homme se retrouva devant le container. Il se baissa et jeta un coup d'œil dans sa direction. En le regardant à travers le grillage, Missy était assez certaine qu'elle n'avait jamais vu cet homme auparavant.

« Tu hurles encore une fois, » dit l'homme, « et je t'arrache les dents. »

« S'il vous plaît, » dit-elle. « Que voulez-vous de moi ? Dites-moi… dites-moi et on peut oublier tout ça, OK ? »

L'homme se mit à rire d'un rire diabolique qui fit que Missy se demanda s'il n'était pas fou. Il eut un regard attentif, puis se mit à regarder vers la gauche, loin du container. « Un instant, » dit-il. « Et ferme-la. »

Il y avait quelque chose dans ses yeux qui fit peur à Missy, alors elle se dit qu'il valait mieux obtempérer pour l'instant. Elle resta silencieuse, en se recroquevillant à l'arrière du container alors que l'homme s'en éloignait et s'enfonçait plus loin dans la grange.

Il revint quelques instants plus tard avec un ruban noueux en jute dans une main et une petite machette dans l'autre. Il la reluqua à travers la porte grillagée, en tapotant de manière menaçante sur le grillage avec la machette.

« Reste au fond et pose tes mains au sol. Si tu essayes de courir ou de me frapper, je t'entaille. C'est compris ? »

Elle résista à l'envie de le supplier et obéit à ses ordres. Elle fit un léger signe de la tête. Son crâne lui faisait encore vraiment mal, rendant la scène encore plus surréaliste.

Il déverrouilla la porte et l'ouvrit. Puis il se mit à détacher le grillage. Elle supposait qu'il l'avait vissé avec une sorte de charnière ou peut-être juste de simples planches en bois pour maintenir le grillage en place. Il eut terminé de tout enlever en moins de dix secondes et il se baissa pour la rejoindre dans le container.

Il fit glisser la machette le long du côté du container, en souriant comme un petit garçon, ce qui rendait la dureté de son regard encore plus diabolique, proche de celui d'un lunatique. Elle fit la grimace et se colla contre le mur du container.

« Je ne vais pas te faire de mal, » dit-il. « Je ne t'en ferai jamais à moins que tu me donnes une raison de le faire. Pour l'instant, je vais juste mettre ce bout de jute autour de ta bouche. Si tu continues à hurler, quelqu'un pourrait découvrir notre petit secret. Tu comprends ? Alors, ne lutte pas et tout ça sera bientôt terminé. »

Peut-être que c'était elle, la lunatique. Elle avait envie de le croire – elle espérait que les mots qu'il prononçait étaient vrais et osa y mettre un peu d'espoir.

Il rampa dans le container d'une manière qui avait presque l'air morbide, tout en traînant toujours la machette derrière lui. Quand il arriva près d'elle, il ne fut pas du tout subtil. Il tendit la main et caressa le côté de son visage. Puis il plaça le bout de jute en travers de sa bouche. Il fit le tour de sa tête deux fois et l'attacha à l'arrière. Il déchira ce qu'il en restait et lui lia les mains. Au moment où il lui entourait les poignets avec le morceau de jute, il la regarda dans les yeux et lui sourit.

« Ce n'est que temporaire, » dit-il. « Quand je reviendrai et qu'on fera l'amour, je te délierai les mains. Je ne suis pas totalement un barbare. » Puis il lui fit un clin d'oeil, se pencha en avant et l'embrassa dans le cou.

Elle gémit et se cogna la tête contre le fond du container en essayant de reculer. Une douleur intense la traversa au moment où il commença à s'éloigner. « Ce sera pour bientôt, » dit-il. « Très bientôt, nous serons heureux tous ensemble. Tu verras. Ça fait un bout de temps que je t'ai à l'œil, Missy. Tu as une place spéciale parmi les autres. »

Mon dieu, il est fou, pensa Missy. *Je ne sais pas si ça m'aide ou pas et je... oh mon dieu, oh mon dieu...*

Le claquement de la porte ébranla ses pensées. Elle était là, tremblante au fond du container en métal, sentant que cette partie déterminée et têtue en elle commençait petit à petit à s'effriter.

CHAPITRE VINGT-QUATRE

Pas plus de dix minutes s'étaient écoulées depuis qu'il avait attaché et bâillonné Missy Hale quand Harry Givens vit la voiture s'avançant lentement dans l'allée menant à chez lui. Il était dans son jardin sur le côté de la maison, à utiliser sa fendeuse à bois. Il avait concentré tellement d'attention sur les femmes ces derniers temps qu'il avait un peu délaissé son tas de bois. Et maintenant qu'il neigeait, il se disait qu'il vaudrait mieux avoir une bonne réserve stockée à l'intérieur de sa cave avant que le bois ne devienne humide.

Mais maintenant qu'Harry voyait la voiture remontant le long de son allée, stocker une réserve de bois sec était le cadet de ses soucis. Voir une voiture inconnue s'approcher, si peu de temps après avoir bâillonné Missy – ça n'annonçait rien de bon.

Tu as été idiot de te débarrasser de la camionnette de cette façon, pensa-t-il en lui-même. *La neige a probablement recouvert tes traces à l'heure qu'il est mais certainement pas une camionnette entière.*

Au fond de lui, il le savait. Il avait simplement compté sur le fait que personne ne trouverait la camionnette pendant encore quelque temps… pas avant une semaine ou deux, en tout cas. Et à ce moment-là, il serait parti depuis longtemps.

Et maintenant, il y avait cette voiture qu'il n'avait jamais vue auparavant. Ce n'était pas une voiture de police, ni même l'un de ces modèles délabrés que Bateman et ses hommes conduisaient à travers la ville. Mais ça ne plaisait pas à Harry – surtout après qu'elle se soit garée et qu'un homme en costume en sorte.

L'homme en costume remarqua sa présence dans le jardin, au moment même où il plaçait un autre morceau de bois sur la fendeuse. Agissant comme si la présence de l'homme en costume ne le dérangeait pas, Harry tira sur la manivelle, envoyant la cale motorisée vers l'avant, bloquant le morceau de bois entre la cale et le piquet arrière de la fendeuse. Le bois craqua, puis se fendit en deux, coupé en part égale au centre. Puis il fit reculer la cale en tirant la manivelle vers lui et prépara la fendeuse à recevoir un autre morceau de bois. Au moment où elle fut prête pour le bois suivant, l'homme en costume n'était plus qu'à cinq mètres de distance.

Il sourit à l'homme en costume et éteignit le moteur de sa fendeuse. Alors qu'il jaugeait l'homme, Harry resta conscient du fait qu'il avait une hache posée à seulement deux mètres à sa droite, appuyée contre un morceau noueux d'érable.

« Excusez-moi de vous déranger, » dit l'homme en costume, en s'approchant de quelques pas. Il sortit quelque chose de la poche intérieure de son veston et le lui montra. C'était un badge du FBI.

Merde, pensa-t-il. Et pour la première fois depuis qu'il avait enlevé la première fille, il se mit à paniquer.

« Je suis l'agent Ellington du FBI, » dit l'homme en costume. « J'espérais que vous pourriez me consacrer quelques minutes. »

« Juste quelques minutes, » dit-il, en faisant de gros efforts pour ne pas avoir l'air en colère. « Mais j'aimerais vraiment terminer de fendre tout ce bois avant que la neige ne tombe encore plus fort. »

« Je comprends, » dit Ellington. « Alors, je ferai aussi vite que possible. Je suis en ville pour une enquête concernant une série de disparitions récentes. »

« Oui, c'est horrible, » dit-il. « J'ai entendu parler de cette auteur. Une certaine Manning, je pense. »

« Oui, c'est ça. Et honnêtement, nous faisons juste le tour des fermes à la recherche de toute information qui pourrait nous être utile. On visite tous les endroits éloignés des routes. »

« Et bien, c'est à peu près toutes les maisons du coin, quand on vit dans un endroit comme Bent Creek, » dit Harry. « Qu'est-ce que vous attendez de moi, exactement ? »

« Pas grand-chose, vraiment. Juste de simples informations. Pour commencer, quel genre de ferme avez-vous ici ? »

Harry ricana et laissa échapper un soupir exagéré. « Pas grand-chose ces jours-ci, pour être tout à fait honnête. J'ai essayé les cochons mais je n'ai pas assez de patience. Alors je n'appelle même plus cet endroit une ferme. Je cultive un peu de maïs et de tomates durant l'été, mais c'est à peu près tout. »

L'agent Ellington regarda vers l'arrière de la propriété, de l'autre côté du jardin et en direction des deux remises. « Qu'est-ce qu'il y a là-dedans ? » demanda-t-il.

« Et bien, celle de droite est surtout remplie de bois de grange. Il y a aussi quelques vieilles tondeuses à gazon et une moto que j'aurais voulu restaurer mais je ne l'ai jamais fait. L'autre, je l'utilise pour différentes choses : stocker les récoltes durant le printemps et l'été, un petit espace de travail pour réparer des moteurs, du stockage… un peu de tout, en fait. Vous pouvez aller y jeter un œil, si vous voulez. »

Pendant que l'agent Ellington y réfléchissait, Harry pensa à nouveau à la hache qui se trouvait à portée de sa main. Si Ellington *décidait* d'aller jeter un œil, Harry savait qu'il allait devoir l'utiliser. Il avait déjà submergé une camionnette officielle dans un étang aujourd'hui… peut-être qu'éliminer un agent du gouvernement d'un coup de hache serait la cerise sur le gâteau.

« Merci, » dit Ellington. Et, au plus grand désarroi d'Harry, il se mit à s'avancer vers les granges. Il se dirigeait vers celle de droite, celle dont Harry venait de sortir quinze minutes plus tôt. Heureusement, ses traces de pas étaient en grande partie recouvertes par la neige.

Cherchant à avoir l'air normal et afin de couvrir tout acte d'héroïsme dont pourrait faire preuve Missy Hale, il redémarra la fendeuse. Ellington lui jeta un regard ennuyé mais continua à avancer.

Prends la hache, se dit Harry à lui-même. *Tue-le. Vas-y, fais-le maintenant.*

Le cœur d'Harry se mit à battre plus fort. Un plaisir similaire à celui qu'il avait ressenti quand il avait enlevé les femmes l'envahit. Il regarda l'agent du FBI se diriger vers la remise, pendant que la neige tombait en gros flocons autour de lui.

Lentement, Harry s'empara de la hache.

***

Pour une raison qu'elle ne s'expliquait pas, Missy s'était un peu calmée quand elle avait entendu le démarrage d'un petit moteur. C'était juste après que l'homme l'ait attachée et bâillonnée dans le container. Elle supposa que le bruit la calmait car cela signifiait qu'il était occupé à autre chose. Après le bruit du moteur, elle avait également entendu le bruit agréable de bois fendu et empilé en tas. Il était apparemment occupé à fendre du bois, en utilisant une de ces fendeuses à bois à moteur.

Le goût de jute lui remplissait la bouche et les noeuds autour de ses poignets étaient un peu trop serrés. Elle réalisait maintenant que son seul espoir était l'arrivée de la police, alertée par une série de coups de fils après qu'elle ne se soit pas présentée à son rendez-vous avec David Ayers.

Alors que son esprit fatigué essayait d'imaginer la scène telle qu'elle se serait déroulée – l'appel passé à sa chef, qui aurait par la suite passé un coup de fil pour qu'on la recherche – elle entendit le bruit de la fendeuse à bois s'arrêter. Il n'avait apparemment pas besoin de beaucoup de bois car le moteur n'avait fonctionné que pendant une dizaine de minutes.

Elle avait peur qu'il revienne. Il parlait comme un fou mais elle avait compris certaines choses. D'abord, elle était certaine qu'il avait enlevé plus d'une femme. Ensuite, il avait prévu de la violer, bien qu'il ait parlé de *faire l'amour*.

Après quelques instants, elle fut certaine qu'il n'allait pas revenir, enfin, pas tout de suite. Elle entendit un bref silence, puis le bruit d'une conversation étouffée. Elle entendait des mots mais ils résonnaient au loin. Elle se demanda de nouveau où elle se trouvait. Elle était certaine que le container se trouvait dans une sorte de grange ou de remise. Mais au-delà de ça, elle n'avait aucune idée.

Elle écouta attentivement la conversation dont certains mots lui échappèrent mais elle en comprit assez pour que son cœur se remplisse d'espoir.

« Excusez-moi de vous déranger, » dit une voix. Elle était certaine qu'il ne s'agissait pas là de la voix de l'homme qu'elle avait vu il y a un quart d'heure. Ce qui fut confirmé par l'affirmation qui suivit : « *Je suis l'agent Ellington du FBI. J'espérais que vous pourriez me consacrer quelques minutes.* »

« Juste quelques minutes, » répondit une autre voix, *celle* de l'homme qui l'avait enlevée.

Le FBI, pensa-t-elle alors qu'ils continuaient à parler quelque part, là dehors. *Je pourrais essayer de hurler à travers mon bâillon. Peut-être qu'il pourra m'entendre.*

Elle se mit à hurler mais le bout de jute qui la bâillonnait rendit les choses difficiles. Tout ce qui en sortit, fut une sorte de gémissement étranglé. Alors qu'elle essayait de reprendre son souffle, elle entendit davantage de leur conversation. *« ...en ville pour une enquête concernant une série de disparitions récentes. »*

Elle essaya à nouveau de hurler mais elle réalisa que ça ne servait à rien avec le bâillon autour de sa bouche. Elle recula à l'arrière du container et bougea sa tête d'avant en arrière, espérant desserrer le nœud qu'il avait fait. Elle essaya également de frotter ses poignets l'un contre l'autre, espérant desserrer les liens qui les entouraient mais ça ne fit qu'empirer les choses. Ce type savait définitivement comment faire des nœuds.

Elle glissa à genoux vers l'avant du container et colla son dos contre le grillage. Elle balança de nouveau sa tête d'avant en arrière, espérant que le grillage s'accroche au noeud. Ce fut le cas à plusieurs reprises mais la toile de jute finissait toujours par glisser, ne permettant pas de desserrer le bâillon.

Alors qu'elle reprenait son souffle pour se remettre à hurler, elle entendit davantage de leur conversation – des mots qui la remplirent d'espoir. C'était l'homme qui l'avait enlevée qui parlait cette fois-ci. « *... un petit espace de travail pour réparer des* *moteurs, du stockage... un peu de tout, en fait. Vous pouvez aller y jeter un œil, si vous voulez.* »

Puis, quelques instants plus tard, elle entendit un bruit de pas. D'après le bruit qu'ils faisaient en s'approchant de la remise, elle se rendit compte que la neige était bien tombée. Elle entendait le crissement léger de la neige sous les chaussures de l'agent.

Mais c'est alors que la fendeuse à bois redémarra. Ce n'était plus un bruit apaisant mais plutôt menaçant maintenant. Le bruit ne lui permettait plus d'entendre quoi que ce soit et elle n'avait aucune idée de ce qui se passait.

Elle essaya à nouveau de hurler mais le son ne fit que vibrer dans sa tête et assécher sa gorge. Elle essaya alors de frapper des pieds contre le container mais le bruit était sourd et étouffé. Elle doutait sérieusement que quelqu'un à l'extérieur de la grange puisse l'entendre. Mais elle continua à frapper et à frapper jusqu'à ce que ses jambes n'en puissent plus.

Elle rassembla ses esprits et resta assise durant un instant. *Il te suffit de laisser l'agent faire son boulot,* pensa-t-elle. *Il va ouvrir la porte de la grange et il trouvera le container et...*

Mais il y avait quelque chose qui clochait. Pourquoi est-ce que le type laisserait entrer cet agent dans la grange ? La seule chose à laquelle elle pouvait penser était qu'il s'agissait là d'une sorte de piège. Son sang se glaça et elle attendit que le bruit du moteur de la fendeuse s'arrête à nouveau.

Au lieu de ça, le son du moteur continua et, par-dessus le bruit, elle entendit la voix de l'agent. Il parlait en hurlant et il avait l'air d'être vraiment tout près d'elle.

« C'est verrouillé ! » hurla-t-il.

Quelques instants plus tard, le moteur s'arrêta à nouveau. Elle ne parvenait pas vraiment à entendre l'homme qui l'avait enlevée mais au fond d'elle, elle le haïssait pour sa manière impeccable de jouer la comédie. Elle regarda à travers les fentes du container et son cœur se mit à bondir de joie. Elle pouvait littéralement *voir* l'agent ; elle voyait son épaule et le côté de son visage à travers une fente dans la porte de la grange.

« Ah oui merde, c'est vrai, j'avais oublié, » dit l'homme qui l'avait enlevée. Quand il continua à parler, il avait l'air un peu ennuyé mais aussi désireux de satisfaire l'agent. « Attendez, je vais chercher la clé à l'intérieur de la maison. »

Deux secondes s'écoulèrent – Missy sut que c'était deux secondes car elle comptait littéralement chaque instant, maintenant que les secours étaient si proches – avant qu'elle n'entende un autre bruit. C'était la sonnerie d'un téléphone, celui de l'agent.

« Ellington, » dit l'agent. Puis elle écouta son côté de la conversation. « Oui ? OK, ça tient la route. Merde. Oui, j'arrive dès que je peux. »

Puis elle entendit le bruit du verrou qu'il lâchait résonner contre la porte de la grange. « Pas besoin, » dit l'agent du FBI. « Ça va. Laissez-moi juste votre nom et votre numéro de téléphone au cas où nous aurions d'autres questions à vous poser. »

Missy se mit à hurler dans son bâillon. *« Non ! »* Elle l'entendit parfaitement résonner dans sa tête mais elle savait que personne d'autre ne l'avait entendu. Puis elle essaya de hurler à nouveau mais au lieu de ça, elle se mit à pleurer. Elle frappa violemment des pieds contre le sol et la paroi du container mais elle se fit mal aux chevilles.

Elle entendit les pas de l'agent s'éloigner en faisant crisser légèrement la neige. Elle laissa échapper un dernier hurlement guttural, si fort que son cerveau se mit à vibrer. Mais elle savait déjà qu'il ne serait pas entendu.

Elle pleura et faillit s'étrangler dans ses sanglots avec le bâillon serré contre sa bouche. Quand le petit moteur de la fendeuse à bois redémarra, Missy se mit en boule sur elle-même et s'abandonna. Son côté têtu avait disparu. Il n'y avait plus aucune résistance en elle. Elle abandonna et d'une manière étrange, tout lui sembla soudain bien plus facile à gérer.

CHAPITRE VINGT-CINQ

Mackenzie était assise dans le hall d'entrée depuis cinq minutes quand Ellington l'appela. Il était exactement 12h05 quand elle monta dans la voiture. La neige continuait à tomber de manière incessante. Bien que ce ne soit pas une vraie tempête de neige, les jardins étaient recouverts d'un mince manteau blanc. Elle se rendit compte qu'ils n'avaient plus vraiment que trois heures devant eux avant de ne plus pouvoir emprunter les routes, alors elle voulait profiter au maximum du temps qu'il leur restait.

Ils s'expliquèrent brièvement leurs visites respectives. Mackenzie lui parla de l'ex-employé qui avait été impliqué dans des combats de chiens et spécula sur le fait que beaucoup de choses illégales et impliquant des cages de transport pour animaux avaient lieu à Bent Creek. Ellington lui raconta sa visite, lui dit qu'il n'avait rien découvert et qu'il avait ensuite été appelé au commissariat pour parler avec Earl Temper concernant les endroits où ils trouveraient des bois de pins – bref des visites qui n'avaient mené à rien.

Mackenzie fronça les sourcils. Elle avait l'impression d'être une fourmi s'attaquant à une montagne. La journée était occupée à leur passer facture et la neige ne les aidait pas.

« Écoute, j'ai une idée, » dit Mackenzie, alors qu'ils arrivaient à la sortie du parking de l'abattoir.

« Je suis tout ouïe, » dit Ellington. « À l'heure qu'il est, je suis prêt à entendre toute idée, *n'importe* laquelle. »

« Je continue à penser à Delores Manning. Je pense toujours qu'elle est notre meilleure chance d'attraper ce type. Bien sûr, hier, on lui a parlé alors qu'elle sortait à peine d'une expérience traumatisante. Le cerveau traite les informations d'une manière étrange quand un traumatisme a eu lieu, tu ne trouves pas ? »

« Oui, d'après ce que j'en sais. »

« Alors, j'aimerais retourner la voir avant que les routes ne deviennent vraiment trop glissantes. »

« Tu veux dire, là maintenant tout de suite ? »

« Oui mais ce n'est pas tout. Même si elle a encore des difficultés à se rappeler, je suis à peu près certaine qu'il y a des bribes d'informations – de petits détails – qui sont sur le point de lui revenir. Et si elle s'est un peu rétablie depuis hier, je pense qu'on pourrait l'aider à s'en souvenir. »

« Comment ? »

« Avec l'aide d'un hypnotiseur. »

Ellington la regarda d'une manière qu'elle ne comprit pas tout de suite. Mais quand un sourire commença à se dessiner sur ses lèvres, elle comprit qu'il essayait de savoir si elle était sérieuse ou pas. « Oh… » dit-il. « Tu parles sérieusement. »

« Oui. J'ai déjà pu vérifier dans le passé que ça avait marché avec une femme victime d'abus. Et j'ai lu d'innombrables études prouvant son efficacité. »

« J'ai probablement lu les mêmes études, » dit-il. « Mais je ne suis pas convaincu que rouler jusqu'à Cedar Rapids par ce temps de merde, pour explorer des pratiques New Age, en vaille vraiment la peine pour… »

« Il n'y a rien de New Age dans l'hypnose, » dit-elle. « C'est un outil de psychologie valable, bien que sous-estimé. Et vu que les événements sont si récents dans le cas de Delores, je pense que nous avons de grandes chances d'obtenir des réponses. »

« Mais tu sais que toute information obtenue à travers l'hypnose n'est pas valable dans une cour de justice, hein? »

« Je sais bien, » dit Mackenzie. « Mais là, on n'est pas en cour de justice… on essaie juste de retrouver trois femmes enlevées. »

Ellington soupira et se mit à regarder la neige tomber. « Et bien, ce sera sûrement plus productif que de rester ici à Bent Creek, à attendre qu'il y ait assez de neige pour faire un igloo. Tu as un hypnotiseur en tête ? »

« Non, » dit-elle. « Je vais appeler le bureau local d'Omaha et demander à Thorsson et à Heideman de nous en trouver un – si possible à Des Moines ou à Cedar Rapids. »

« En espérant que la neige le permette. »

Mackenzie pensait exactement la même chose. Mais elle prit son téléphone et appela Thorsson pendant qu'Ellington tournait sur la droite et se mettait à rouler sur les routes de plus en plus enneigées. Alors que les sonneries retentissaient dans son oreille, Mackenzie regarda la neige tomber et lui trouva un air hypnotisant. Mais c'était plutôt inquiétant.

***

L'agent Thorsson la rappela moins de vingt minutes plus tard. À ce moment-là, elle et Ellington, ralentis par la neige, venaient à peine de sortir de Bent Creek.

« Et bien, agent White, » dit Thorsson, « il faut que je vous l'accorde : vous avez vraiment beaucoup de chance. »

« Pourquoi ? »

« Il y a une conseillère professionnelle licenciée à Cedar Rapids qui travaille également à mi-temps comme professeur à l'école supérieure. Elle fait office de conseillère et parfois d'hypnotiseuse pour les psychiatres dans la région. Et pour couronner le tout, son bureau se situe à seulement six kilomètres de l'hôpital. »

« Avez-vous réussi à la joindre ? » demanda Mackenzie.

« Oui. Nous avons réussi à l'avoir au téléphone juste avant qu'elle ne quitte son bureau. Elle partait plus tôt à cause de la neige – de la neige que nous n'avons pas ici au Nebraska, au fait. Quand nous lui avons expliqué ce que vous attendiez d'elle, elle a eu l'air plus qu'heureuse d'offrir son aide. Elle sera dans la salle d'attente quand vous arriverez à l'hôpital. »

« Merci, Thorsson. »

Elle raccrocha et regarda la route. Les chasse-neiges étaient passés et du sel avait été répandu, mais la neige gagnait du terrain sur les routes sortant de Bent Creek. Heureusement, quand Ellington prit la route à quatre bandes qui menait à Cedar Rapids, les conditions de trafic furent bien meilleures. Les chasse-neiges avaient été beaucoup plus efficaces et on aurait dit que les routes avaient été traitées avec des produits chimiques la nuit dernière, et non pas *durant* les chutes de neige, comme ça avait été le cas à Bent Creek.

Mais ils virent tout de même deux accidents sans gravité, ainsi que des camions d'épandage déversant davantage de produits sur les routes. Mackenzie vérifia les prévisions météo sur son téléphone et vit que huit centimètres de neige étaient prévus dans la région, avant que les choses finissent par se calmer en soirée.

« Alors, » dit Ellington, sans crier gare, « tu ne veux toujours pas parler de la nuit dernière ? »

Le fait était qu'elle en avait envie. Mais elle savait que ça n'allait en aucune manière aider la situation dans laquelle ils se trouvaient. Et puis, elle se sentirait bien trop vulnérable. Elle ne se rappelait que trop bien la scène de leur première rencontre au Nebraska. Elle s'était offerte à lui et avait appris qu'il était marié. Puis, la nuit dernière, bien que ça n'ait pas été aussi brutal (ça avait en fait été assez agréable jusqu'au bout), était tout de même un refus.

« Il n'y a rien qui vaille la peine d'être discuté, » dit-elle. « Et tout spécialement maintenant. »

« Mais… tu ne m'en veux pas, hein ? »

Elle fit de son mieux pour que sa réponse soit pleine d'humour, « Ne sois pas si présomptueux. »

Il lui sourit et ils en restèrent là. Ils parlèrent ensuite de l'enquête pendant tout un temps. Mackenzie appela également l'hôpital pour savoir comment allait Delores Manning. On l'informa que Delores allait beaucoup mieux aujourd'hui et qu'elle devrait pouvoir sortir de l'hôpital le lendemain. Peu après qu'elle ait reçu cette bonne nouvelle, ils arrivèrent à l'hôpital. Le trajet total leur avait pris vingt minutes de plus que prévu, du fait de l'état des routes. Ils entrèrent rapidement dans la salle d'attente principale de l'hôpital, afin de ne pas faire attendre l'hypnotiseuse trop longtemps.

Ils la trouvèrent assise sur une chaise, à regarder C-SPAN sur une télé fixée au mur. Quand elle les vit entrer, elle se leva pour les saluer. Mackenzie fut surprise de voir combien elle paraissait jeune. Elle devait avoir la trentaine et était assez jolie. Elle portait un jeans et un sweat large mais élégant. Mackenzie n'était pas sûre de savoir à quoi devait ressembler un hypnotiseur mais elle ne s'était certainement pas attendue à ça.

« Je suis l'agent White et voici l'agent Ellington, » dit Mackenzie. « Nous vous remercions encore d'avoir accepté de nous rencontrer. »

« Mais il n'y a pas de problème. Je suis Margo Redman. Est-ce que vous aviez des questions à me poser ? »

« Pas vraiment. À part le fait que je redoute un peu la manière dont vont réagir les médecins face à cette approche. »

« Si la patiente a toute sa tête et qu'elle a réussi les tests cognitifs de base, je ne vois pas pourquoi on nous mettrait des bâtons dans les roues. »

Convaincue par la réponse de Margo, Mackenzie se dirigea vers les ascenseurs, suivie de Margo et d'Ellington. Quand ils arrivèrent au troisième étage et s'avancèrent vers la chambre de Delores, Mackenzie remarqua tout de suite que les policiers ne gardaient plus sa porte. Mais elle vit par contre le même médecin qui les avait reçus le jour précédent. Il leur jeta un regard interrogateur et Mackenzie pensa qu'il valait mieux l'inclure dans ce qu'ils étaient sur le point de faire.

« Comment va madame Manning ? » demanda Mackenzie.

« Ça va, » dit-il. « L'électrocardiogramme n'indique aucun traumatisme et une légère tuméfaction. Mais il y a toujours l'hémorragie et la commotion à surveiller. »

« Est-ce que vous permettez qu'on lui parle à nouveau ? » demanda Mackenzie.

« Je ne m'y oppose pas. Mais à nouveau, si elle montre tout signe de stress ou de panique, je préférerais que vous arrêtiez. »

Mackenzie s'attendait à ce qu'il dise qu'il souhaiterait à nouveau les accompagner, comme il l'avait fait hier, mais il ne dit rien de plus. Apparemment il pensait soit que Delores allait beaucoup mieux, ou soit qu'il faisait maintenant un peu plus confiance à Mackenzie et à Ellington.

« Merci, docteur, » dit Mackenzie. Puis elle frappa à la porte, l'ouvrit et entra.

Delores hocha la tête d'un air somnolent en direction de Mackenzie au moment où elle entra. Elle lui décocha également un léger sourire et Mackenzie pensa que c'était plutôt bon signe.

« Comment allez-vous, Delores ? » demanda-t-elle.

« Bien mieux, » dit-elle. « Et vu que je ne peux vraiment pas compter sur ma famille, vous êtes la première visite que j'ai eue de toute la journée. »

« Je suis contente de savoir que vous vous sentez mieux. Je viens de parler avec votre médecin et il m'a donné la permission de reparler avec vous si vous êtes d'accord. »

« Oui, je veux bien, » dit Delores. « Mais pour être honnête… j'ai essayé de me rappeler ce qui s'était passé. J'ai des bribes qui me reviennent… mais rien de concret. C'est assez frustrant en fait. »

« Je comprends très bien, » dit Mackenzie. « C'est la raison pour laquelle j'ai amené Margo Redman avec moi, » dit-elle, en faisant un pas sur le côté pour laisser Margo s'approcher du lit. « Je pense qu'elle pourrait vous aider à vous souvenir. »

« C'est une bonne nouvelle, » dit Delores. « Mais comment allez-vous vous y prendre, exactement ? »

« Je voudrais vous demander la permission de vous hypnotiser, » dit Mackenzie.

« Quoi ? » dit Delores, visiblement pas une fan de l'idée. « Est-ce que cette ineptie fonctionne vraiment ? J'ai fait des recherches sur le sujet pour un de mes bouquins et ça m'avait tout l'air de n'être qu'un tas de balivernes. »

« C'est un stéréotype regrettable, » dit Margo. Sa voix était calme et apaisante. Mackenzie pensa qu'elle avait sûrement déjà eu ce genre de conversation dans le passé. « Des recherches scientifiques en *confirment* l'efficacité. Et je n'aurai certainement pas à vous hypnotiser profondément. Étant donné que les événements ont eu lieu très récemment et que vous pouvez *presque* les visualiser, je ne pense pas devoir faire grand-chose de trop invasif. »

Delores réfléchit avant de secouer lentement la tête. « Je ne sais pas, » dit-elle. « Est-ce que ce n'est pas dangereux avec ce qui m'est arrivé ? Honnêtement je ne sais pas ce qu'une hémorragie sous-arachnoïdienne signifie, mais ça m'a tout *l'air* sérieux. »

« Honnêtement, » dit Margo, « si je devais intervenir de manière profonde et invasive, je ne me sentirais probablement pas à l'aise. Mais il s'agit ici d'une session plus basique. En fait, des études ont démontré qu'une légère séance d'hypnose peut aider à tempérer la douleur. C'est un outil incroyable de réadaptation. »

« Je comprends votre hésitation, » dit Mackenzie. « Mais… une autre femme a été enlevée. Ce qui fait un total de trois personnes – quatre, si on vous inclut. Avec la neige qui tombe, notre tâche devient de plus en plus ardue. Si nous pouvions vous hypnotiser et obtenir même *le plus petit* indice concernant l'endroit où se trouve ce type, ou *qui* il est, ça pourrait faire une énorme différence. »

Delores regarda les flocons tomber majestueusement de l'autre côté de la fenêtre. Mackenzie n'en était pas tout à fait sûre, mais elle crut voir une expression de colère passer sur son visage – colère vis-à-vis d'eux ou vis-à-vis de l'homme qui l'avait kidnappée, elle n'en avait aucune idée.

« OK, » dit-elle. « Je suis d'accord. »

Margo approcha une chaise du lit et lui fit le sourire le plus réconfortant possible. « Ce sera très facile, » dit-elle. « Je sais que vous ne me connaissez pas, mais faites-moi confiance. Je prendrai toutes les précautions qui s'imposent. »

Elle parlait sur un ton si doux que Mackenzie se demanda si elle n'était pas en fait occupée à commencer le processus d'hypnose sans que personne ne le sache.

Delores avait l'air un peu nerveuse mais elle se détendit en s'appuyant contre les oreillers derrière elle.

« Est-ce que vous êtes dans une position confortable ? » demanda Margo.

« Oui, j'imagine. »

« OK, » dit Margo. « Je veux que vous écoutiez le son de ma voix. Écoutez attentivement chaque mot que je prononce et au fur et à mesure que vous vous habituerez à ma voix, je veux que vous fermiez lentement les yeux. »

Mackenzie vit que Delores suivait ses conseils. L'hésitation dont elle avait fait preuve quelques instants plus tôt semblait avoir complètement disparu. Ses yeux se fermèrent lentement, tels des voiles recouvrant les secrets qu'ils recelaient. Mackenzie et Ellington observèrent pendant que Margo poursuivait son travail, emmenant Delores de plus en plus profondément vers l'endroit où, avec un peu de chance, elle finirait par découvrir ces secrets et les leur révéler.

CHAPITRE VINGT-SIX

Mackenzie trouva le processus d'hypnose fascinant et c'était avec une forme d'admiration qu'elle observait comment Margo emmenait progressivement et habilement Delores dans les profondeurs de son subconscient. Elle observa la concentration que Margo mettait dans chacun de ses mots et la manière dont Delores y réagissait. Elle regarda en direction d'Ellington et vit, en dépit de son scepticisme, qu'il était également intéressé.

« OK, Delores, tu t'en sors très bien, » dit Margo. « Maintenant, tu dois te sentir légère, presqu'aussi légère qu'une plume, n'est-ce pas ? »

« Oui, » dit Delores, d'une voix ensommeillée.

« Je veux que tu penses à un endroit qui t'apporte la paix, » dit-elle. « Un endroit qui t'est cher… quelque part où tu te sens en sécurité. Est-ce que tu vois cet endroit ? »

« Oui. J'y suis. »

« Où te trouves-tu ? Donne-moi quelques détails. »

« Le premier espace d'écriture que j'ai eu, » dit-elle. « Juste après l'université, dans mon premier appartement. C'est un petit bureau, avec un vieil et imposant ordinateur Dell posé dessus. Par la fenêtre, je vois le parking arrière d'une boulangerie. Mon dieu, j'adorais cet appartement. Cet espace d'écriture… »

« Bien, très bien, » dit Margo. « Je veux que tu restes dans cet endroit et que tu tiennes bon. Je veux que tu t'accroches vraiment à ce souvenir. Tu y es en sécurité, Delores. Mais maintenant, je vais me retirer et l'agent White va te poser quelques questions. Je veux que tu y répondes du mieux que tu peux mais tout en restant toujours dans cet appartement. Tu comprends ? »

En souriant, les yeux toujours fermés et visiblement en paix, Delores dit, « Je comprends. »

Margo se leva de la chaise et l'offrit à Mackenzie. Avant qu'elle ne s'asseye, Margo lui parla tout bas à l'oreille. « Le ton de votre voix doit être doux, calme et équilibré. Ne montrez aucun signe de frustration ou de préoccupation. »

Mackenzie hocha la tête et prit place sur la chaise. Elle se détendit, prit une profonde inspiration et reprit la session à l'endroit où Margo l'avait quittée.

« Bonjour, Delores, C'est l'agent Mackenzie White. Es-tu toujours assise dans ton premier appartement ? »

« Oui. Je regarde mon vieil ordinateur, avec lequel j'ai écrit mon premier livre. »

« C'est très bien, Delores. Mais maintenant, je voudrais que tu repenses à la dernière fois où tu es venue à Bent Creek, dans l'Iowa. Est-ce que tu peux faire ça pour moi ? Peux-tu me dire pourquoi tu y es venue ? »

Elle réfléchit pendant un instant, puis hocha lentement la tête. Avec les yeux toujours fermés, c'était un mouvement presque comique. « Je revenais d'une séance de dédicaces à Cedar Rapids. Je n'étais pas vraiment excitée à cette idée mais j'allais rendre visite à ma mère. Mais je ne suis jamais arrivée à son mobilhome. J'ai roulé sur quelque chose qui se trouvait sur la route, j'imagine. Mes pneus ont crevé. Mais très vite un homme s'est arrêté pour m'aider. Mais… il… »

Elle s'interrompit. Elle n'avait pas vraiment l'air contrariée mais il était clair qu'elle n'avait pas envie d'en parler. Mackenzie se retourna vers Margo qui lui murmura les mots *Passez à un souvenir ultérieur.*

« Ne te préoccupe pas de l'homme pour l'instant, Delores. Je voudrais que tu essayes de te rappeler de ce que tu as vu quand tu n'étais plus sur la route. Après que l'homme t'ait enlevée… que peux-tu me dire concernant l'endroit où tu te trouvais et ce qui t'est arrivé ? »

« J'étais… dans une boîte. Une sorte de container. Peut-être un de ces box qu'ils utilisent pour transporter les animaux de ferme. Pas assez spacieux pour me mettre debout. Seulement quelques fentes rectangulaires à l'avant. Il y fit glisser une bouteille d'eau pour que je puisse boire. »

« Est-ce que tu sais où se trouvait le container ? » demanda Mackenzie.

« Dans une remise ou dans une grange, peut-être. Je ne pouvais pas voir grand-chose à travers ces fentes. »

« Est-ce que tu as senti ou entendu quelque chose ? »

« Je ne sais pas… je ne… oh, oui. Il y avait cette sorte de gémissement bizarre. J'ai pensé qu'il s'agissait peut-être d'animaux mais… je ne sais pas. C'est un bruit que je connais. Un son que j'ai déjà entendu dans le passé mais je ne parviens pas à l'identifier. »

Mackenzie se retourna vers Margo et Ellington. Margo hochait la tête d'un air approbateur pendant qu'Ellington prenait des notes sur son iPhone.

« Tout va bien, Delores. Tu t'en sors très bien. Maintenant je voudrais que tu repenses à ta fuite. Quand tu es sortie, qu'as-tu vu ? À partir du moment où tu es sortie de ce container jusqu'au moment où tu as vu le train… qu'est-ce que tu as vu autour de toi ? »

« Je l'ai vu, *lui,* » dit-elle. « Je lui ai dit que je devais aller aux toilettes. Et c'était vrai. Il m'a dit qu'il me laisserait sortir mais, quand j'aurais fini, qu'il allait me violer. C'est ce qu'il m'a dit. Mais je l'ai frappé dans les testicules… je l'ai attaqué. Je me suis enfuie. »

« Est-ce que tu as pu voir à quoi il ressemblait ? » demanda Mackenzie.

« En quelque sorte, mais c'est… comme flou. Un flou bleu. Une chemise en jeans, peut-être. Trop préoccupée de me sortir de là. La grange… à l'extérieur de la grange, il y avait un petit jardin. Des arbres partout. Il y avait d'autres granges. Deux… peut-être une. Et j'ai entendu quelqu'un hurler à l'aide. Une autre femme dans une autre remise. Je suis revenue vers elle… mais… j'avais trop peur. Je n'ai pas pu la voir. » Elle s'interrompit et montra de réels signes d'émotion pour la première fois. « Oh mon dieu, j'aurais dû l'aider. J'aurais dû… »

Mackenzie fut vaguement consciente que son téléphone vibrait dans sa poche, indiquant que quelqu'un essayait de la joindre. Elle ignora l'appel, espérant d'abord en finir avec Delores.

« Tout va bien, Delores. Que vois-tu d'autre ? »

« Rien. Juste des arbres. Je cours le plus vite que je peux. Il me poursuit. Je ne… je ne vois rien. Juste le jardin, les remises. Je vois à peine l'arrière d'une maison… »

« Et c'est tout ? » demanda Mackenzie.

Delores bougeait maintenant dans son lit. Le sourire qu'elle avait affiché trois minutes plus tôt avait maintenant complètement disparu. Il avait été remplacé par un froncement de sourcils. Sa tête hochait de gauche à droite, comme si elle regardait passer les arbres dans sa tête tout en s'enfuyant.

Mackenzie sentit une main se poser sur son épaule. Elle se retourna et vit que Margo s'était silencieusement rapprochée d'elle. Elle hocha la tête de la manière la plus polie possible et fit passer un doigt à travers sa gorge. *Stop*, avait-elle l'air de dire. *On en reste là.*

Mackenzie eut envie de protester mais elle pensa à la santé de Delores. Frustrée, elle se leva de la chaise et laissa Margo s'asseoir à sa place. Ce faisant, Mackenzie entendit le téléphone d'Ellington vibrer dans la poche intérieure de son veston.

Trente secondes après le mien, pensa-t-elle. *Soit c'est McGrath qui veut qu'on rentre TOUT DE SUITE avant que la neige ne nous en empêche, soit il y a du neuf à Bent Creek.*

Mackenzie fit un signe de tête à Ellington pour lui dire de répondre à l'appel. Il prit son téléphone et sortit dans le couloir en fermant silencieusement la porte derrière lui. Mackenzie se retourna vers le lit d'hôpital, où Margo était occupée à apaiser Delores et à l'extraire de son état d'hypnose.

« OK, Delores, je veux que tu quittes cette forêt et que tu oublies l'homme derrière toi. Je veux que tu arrêtes de courir, que tu restes immobile et que tu regardes autour de toi. Je veux que tu réalises que tu n'es pas là-bas. Tu es toujours assise dans ton ancien appartement. Tu vois la fenêtre et le parking arrière de la boulangerie ? Tu les vois ? Tu vois le vieil ordinateur Dell ? »

Lentement, Delores se calma et reprit une position détendue, appuyée contre les oreillers. Sa respiration était un peu laborieuse mais elle avait l'air de se calmer. Margo continua à lui parler, d'une voix toujours calme et apaisante.

« Tu t'en sors très bien, Delores. Tu es là-bas, n'est-ce pas ? Dans ton ancien appartement. »

« Oui, » dit Delores, visiblement soulagée.

« Très bien. Maintenant, je veux que tu continues à écouter le son de ma voix. Je vais compter jusqu'à trois et tu vas ouvrir les yeux. Tu te rappelles de l'endroit où tu te trouves ? »

« À l'hôpital. »

« C'est bien ça. Alors sois prête et rappelle-toi de l'endroit où tu trouves au moment où je me mets à compter. À trois… tu ouvres les yeux, Delores. À deux, tu te rapproches du son de ma voix, comme si tu te réveillais, et puis *trois*. »

Mackenzie fut impressionnée par l'apparente facilité du processus. À *trois*, les yeux de Delores s'ouvrirent lentement. Elle regarda autour d'elle comme si elle était dans un brouillard jusqu'à ce que ses yeux voient Mackenzie et Margo. Elle leur sourit en tremblant et émit un petit rire.

« C'était… et bien, c'était bizarre, » dit-elle.

« Mais tu t'en es très bien sorti, » dit Margo.

« Est-ce que ça va vous aider ? » demanda Delores.

Mackenzie n'avait pas envie de montrer sa déception due au manque de résultats, alors elle utilisa une réponse générique. « Chaque petit pas en avant est d'une grande aide. Je vous remercie pour avoir accepté de faire cette séance. Je vous ai déjà laissé mon numéro hier… alors si vous pensez à quoi que ce soit d'autre, n'hésitez *surtout* pas à me contacter directement. »

« Il y a de grandes chances que ça arrive, » dit Margo. « Une fois que les souvenirs ont été dénoués, ils ont tendance à revenir naturellement. Parfois même très rapidement. Ça inclut des souvenirs qui n'ont pas spécialement fait surface durant la séance d'hypnose. »

Mackenzie était sur le point de poser une autre question, en espérant obtenir des détails concernant l'homme qui l'avait enlevée. Mais avant qu'elle n'ait eu le temps de parler, Ellington revint dans la chambre. Il avait l'air pressé et assez enthousiaste.

« Agent White, est-ce que je peux parler un instant avec toi dans le couloir ? »

Elle sortit dans le couloir, en espérant de bonnes nouvelles. « Est-ce que ça a quelque chose à voir avec l'appel que j'ai ignoré quand nous étions dans la chambre ? »

« Oui. Carl Houghton a appelé la police de Bent Creek. Ils viennent juste de terminer la recherche que tu as demandée concernant les employés de l'abattoir. Il s'avère qu'il y a quelques détails concernant un ancien employé dont il ne se rappelait pas. Apparemment, il t'a parlé d'un employé qui avait été licencié quand ils avaient découvert qu'il avait des chiens destinés à des combats. »

« Oui, je m'en rappelle. »

« Et bien, le type s'appelle Ed Fowley. Quand Bateman a vu le nom, ça lui a rappelé quelque chose. Alors il a consulté les archives de Bent Creek et il a découvert quelque chose d'intéressant. En 2011, Fowley a été impliqué dans une dispute conjugale. Lui et sa femme se sont disputés et il l'a enfermée dans une cage, pour lui faire une sorte de mauvaise blague. Mais pas seulement une cage – mais plutôt un box destiné au bétail dans lequel il avait caché des chiots et leur mère dans le passé. »

« Ça n'a peut-être rien à voir mais ça vaut le coup d'y regarder de plus près, j'imagine, » dit Mackenzie.

« Oh… mais il y a mieux. Avant que Fowley et *cette* femme finissent par divorcer, il a eu des problèmes avec sa première femme. Ils ont divorcé après seulement un an de mariage car elle a appris qu'il lui était infidèle. Et il s'avère que sa maîtresse était Crystal Hall. »

« Ça, ça ressemble très fort à une piste prometteuse, » dit Mackenzie.

« C'est clair, » dit Ellington. « Bateman est occupé à préparer une équipe au moment même où on parle. Il va nous attendre et se rendre chez Fowley après dix-sept heures quand il y a plus de chances qu'il soit rentré chez lui du travail. »

« Alors espérons que les routes soient toujours dégagées, » dit Mackenzie.

Ils se dépêchèrent de traverser le couloir, motivés par l'excitation de leur première réelle piste depuis qu'ils étaient arrivés à Bent Creek. Dehors, la neige ne tombait presque plus mais elle avait terminé son oeuvre. Aucun chasse-neige ni sel ne déblayerait complètement les routes, alors ils allaient devoir y aller lentement… ce qui était plus facile à dire qu'à faire, en sachant qu'une piste prometteuse les attendait quelque part dans la neige et le froid.

CHAPITRE VINGT-SEPT

À 17h37 ce jour-là, Mackenzie et Ellington roulaient derrière le shérif Bateman et l'adjoint Wickline. Derrière Mackenzie et Ellington, se trouvait une autre voiture avec deux autres policiers, l'un d'entre eux étant Roberts. Les trois voitures roulaient négligemment le long de la route principale de Bent Creek, puis tournèrent sur une petite route du nom de Skinner's Reach. Les camions municipaux n'étaient pas intervenus sur cette route mais apparemment, un bon samaritain s'était occupé de la neige à l'aide d'une petite pelle.

Néanmoins, la route Skinner's Reach était glissante. Maintenant que l'obscurité du soir hivernal était tombée, clôturant la journée, la neige était bien plus traîtresse. Même en avançant à trente kilomètres à l'heure, Mackenzie sentait les pneus déraper légèrement sur la route glissante. La neige avait fini de tomber mais il faisait très froid dehors, n'améliorant pas les conditions.

Après avoir roulé environ quinze cents mètres sur la route Skinner's Reach, Bateman alluma ses clignotants devant eux. Il avait prévenu Mackenzie que ce serait le signal indiquant qu'ils étaient à moins d'un kilomètre de la maison d'Ed Fowley. Les clignotants transperçaient l'obscurité et semblaient les tirer en avant.

Quelques minutes plus tard, Bateman tourna sur une allée en graviers. La petite maison était visible depuis la route, une faible lueur se déversant à travers l'une des fenêtres en façade. Sur le gravier recouvert de neige, Bateman accéléra. Ellington fit de même et les pneus de la voiture de location dérapèrent un peu avant d'acquérir de la puissance.

Avec leurs feux toujours allumés, Bateman et Wickline sortirent de leur voiture. Mackenzie et Ellington les suivirent. Selon le plan qu'ils avaient établi au commissariat, Roberts et l'autre policier restèrent dans leur voiture. Marchant en file indienne à travers le jardin recouvert de neige, Bateman laissa Mackenzie et Ellington prendre les devants. Au moment où ils mirent pied sur le petit porche, la porte d'entrée s'ouvrit soudainement… si soudainement que Mackenzie tendit la main vers son arme. Quand elle vit que l'homme qui se tenait devant elle était maigre comme du carton et visiblement non armé, elle se détendit un petit peu.

« Shérif Bateman, » dit l'homme, vraisemblablement Ed Fowley. « Vos lumières clignotantes sont aveuglantes. Tout va bien ? »

« Je ne sais pas, Ed, » dit Bateman, derrière Mackenzie. « Mais j'espère bien. »

Mackenzie sortit alors son badge, imitée par Ellington. « Agents White et Ellington du FBI, » dit Mackenzie. « Nous aimerions vous poser quelques questions. »

Le signal d'alarme qui s'alluma dans les yeux de Fowley fut soudain très intense. Il fit de son mieux pour le dissimuler mais Mackenzie le remarqua assez facilement. Il vit qu'elle l'avait remarqué. Il fit un pas en arrière, faisant de son mieux pour rester calme.

« Il y a quelque chose qui ne va pas, monsieur Fowley ? »

« Quel type de questions ? » demanda-t-il.

« Il fait plutôt froid ici, » dit Ellington. « Vous pensez que nous pourrions entrer pour vous parler ? »

Mackenzie put sentir la panique l'envahir. Mais il hocha tout de même la tête, émit un « Oui, » étranglé et les laissa entrer à contrecœur.

Ou tout au moins, ça en avait l'air.

Au moment où Mackenzie passa le pas de la porte, Fowley se retourna soudainement, coude en avant. Elle fut prise par surprise mais fut capable de bloquer son coude de la main. Puis elle attrapa son bras et le tordit en arrière en l'utilisant tel un levier. Elle le plaqua contre le mur et il laissa échapper un cri.

« Plan B ! MAINTENANT ! » hurla Fowley.

« Merde, » dit Ellington. Il se précipita dans la maison en sortant son arme pendant que Mackenzie immobilisait Fowley au sol. Il essaya de résister mais un genou fermement placé au niveau de ses côtes eut raison de lui.

Bateman se retrouva soudain à ses côtés et sortit une paire de menottes de sa ceinture. « Je m'en occupe, » dit-il. « Allez aider Ellington. »

Mackenzie asséna un dernier coup de genou dans les côtes de Fowley en un geste plutôt de colère, puis suivit la direction qu'Ellington avait prise. Elle sortit son arme et la pointa à travers le salon et dans le couloir adjacent. Elle vit Ellington quelques mètres devant elle, son arme pointée vers une pièce au bout du couloir.

Au moment même où elle le vit, un homme d'allure jeune déboula de la pièce, penché en avant. Il tenait une batte de baseball en main et la fit tournoyer devant lui au moment où il sortit. Ellington baissa son arme mais reçut le coup avant de pouvoir donner un avertissement. La batte le heurta au milieu de la poitrine et le coup le fit vaciller en arrière. À ce moment précis, un autre homme surgit de la pièce.

Il se dirigea vers le côté du couloir et lança une sorte de corde rigide qui fit tomber Ellington au sol. Mackenzie prit une position de tir au moment même où les deux hommes remarquèrent sa présence au bout du couloir.

« Arrêtez-vous, » hurla-t-elle.

Les deux hommes s'immobilisèrent durant un instant. Derrière eux, Ellington commençait tout doucement à se remettre debout. Alors qu'Ellington était encore à genoux, l'homme qui tenait la batte la jeta violemment en direction de Mackenzie. Pendant qu'elle l'évitait et que la batte finissait par arracher un morceau de mur à cinquante centimètres d'elle, les deux hommes se ruèrent vers la gauche, à travers une porte ouverte le long du couloir. Le premier parvint à y entrer mais Ellington fut capable d'attraper la jambe du deuxième homme. Il l'entoura de son bras et la tordit, le projetant dans l'embrasement de la porte.

Mackenzie se rua en avant et atteignit la pièce au moment même où Ellington se jetait sur l'homme. Il tordit les bras du suspect en arrière, prenant facilement le dessus sur l'homme de stature beaucoup moins imposante. Mackenzie regarda dans la pièce et vit que le troisième homme avait ouvert une fenêtre de l'autre côté de la pièce. Il était occupé à en retirer le moustiquaire et à passer une jambe par-dessus l'encadrement.

Mackenzie se rua dans la pièce et tendit un bras vers l'homme, ne voyant pas l'utilité d'utiliser son arme (même s'il *venait* de lui jeter une batte de baseball à la figure à peine dix secondes plus tôt). Elle le manqua de peu, sa main effleurant l'arrière de son t-shirt au moment où il se retrouva dehors. Mackenzie faillit le poursuivre mais elle vit que l'officier Roberts et l'autre policier sortaient de la troisième voiture de patrouille. Roberts était déjà occupée à poursuivre l'homme et il était impossible qu'il lui échappe.

Quand Mackenzie se retourna vers le couloir, elle vit qu'Ellington avait collé son suspect contre le mur. Ellington avait l'air de souffrir un peu et Mackenzie se demanda avec quelle force il avait été frappé par la batte de baseball.

« Tout va bien ? » demanda-t-elle.

« Oh oui, on se porte comme une fleur, » dit Ellington, en menant l'homme vers le salon avec les deux bras tordus derrière le dos.

Mackenzie se rua à travers le salon, passant par la porte d'entrée où Bateman avait menotté Fowley et l'avait collé contre le mur. Elle se précipita sur le porche et vit que Roberts et l'autre policier avaient plaqué le troisième homme au sol. Il essayait de lutter mais l'adjoint Wickline était déjà occupé à traverser la neige pour leur porter assistance.

Mackenzie se retourna vers le salon au moment même où Bateman poussait Fowley vers le divan. Il gémit de douleur en tombant sur son bras droit tordu derrière son dos et menotté sur la gauche.

Bateman s'assit à côté de lui et lui décocha un regard en colère. Mackenzie l'avait vu irrité et abattu mais pas encore en colère. Et ça lui donnait un air assez menaçant.

« Tu as hurlé 'plan B,' » dit Bateman. « Tu peux me dire en quoi consistait le *plan A* ? »

Fowley ne dit pas un mot. Il mordait sa lèvre d'un air de défi et secoua la tête.

Mackenzie se plaça devant lui et le regarda. Elle avait aussi envie de se mettre en colère mais elle savait que ça aurait beaucoup plus d'effet si elle restait calme et composée. « Tu m'as attaquée, moi, un agent du FBI. Puis l'autre génie là-bas, » dit-elle, en tendant un doigt vers l'homme qu'Ellington tenait, « a frappé un autre agent du FBI à la poitrine avec une batte de baseball avant de la lancer dans ma direction. Alors tu es déjà dans la merde jusqu'au cou. Si tu veux rendre les choses plus difficiles en restant silencieux, ta situation ne va faire qu'empirer. »

Fowley eut l'air d'y réfléchir. Mackenzie vit de la peur envahir ses yeux alors qu'il regardait autour de lui.

« Fais preuve d'intelligence, » dit Mackenzie. « Rends-toi service. Dis-nous où se trouvent les femmes. »

« Il n'y a pas de femmes, » dit-il, mais sa voix était faible et tremblante.

« Des conneries, » dit Bateman. « Et Missy Hale ? Crystal Hall ? Oh, et Delores Manning qui est parvenue à être plus intelligente que toi. Ça ne te dit rien ? »

Il eut l'air confus mais toujours indigné. Il ne dit rien, son regard vide restait fixé devant lui.

« Je ne sais pas de quoi vous voulez parler, » dit Fowley. Il y avait maintenant du soulagement dans sa voix mais il était encore visiblement nerveux.

Bateman regarda en direction de Mackenzie.

« Qu'est-ce que vous en pensez ? » demanda Bateman.

Elle n'avait pas envie d'étaler son jeu devant Fowley, alors elle se contenta de hausser les épaules. « Emmenez-le. D'innocentes personnes n'attaquent pas sans raison des agents du FBI. »

« Tu l'as entendue, » dit Bateman. Lève-toi, Fowley. Tu es en état d'arrestation. »

***

L'adjoint Wickline et le policier que Mackenzie ne connaissait pas retournèrent au commissariat avec les trois suspects. Mackenzie regarda comment Fowley et ses acolytes étaient placés à l'arrière des voitures de patrouille et le moment où Wickline et l'autre policier manoeuvrèrent pour sortir de l'allée.

Mackenzie avait choisi de rester en arrière pour fouiller la propriété à la recherche de preuves, certaine que Fowley n'était pas l'homme qu'ils recherchaient. Ellington resta avec elle et, pour une raison que Mackenzie ne s'expliquait pas, Bateman et Roberts restèrent également.

Alors que Mackenzie scrutait le jardin à l'aide des torches prises dans les voitures de patrouille, Bateman s'approcha d'elle. « Vous pensez que c'est notre type ? »

« Je ne suis pas sûre, » dit-elle.

Bateman laissa échapper un léger *hummm* du fond de la gorge et ils continuèrent à inspecter l'endroit. Alors qu'ils arrivaient à l'arrière du jardin, leurs torches et la faible lueur de la lune révélèrent une petite remise de jardinier. Ellington s'en approcha avec précaution, toujours visiblement secoué par l'attaque avec la batte. Il ouvrit la porte, révélant l'intérieur.

Il y avait deux containers à bétail à l'intérieur de la remise. Un d'entre eux était de petite taille, peut-être assez grand pour transporter deux cochons. L'autre était d'assez grande taille.

Bateman entra dans la remise et regarda à l'intérieur des containers. Incapable de les ouvrir car ils étaient fermés à clé, il projeta la lueur de sa torche à travers les fentes sur l'avant des deux containers. « Vide, » dit-il.

Des recherches plus poussées permirent de découvrir un box rempli de magazines pornos, différents colliers pour chiens, deux tondeuses fichues et une vieille niche pour chiens démontée et jetée en tas dans un coin à l'arrière.

« Shérif, » dit Mackenzie, « Delores Manning a dit qu'elle avait vu deux, peut-être trois remises. Ça ne correspond pas du tout à cette description. »

« C'est vrai, » dit-il. « Mais en même temps, c'est un témoignage venant d'une femme souffrant d'un traumatisme crânien – *durant* une séance d'hypnose. Excusez-moi si je ne prends pas chacun de ses mots au pied de la lettre. »

« Il a raison, » dit Roberts. Elle parlait si peu souvent que Mackenzie fut vraiment prise par surprise. « Il est coupable. Sinon pourquoi nous aurait-il attaqués ? Pour quelle autre raison aurait-il deux autres personnes chez lui qui surent tout de suite ce que *plan B* signifiait ? »

Mackenzie eut envie de protester, sachant que tout ce qu'elle disait finissait toujours par tenir la route. À de nombreuses reprises dans le passé, son instinct s'était avéré avoir raison. Quand d'autres personnes pensaient que l'enquête était close, il y avait quelque chose en elle qui insistait sur le fait que la chasse n'était pas terminée.

Peut-être que c'est notre type, pensa-t-elle, osant envisager la victoire. *Peut-être qu'on a eu ce salopard.*

« OK, » dit-elle. « Disons que Fowley *est* notre type. Où sont les femmes alors ? »

« J'aimerais bien le savoir aussi, » dit Bateman. « Et je suis sûr qu'on ne va pas le savoir en restant ici dans le froid. On doit partager une voiture maintenant, alors retournons au commissariat, cuisiner ce salopard. »

Mackenzie regarda la remise et la forêt qui s'étendait derrière elle. Puis elle regarda Ellington et vit qu'il avait l'air partagé. Il haussa les épaules, un geste d'abattement qui ne lui allait pas vraiment bien. « Allons-y, » dit-il.

Elle s'était attendue à ce qu'il la soutienne. D'une certaine manière, elle supposait qu'il l'avait *fait.* Bien qu'il était évident qu'il sentait que quelque chose ici ne tournait pas rond, il savait aussi que ça ne ferait que créer davantage d'agitation s'ils se lançaient dans un débat. De plus, la manière dont il faisait la grimace à chaque respiration indiquait que l'attaque qu'il avait subie avait peut-être été plus violente qu'elle n'en avait eu l'air.

Bateman ne perdit pas de temps et retourna à la seule voiture qui restait dans l'allée d'Ed Fowley. Mackenzie le suivit, jetant un dernier coup d'œil au jardin. La nuit qui tombait sur la neige avait quelque chose de sinistre mais également d'accueillant. On aurait dit qu'il y avait encore de nombreux secrets là-dehors à découvrir.

Mais pour l'instant, elle se permettait encore un peu d'espoir. *On l'a eu,* pensa-t-elle, essayant de se répéter ces mots. *Peut-être que tout est terminé.*

CHAPITRE VINGT-HUIT

Mackenzie faisait anxieusement les cent pas dans la salle d'observation, regardant les trois scènes qui se déroulaient sur des écrans en noir et blanc devant elle. Fowley et ses deux complices avaient chacun leur propre salle d'interrogation. Elle avait choisi de ne pas participer aux interrogatoires pour l'instant. Elle était bien trop frustrée et elle savait qu'elle ne serait pas de beaucoup d'aide si son esprit n'était pas en paix. Au lieu de ça, elle regarda comment Bateman, l'adjoint Wickline et Ellington questionnaient les trois hommes.

Fowley avait clairement décidé qu'il n'allait pas parler. Malheureusement pour lui, on ne pouvait pas dire la même chose de ses deux complices. Elle regarda comment Ellington s'y prenait avec le complice le plus jeune, un type de vingt-trois ans du nom de Jackson Randall.

« Nous avons vérifié ton identité, » dit Ellington. « Nous savons que tu n'as pas d'antécédents. Alors si tu coopères, je veillerai personnellement à ce que tu reçoives la condamnation la plus légère qui soit pour avoir frappé un agent du FBI avec une batte – peut-être même juste une amende. Mais si tu décides d'être difficile, c'est ton choix mais tu purgeras une vingtaine d'années avec Fowley. »

Mackenzie coupa le son des deux autres écrans et se consacra à écouter uniquement Randall. « Je ne sais pas de quoi vous voulez me parler ! » dit Randall.

« Tu veux dire par là que tu n'as aucune idée de qui sont Delores Manning, Crystal Hall, Naomi Nyles et Missy Hale ? »

« Non, mec. Ed… il n'était pas aussi impliqué que ça. Il ne faisait que fournir les cages aux sales types. Vous voyez ? »

« Non, je ne vois pas. »

« Un type du Nicaragua. Je ne sais pas. Il vit maintenant à Vegas, je crois. Il utilisait les cages d'Ed pour déplacer les filles d'un endroit à l'autre. Les cages marchaient bien mieux car… ah merde… car c'était plus facile pour y attacher les filles. »

« Quelles filles ? » dit Ellington. « Je pensais que tu m'avais dit qu'il n'y avait *pas* de filles. »

« Comme je le disais à l'instant, Ed ne s'occupait jamais des filles. Juste des cages. »

« Tu veux dire par là des filles kidnappées ? »

« Je ne sais pas. J'imagine. Il a utilisé quelques fois le mot *trafic*. »

« Il y avait combien de femmes ? » demanda Ellington.

« Je ne sais pas. Sincèrement. Je suis seulement sûr pour deux d'entre elles. »

« À qui étaient-elles vendues ? »

« Je ne sais pas. À nouveau, c'était le boulot d'Ed. Cette partie du boulot… ça m'énervait un peu. »

« Ça fait combien de temps qu'il s'en occupe ? » demanda Ellington, sa voix montant d'un cran.

« Un peu moins d'un an, je pense. »

« Et tu es absolument certain qu'il n'a pas enlevé de femmes sur les routes de la région ? »

« S'il l'a fait, je n'en ai rien su. »

« Alors pourquoi avait-il besoin de deux partenaires s'il se contentait de vendre des cages à ces hommes ? »

« Moi, j'étais juste l'informaticien. Je veillais à ce que les emails et l'argent ne puissent pas être tracés. Henry, l'autre type, vient juste d'arriver. Je ne sais pas pourquoi. Je pense que c'est un ami du type de Vegas. »

« Alors, on parle bien de trafic humain ? » lui demanda Ellington de manière directe.

Ce fut à ce moment que Randall se mit à pleurer. Il craqua devant Ellington, peut-être effondré par le poids de ce qu'il avait fait.

Et bien que tout ce qu'elle ait entendu soit horrible, Mackenzie était de plus en plus certaine qu'Ed Fowley n'était pas le type qu'ils recherchaient.

Et tout ça pour avoir crié victoire, pensa-t-elle. *Est-ce que je suis passée à côté de ça durant tout ce temps ? Notre type est trop prudent, même un peu calculateur. Mais s'il avait enlevé ces femmes pour... les vendre ? Et s'il y avait une raison autre derrière tout ça que le simple fait d'avoir le contrôle ? Les deux crimes entre ces deux salopards pourraient ne pas avoir de liens, mais c'est à considérer.*

Quelqu'un frappa derrière elle à la porte déjà ouverte de la salle d'observation. Elle se retourna et vit Roberts entrer avec une tasse de café. Elle la tendit à Mackenzie et dit, « Je n'arrive pas à y croire. Cette ville de merde… comme si les drogues n'étaient pas déjà assez graves comme ça. »

« Est-ce que c'est un type de crime totalement neuf pour Bent Creek ? » demanda Mackenzie.

« Le trafic d'être humains ? Oui. »

« Officier Roberts, est-ce que vous pensez que je pourrais emprunter une voiture de patrouille dans les minutes à venir ? De préférence avec des pneus équipés de chaînes ? »

« Bien sûr. Où est-ce que vous comptez vous rendre ? »

« Retourner là dehors. Si nous avons maintenant des preuves de trafic d'êtres humains dans la région, même s'il s'agit uniquement de la vente de cages de transport, il y a toute une série de nouvelles pistes à envisager. Peut-être que je regarderai les cages de plus près ou que je ferai des recherches sur la liste des anciens amours de Fowley pour voir si ça peut mener quelque part. »

« Mais on dirait bien que c'est notre type, » dit Roberts. « Et il fait froid, il fait noir et il neige. Peut-être qu'on pourrait attendre un peu ? »

« Bien sûr. Et si on finit par trouver ces femmes et qu'elles demandent pourquoi on les a laissées geler dans le froid, je leur dirai que c'était votre idée. »

« D'accord, » répondit Roberts. « Je vais faire une demande de véhicule. »

Mackenzie sortit de la salle d'observation avec Roberts et se dirigea vers la porte de la salle d'interrogatoire numéro 2, où Ellington était toujours occupé avec son type. Elle frappa à la porte et Ellington s'approcha de la petite fenêtre pour jeter un oeil.

Il ouvrit la porte et sortit un instant. Les pleurs de Randall ne cessaient pas. C'était le bruit d'un homme rempli de regrets.

« Tu ne penses pas que c'est incroyable ? » demanda Ellington.

« C'est assez horrible, en effet. J'ai l'impression qu'on est venu dans cette ville pour nettoyer toutes les sales histoires qui y traînaient depuis bien trop longtemps. »

« Je me sens presque coupable à ce sujet, » dit Ellington. « Enfin, tu voulais me dire quelque chose ? »

« Je pense que je vais ressortir et jeter un œil aux routes secondaires. Ces femmes… elles sont toujours là-dehors pendant qu'on cuisine ces trois hommes qui n'ont aucune idée de l'endroit où elles peuvent bien se trouver. »

« Laisse-moi le temps de terminer ici et je viens avec toi, » proposa-t-il.

« Non. Prends ton temps. Dans moins d'une demi-heure, vous aurez peut-être toutes les informations nécessaires pour démonter un réseau entier de trafic. Reste là-dessus. Je ne serai partie que quelques heures, tout au plus. »

« S'il te plaît, sois prudente, » dit-il. Durant un instant, elle vit dans ses yeux le même désir qu'elle avait vu la nuit précédente dans sa chambre de motel.

« Bien sûr, » dit-elle. « Et au fait, tu fais du bon boulot là-dedans. »

« Oh oui, ça *m'arrive.* »

Elle lui adressa un petit rire au moment où elle se retourna pour se diriger vers l'avant de l'édifice. Comme promis, Roberts avait une voiture prête qui l'attendait. Quand elle s'assit derrière le volant, la voiture était déjà chaude. Ne perdant pas de temps, elle commença à rouler dans Bent Creek au moment où la nuit prenait place au-dessus du fin manteau blanc qui recouvrait la ville.

Au moins trois femmes se trouvaient là-dehors. Elles avaient probablement froid et certainement peur.

Et si elles n'étaient pas *là-dehors ?* pensa-t-elle. *Et si ce type les avait transportées ailleurs ? Ou s'il les avait* tuées *après que Delores Manning se soit échappée ?*

Mais elle ne pouvait pas réfléchir de cette manière. En fait, elle *refusait* de penser comme ça.

Elle roula prudemment sur la route principale, en s'éloignant du commissariat. Elle se dirigea vers les routes secondaires sinueuses qui serpentaient à travers bois, comme si la route elle-même cherchait à étouffer la neige qui s'y trouvait.

CHAPITRE VINGT-NEUF

Mackenzie retournait en direction de la maison d'Ed Fowley et roulait le long de la route Skinner's Reach uniquement pour avoir un point de départ à ses recherches. Il y avait aussi quelque chose qui la rongeait – quelque chose qu'elle avait vu ou ressenti alors qu'elle était chez Fowley mais qu'elle n'avait pas eu le temps de traiter. Elle arrêta la voiture devant l'allée menant à la maison, en essayant de se familiariser avec le terrain et voir comment la neige pourrait ralentir ses recherches.

Mackenzie s'avança dans l'allée et gara la voiture où elle s'était garée un peu plus tôt. Elle alla directement à la grange pour y jeter un autre coup d'oeil. Les cages ne contenaient aucun indice. Sans une analyse poussée de la police scientifique, il était impossible de savoir si les cages avaient été utilisées pour des chiens, des animaux de ferme ou des femmes kidnappées.

Elle ressortit dans la neige. Elle regarda toutes les empreintes qu'ils avaient laissées au sol un peu plus tôt, puis regarda en direction des bois.

Ce fut à ce moment qu'il vit une faible lueur à travers les arbres. Elle l'avait remarquée plus tôt mais son attention avait tellement été concentrée sur la grange qu'elle n'avait pas pris le temps de traiter l'information. *Un voisin,* pensa-t-elle.

C'était peut-être peine perdue, mais elle pensa qu'un voisin pourrait en savoir assez concernant Fowley pour permettre de l'éliminer de la liste des suspects. Bien qu'elle comprenne pourquoi la police locale était convaincue que Fowley était leur homme, Mackenzie savait avec certitude que les profils ne correspondaient pas.

Elle retourna dans sa voiture et sortit de l'allée de Fowley, en réussissant à ne glisser sur la neige qu'à deux reprises. Quand elle atteignit la route principale, ses doutes refirent surface. Elle supposait qu'il était possible qu'il y ait une sorte de lien entre ce qu'Ed Fowley et leur type faisaient. Sinon ce serait plutôt une grosse coïncidence… alors pourquoi résistait-elle à cette idée ?

Elle roulait depuis à peu près cinq cents mètres sur la route Skinner's Reach quand une allée apparut sur sa gauche – le même côté de la route que la maison de Fowley. C'était son voisin, dans le sens rural du terme. Elle pouvait distinguer cette petite lueur qu'elle avait vue à travers les arbres depuis le jardin de Fowley, seulement que maintenant la lueur était plus vive. Mackenzie ne pouvait pas s'empêcher de se demander si le voisin pouvait avoir des informations concernant Fowley et ses connexions. Est-ce qu'il avait remarqué quelque chose alors que Fowley vendait ces containers ? Peut-être qu'il savait quelque chose concernant des affaires ou des événements louches ayant eu lieu sur ces routes secondaires ?

Elle prit l'allée qui menait à la maison du voisin et elle réalisa qu'elle était plutôt assez courte. Une petite maison apparut presque tout de suite, une faible lueur se déversait à travers presque toutes les fenêtres. La neige lui donnait un aspect pittoresque et accueillant.

Il était 20h10 quand elle gara sa voiture et éteignit le moteur dans la petite allée recouverte de neige. Un pickup délabré était le seul autre véhicule présent. Elle regarda au-delà de la maison et vit deux remises. Ça n'éveilla aucun soupçon chez elle car à peu près chaque propriété où elle avait mis les pieds depuis qu'elle était arrivée à Bent Creek, possédait une grange ou une remise. Elle s'avança jusqu'au porche délabré et la comparaison avec une oeuvre de Thomas Kinkaid s'arrêta là. L'endroit était plutôt en mauvais état, le porche n'était constitué que de quelques planches jetées en travers et d'une balustrade déformée.

Au moment où elle arriva sur le porche, elle entendit un bruit bizarre au loin. Elle pensa d'abord qu'il s'agissait juste du vent ou peut-être même de quelque chose qui grinçait en-dessous du porche. Puis elle réalisa que c'était les gémissements d'un chien – de chiots, pour être tout à fait exacte. Apparemment un chien venait juste de mettre bas sur cette propriété.

Le porche gémit sous son poids au moment où elle frappa à la porte. Dû à l'aspect minable de la maison, elle s'attendait à voir apparaître un vieil homme, peut-être un ermite qui passait la majorité de ses journées avec un casier de bières et un match de baseball à la radio. Alors quand un homme d'une quarantaine d'années avec un très joli sourire ouvrit la porte, elle fut un peu surprise. Il était bâti comme un bûcheron avec des épaules massives et d'énormes avant-bras.

« Bonsoir, » dit l'homme, sur un ton visiblement surpris.

« Bonsoir. Je suis désolée de vous déranger à une heure aussi tardive, » dit Mackenzie. « Je suis l'agent White du FBI. Je me demandais si vous pourriez me consacrer un instant pour répondre à quelques questions concernant votre voisin. »

« Mon voisin ? Le plus proche que je connaisse, c'est Ed Fowley. »

« C'est exactement de lui que je veux parler, » dit Mackenzie.

« Bien sûr alors, oui, venez, entrez, » dit l'homme. Il avait eu l'air un peu hésitant à bouger de l'embrasure de sa porte mais quand il finit par le faire, il fut aussi cordial qu'on puisse l'être quand on reçoit la visite du FBI après 20h00.

Au moment où Mackenzie entra dans le salon, elle vit que l'intérieur de la maison n'avait rien à voir avec l'extérieur. Tout était propre et bien rangé. Elle s'assit sur le divan qui se trouvait contre le mur à droite pendant que l'homme prenait place dans son fauteuil.

« Vous savez, j'ai déjà parlé avec le FBI aujourd'hui, » dit l'homme.

« Ah bon ? »

« Oui. Un type du nom d'Arrington, je pense. Ou peut-être que c'était Ellington. »

« Ellington, » dit Mackenzie. « C'est mon partenaire. »

« Alors j'imagine que l'enquête est toujours au point mort ? »

« Je ne peux pas vous parler des détails de l'enquête mais j'*apprécierais* beaucoup si vous pouviez répondre à quelques questions concernant monsieur Fowley. Quel est votre nom ? »

« Harry Givens, » dit-il.

« Et depuis combien de temps êtes-vous voisin avec monsieur Fowley ? »

« Douze ans. Il a emménagé là-bas après quelques soucis avec la justice si je me rappelle bien. Un type tranquille, vraiment. Je ne lui ai parlé qu'à quelques reprises. »

« Vous connaissiez ses soucis passés avec la justice ? »

« Non, j'ai plutôt tendance à me renfermer sur moi-même, vous savez ? Pas du genre à aimer les rumeurs. »

« Et comment gagnez-vous votre vie ? » demanda-t-elle.

« Avec un peu de tout et de rien, » dit-il. « Durant le printemps et l'été, je gagne pas mal d'argent avec mes maigres récoltes. Et quand ils ont besoin de personnel à l'abattoir durant la haute saison, ils font appel à moi. »

Il était agréable. Il souriait quand il parlait et il avait des yeux expressifs. Mais il y avait cependant quelque chose de fade en lui. Bien que cela semble cruel, elle avait l'impression qu'il n'avait pas toute sa tête. Mais il était néanmoins charmant et avait l'air à l'aise avec elle bien qu'elle soit un agent du FBI faisant une visite à une heure tardive.

« Dites-moi… connaissez-vous une jeune fille du nom de Crystal Hall ? »

Il hocha la tête et eut un sourire malicieux. « Oui, bien sûr. Et pas pour les meilleures raisons. Elle a une réputation, vous savez. »

« J'ai entendu dire qu'elle couchait avec Ed Fowley à un moment. Le saviez-vous ? »

« Oui, » dit-il. « Et c'était… et bien, *regrettable* la manière dont les gens l'ont pris. Deux personnes qui aimaient bien se voir. Et alors ? Peut-être qu'ils étaient amoureux ? »

« Oui, mais monsieur Fowley était marié à l'époque. »

« Le mariage, » dit Harry avec un gloussement. « Qui a le temps pour ça ? Ça tue l'amour, vous savez ? Et tout ce dont nous avons besoin, c'est d'être aimé. »

La conversation commençait à prendre une tournure bizarre. Des signaux d'alerte se déclenchèrent dans le cerveau de Mackenzie.

« Monsieur Givens, j'ai remarqué que vous aviez deux remises à l'arrière. Est-ce que ça vous dérange si j'y jette un œil ? »

Harry soupira comme s'il était exaspéré. « Je suis déjà passé par là aujourd'hui, » dit-il. « Votre partenaire a déjà jeté un œil. »

« Vraiment ? »

« Oui. J'étais occupé à fendre du bois quand il est arrivé. J'ai dû rentrer pour aller chercher les clés. »

« Excusez-moi d'insister mais j'apprécierais vraiment pouvoir y jeter un rapide coup d'oeil. »

« Vous pensez être un meilleur agent que lui ? » demanda-t-il avec un sourire.

« Non, c'est juste qu'on pense différemment. »

« Sincèrement, je préférerais que vous ne le fassiez pas. Je suis un homme discret. J'aime garder mes affaires pour moi. Et maintenant il y a un type en ville qui fait des conneries et on me harcèle à cause de ça. Dites-moi… votre partenaire. Vous l'aimez bien ? »

Elle se mit soudain à bégayer un peu, ne s'attendant pas à cette question. « Je ne vois pas ce que… »

« Vous l'aimez ? »

« Monsieur Givens, je… »

Elle fut interrompue par le bruit de son téléphone à l'intérieur de sa poche. « Excusez-moi un instant, » dit-elle, en sortant le téléphone de sa poche.

Elle avait reçu un message d'un numéro qu'elle ne connaissait pas. Elle le lut et fit de son mieux pour réagir comme s'il n'avait aucune importance. Mais la réalité était qu'il lui fallut une quantité incroyable de volonté pour ne pas sauter du divan.

Le message était de Delores Manning. Il disait :

Ce bruit bizarre que j'entendais – des chiots. C'était des chiots.

Mackenzie remit le téléphone en poche en essayant d'être aussi naturelle que possible. Quand elle arriva sur le porche de Harry Givens, elle avait entendu un bruit bizarre… un bruit qu'il lui fallut un moment pour identifier. Et au final, elle en avait conclu qu'il s'agissait d'une litière de chiots. De jeunes chiots, qui montaient probablement encore l'un sur l'autre pour atteindre le lait de leur mère.

« Est-ce que vous savez ce que monsieur Fowley faisait comme travail ? » demanda Mackenzie, espérant avoir l'air sereine et essayant de ramener la conversation sur un sujet normal.

Il n'avait l'air de rien suspecter. Elle pensa à envoyer un message à Ellington pour lui dire de venir mais elle craignait que ça ait l'air trop flagrant. Elle pourrait bien sûr sauter sur ses pieds, sortir son flingue et l'arrêter à l'instant. Mais si Harry Givens *était* le type qu'ils recherchaient et qu'elle agissait de la sorte, il se pourrait qu'il ne soit pas trop coopératif et refuse de dire où se trouvaient les femmes.

Il faut que je sois sûre de savoir où se trouvent les femmes avant d'essayer de l'arrêter moi-même. Il faut que je contacte Ellington.

Elle regarda autour d'elle, comparant l'intérieur à l'extérieur. Tellement propre et rangé. Ça semblait presque déplacé. Une brosse à cheveux était posée sur l'accoudoir de son fauteuil. Une vieille chemise en jeans était pendue sur le rebord.

Chemise en jeans. Oh mon dieu… Delores en a parlé sous hypnose.

En un mouvement rapide qui fit battre son cœur à tout rompre durant un instant, Mackenzie se leva et sortit son flingue. Harry se pencha en arrière dans son fauteuil, les yeux écarquillés. Un air amusé de surprise envahit son visage alors qu'il levait timidement les mains en l'air.

« Wouaw, wouaw, qu'est-ce qu'il se passe là ? »

« Sors de ton fauteuil et mets les mains sur la tête. Fais-le lentement. »

Il lui sourit du même sourire qui lui avait fait penser qu'il était peut-être un peu déséquilibré mentalement. Mais il obtempéra. Il croisa lentement les mains au-dessus de la tête, ses bras massifs dissimulés par un sweat ample qui ne les rendait pas moins intimidants.

« Tu penses que tu as tout compris ? » dit-il. « Tant mieux pour toi. Mais tu ne comprendras jamais. Jamais. Le besoin d'être aimé. Le besoin d'être… »

« À genoux, » dit-elle.

Il obéit sans broncher. Lentement, le canon de son arme toujours pointé sur lui, Mackenzie tendit la main gauche vers la poche intérieure de sa veste. Elle sortit son téléphone et afficha rapidement le numéro d'Ellington. Elle l'appela mais elle n'obtint qu'une série de clics.

Elle jeta un rapide coup d'oeil à l'écran en faisant de son mieux pour rester concentrée sur Harry Givens. *Pas de réseau.* Il n'y avait qu'une petite barre et dans cette forêt, ça équivalait apparemment à rien du tout. C'était étonnant qu'elle ait pu recevoir le message de Delores.

« Tu essaies d'appeler ton partenaire, » demanda Harry. « Tu as peur de moi ? Tu as peur d'essayer de m'arrêter toute seule ? »

« La ferme, » dit-elle.

Ses yeux restaient tout le temps fixés sur Harry, son arme à moins de quinze centimètres de son crâne. Il se mit à bouger une main et elle lui hurla :

« À genoux ! Tourne-toi et lève lentement les mains là où je peux les voir. En l'air. MAINTENANT ! »

Son coeur battait à tout rompre pendant qu'elle regardait l'homme qu'elle savait être le kidnappeur. Il se retourna lentement et obéit.

Elle tendit la main derrière elle et sortit ses menottes. Elle se pencha et attacha une menotte à un poignet, en tordant son bras derrière son dos.

Puis elle baissa légèrement son arme au moment où elle tendit la main pour attraper l'autre poignet.

Et ce fut là son erreur.

Harry Givens se mit à bouger soudainement. Il baissa sa main droite en dessinant un arc de cercle. Mackenzie vit soudain quelque chose briller dans sa main et ce fut raison suffisante pour appuyer sur la détente.

Elle sut tout de suite qu'elle avait tiré trop haut. Il avait bougé trop vite et le recul avait destabilisé son tir. Au lieu de toucher Harry en haut de l'épaule, le coup l'avait à peine effleuré. Elle pouvait même voir la déchirure de son t-shirt.

Il ramena sa main libre vers lui et elle vit qu'il avait dissimulé un petit marteau dans sa manche. Il glissa vers le bas, son manche s'adaptant parfaitement à la paume de sa main, puis il l'agrippa et le balança en direction de son genou.

Son genou explosa de douleur. Elle hurla, se tordit et s'effondra au sol. Son téléphone tomba avec fracas à côté d'elle. Elle leva son arme mais avant qu'elle ne puisse la lever assez haut, Harry lui enfonça un genou dans la poitrine. L'air sortit de ses poumons avec une forte douleur pendant que les mains de l'homme agrippaient ses poignets et lui arrachaient l'arme.

Puis il s'agenouilla sur elle, une jambe de chaque côté de sa poitrine. Elle vit qu'il tenait le marteau dans sa main et il l'abattit avec force.

Cette fois-ci, elle fut capable de contrer le coup. Mais il avait cependant une force incroyable. Bien qu'elle ait réussi à bloquer le marteau, son avant-bras lui heurta tout de même le visage.

Puis le marteau s'abattit à nouveau. Cette fois-ci sur son côté gauche. Elle encaissa le coup et leva un coude avant qu'il n'ait eu le temps de lever à nouveau son bras. Il reçut le coup dans la partie tendre de l'aisselle et ça le fit reculer juste assez pour qu'elle puisse échapper à sa prise.

Elle essaya de se mettre debout mais sa jambe gauche ne lui répondit pas. Elle tomba au sol et sentit tout de suite le marteau la frapper à nouveau. Cette fois-ci dans le creux du dos. Elle laissa échapper un hurlement au moment où une douleur intense la traversa. Elle sentit quelque chose céder, une sorte d'élancement qui ressemblait à un pincement.

Une sensation de picotement lui traversa le corps. Elle laissa échapper un hurlement de douleur qui la surprit. Durant un instant, elle eut peur qu'il ait causé des dommages irréparables à sa colonne vertébrale… qu'elle essaye de lutter et se rende compte qu'elle était paralysée.

Heureusement, elle était encore capable de bouger. Mais lentement. Tellement lentement qu'elle fut incapable d'éviter l'attaque suivante. Celle-ci visait directement la tête. Elle réussit à bouger sa nuque juste à temps ; plutôt que la frapper de plein fouet au front, le marteau heurta sa tempe. Une douleur explosa dans son crâne et elle commença à voir des étoiles.

Elle n'avait aucune idée d'où se trouvait son arme.

Mackenzie sentit l'angoisse l'envahir. Elle vit l'inéluctable. Elle était maintenant sans défense et trop blessée pour être capable de lutter contre ce montre. S'il ne la tuait pas directement, sa situation allait rapidement empirer.

Tout tournait autour d'elle et elle tendit la main vers la seule chose qu'elle vit : son téléphone. Elle l'attrapa d'une main tremblante et se mit à taper :

Elle sentit un autre coup de marteau s'abattre et elle appuya sans le vouloir sur la touche ENVOYER, espérant qu'une partie de texte arriverait à Ellington.

Harry piétina le téléphone. Il se brisa et des morceaux atteignirent le visage de Mackenzie.

Elle essaya de se remettre debout ou en tout cas de s'éloigner de lui. Peut-être qu'elle pourrait atteindre son arme pendant qu'il était occupé à la tabasser. Mais elle était incapable de respirer. Elle avait une forte douleur aux côtes, son dos était engourdi et le côté droit de son visage la faisait horriblement souffrir. Et au moment où elle se rendit compte de tout ça, il y eut une autre douleur… une douleur qui semblait venir de nulle part.

Givens la tirait par les cheveux pour la mettre debout. La douleur était trop insoutenable pour pouvoir résister. Il fallait qu'elle se mette debout pour atténuer la douleur. Au moment où ses pieds touchèrent le sol, il la poussa violemment contre le mur. Le côté droit de son visage reçut l'impact et cette fois-ci, elle ne put pas l'éviter. Elle laissa échapper un cri de douleur dont elle eut honte mais *merde…* c'était vraiment violent.

Elle était hagarde, elle avait la tête qui tournait et elle savait qu'elle pourrait s'évanouir à tout moment. Elle sentit comment il la tirait à nouveau par les cheveux et elle fit de son mieux pour lutter. Il écarta sa main et la poussa à nouveau. Ça arriva si rapidement que tout se brouilla autour d'elle, son étourdissement ne faisant qu'empirer les choses. Alors quand elle se sentit propulsée vers l'avant sans un mur pour l'arrêter, elle fut surprise par le fait qu'elle continait de tomber.

Elle tomba violemment contre une surface froide en bois. *L'extérieur,* pensa-t-elle. *Il a ouvert la porte et m'a poussée à l'extérieur.*

Elle tendit la main vers la balustrade. Mais il fut tout de suite sur elle, il attrapa son bras et le tordit. Elle fut propulsée en avant, incapable de tomber car il tenait son bras tellement serré. Il la tirait à travers la neige et contournait la maison. Le froid lui mordit la peau, mais ce n'était pas aussi violent que la douleur qui submergeait son corps.

Il se pourrait que le froid soit la meilleure chose dans mon cas. Il pourrait me permettre de ne pas m'évanouir.

Alors que tout continuait à tourner autour d'elle, elle vit les deux remises se rapprocher. Dans ce monde teinté de blanc, elles avaient presque l'air irréelles.

Mais qu'est-ce que tu fous ? se demanda-t-elle. *Continue à résister. Rassemble tes forces et lutte !*

Elle essaya de libérer son bras droit mais ce seul mouvement lui infligea une douleur intense le long du dos. *Il y a un truc qui ne tourne pas rond là derrière. Quelque chose a claqué... lutter n'est pas vraiment une option.*

Elle essaya de bloquer ses pieds, les enfonçant dans la neige pour empêcher Givens de continuer à avancer mais ça ne marcha pas non plus. Quand ses genoux se bloquèrent, son dos se cambra en avant et envoya un autre élan de douleur le long de sa colonne vertébrale. Elle essaya de supporter la douleur, bloquant les jambes et essayant de résister le plus longtemps possible.

Givens réagit en levant un de ses bras derrière elle et en enfonçant ses coudes au milieu de son dos. La douleur fut intense. Mackenzie serait tombée à genoux s'il ne l'avait pas tenue par le bras.

Avant de se rendre compte de ce qui se passait, il la poussa violemment contre la remise la plus proche. Il se pencha sur le cadenas, ouvrit la porte et elle tomba à l'intérieur.

Elle essaya de se mettre debout mais il fut tout de suite sur elle. Il la tirait à nouveau par les cheveux, envoyant des ondes de douleur le long de son crâne et du côté droit de son visage. La remise était sombre alors il la faisait avancer, elle ne vit pas grand-chose. Il l'emmena vers une forme carrée qui semblait ressortir dans l'obscurité. Il y avait une sorte de porte et il l'ouvrit en utilisant sa main libre tout en continuant à la tirer par les cheveux avec l'autre.

Un box à bétail, pensa-t-elle.

Il approcha sa bouche de son oreille gauche et lui murmura sur un ton qui était sensé être réconfortant : « La lutte que tu as en toi... j'aime ça. Je pense que tu es ma préférée pour l'instant. J'ai hâte de te dompter. »

Sur ce, il la poussa violemment à l'intérieur de la cage. Aveuglément, et avec ce qui lui restait de courage et de force, Mackenzie tendit le bras gauche et attrapa le côté de la porte. Quand il essaya de la pousser à l'intérieur, elle attrapa sa main. Il la retira mais avant qu'il ne le fasse, elle lui serra le pouce et le tordit de toutes ses forces.

Il y eut un bruit sourd au moment où son pouce se brisa. Il hurla de douleur et dans un dernier mouvement de violence, la frappa violemment du pied dans le dos. Elle hurla, la douleur était presqu'insoutenable et elle fut propulsée dans la cage. Elle s'effondra sur le dos, son corps n'étant plus qu'un noeud de souffrance qui irradiait depuis sa colonne vertébrale.

Il claqua la porte de la cage. Elle fut enveloppée par l'obscurité, à l'exception des trois formes rectangulaires devant elle, par lesquelles passait la pénombre moins intense de la remise.

Il gémissait toujours à l'extérieur et asséna un coup de pied à la cage. « Tu m'as brisé le pouce, » dit-il. « Je veillerai à ce que tu payes pour ça. Avec les autres, ce sera doux et romantique. Mais avec toi… je vais te faire saigner. »

Sur ces mots, il s'en alla. Elle l'entendit partir, ses pas résonant comme un grondement dans la remise. Il claqua la porte de la remise derrière lui, puis elle n'entendit plus que le bruit de ses pas dans la neige.

Mackenzie tremblait, essayant de surmonter la douleur qu'elle ressentait dans le dos. Elle se sentait toute nue. Elle n'avait pas de téléphone et son arme avait disparu. Elle était enfermée, sans arme et probablement blessée comme elle ne l'avait jamais été auparavant.

CHAPITRE TRENTE

Quand elle récupéra un semblant de pensée rationnelle, Mackenzie prit un moment pour considérer sa situation. Elle inspecta ses blessures l'une après l'autre, essayant de jouer le rôle de médecin.

D'abord, son genou gauche. Elle savait qu'il n'était pas cassé ou fracturé. Mais il y avait définitivement une lésion à cet endroit. Elle ne pouvait pas y poser la moitié de son poids sans que le genou ne cède. Puis, il y avait son visage. Elle sentit qu'il était gonflé. Elle voyait qu'il y avait du sang mais d'après ce qu'elle put constater, elle pouvait faire fonctionner sa mâchoire sans problèmes, bien qu'elle soit un peu douloureuse. Rien de sérieux là non plus. Puis, ses côtes. La douleur causée par son coup de pied commençait déjà à disparaître, alors elle n'avait pas besoin de se tracasser à ce niveau-là. Mais c'était son dos qui la préoccupait le plus. Ça lui faisait mal de rester assise droite, alors elle n'imaginait même pas si elle se mettait debout. Elle était capable de bouger les bras et les jambes – à part le genou blessé – alors elle pensa que ses blessures n'étaient probablement pas trop graves.

Peut-être que c'est juste musculaire, pensa-t-elle. *Ou peut-être que je me suis foulé ou froissé quelque chose. Ce qui est sûr, c'est que sortir d'ici va être compliqué. Je peux seulement espérer qu'Ellington ait reçu mon message avant que ce salopard ne détruise mon téléphone.*

Elle bougea vers l'avant du container et regarda à l'extérieur. Elle pouvait à peine voir les bords de la porte de la remise. Puis elle recula et essaya d'inspecter l'intérieur de la porte du container. Elle n'y voyait rien, alors elle tâtonna des doigts le long de ses rebords. En quelques secondes, elle fut certaine que l'entièreté du mécanisme de verrouillage se trouvait à l'intérieur même de la porte et le long de l'extérieur.

Alors qu'elle réfléchissait à comment se sortir d'ici, une voix interrompit ses pensées. C'était une voix fragile, presqu'un murmure, qui la prit par surprise.

« Hé ? »

Mackenzie revint vers l'avant du container. Elle regarda à travers les fentes mais ne vit personne. Elle était sûre que la voix venait de la gauche, d'une zone qui se trouvait hors de sa vue.

« Bonjour, » dit Mackenzie. « Qui est là ? »

« Je m'appelle Missy. Est-il… »

Elle s'interrompit comme si elle n'était pas sûre de vouloir terminer sa question.

« Missy *Hale* ? » demanda Mackenzie.

« Oui. Comment le savez-vous ? »

« Je m'appelle Mackenzie White. Je suis un agent du FBI. Nous sommes à votre recherche. »

Missy laissa échapper un petit rire étranglé qui manquait d'humour. « Et bien, j'imagine que vous m'avez trouvée. »

« Qu'est-ce qu'il vous a fait ? » demanda Mackenzie, en appréhendant la réponse et ce qu'elle pourrait signifier.

« Rien, encore, » dit-elle. « Il m'a bâillonnée tout à l'heure. Un autre agent était là. Quand l'agent est parti et qu'il est venu me retirer le bâillon, il m'a parlé comme si… comme s'il essayait d'être gentil. Il m'a parlé de me faire l'amour. »

« Mais il ne vous a pas fait mal physiquement ? »

« Pas depuis qu'il m'ait assomée avec un marteau sur le côté de la route. »

Mackenzie remarqua que plus Missy Hale parlait, plus elle devenait cohérente. Elle sentait également qu'elle commençait à être plutôt en colère. Le silence s'installa entre elles et Mackenzie tendit l'oreille pour écouter le bruit des chiots – le bruit que Delores Manning avait entendu. Mais ils étaient silencieux pour l'instant, occupés à têter ou endormis ailleurs dans la propriété.

« Est-ce que tu sais s'il y a d'autres filles ici ? » demanda Mackenzie.

« Je pense qu'il y en a au moins une autre, » dit-elle. « Mais je ne suis pas sûre. Je l'entends souvent parler à l'extérieur… quelque part hors de la remise. »

« As-tu entendu le bruit de chiens ? » demanda Mackenzie. « De chiots, peut-être ? »

« Je pense que j'ai entendu des bruits ressemblant à une sorte de petit couinement, comme celui émis par de petits animaux. J'imagine qu'il pourrait s'agir de chiots. » Elle s'interrompit et sa voix redevenant basse et vulnérable, elle ajouta, « Est-ce qu'on va sortir d'ici ? »

« Je vais essayer, pour sûr. Mon partenaire sera en route à tout moment. »

Si ce fichu message est bien arrivé…

Elle commença à se demander ce qui se passerait si le message n'avait pas été envoyé. Elle imaginait qu'ils commenceraient à se demander où elle était après une heure ou une heure et demie ou, tout au moins, ils essayeraient de l'appeler. Une autre demi-heure passerait avant qu'on commence à la chercher – et avec la manière dont les événements se déroulaient au commissariat avec l'arrestation d'Ed Fowley, ce serait probablement Ellington qui se mettrait à sa recherche. Et puis, bien sûr, il fallait encore la retrouver. Et vu qu'il était déjà venu à la propriété de Givens aujourd'hui, ce serait probablement le dernier endroit qu'il viendrait vérifier… s'il venait tout court.

En d'autres mots, si le message n'avait pas été envoyé, elle était foutue. Et même s'il avait *été* envoyé, il n'y avait aucune garantie. Elle n'avait pas réussi à écrire l'entièreté du message.

Bien qu'elle déteste l'idée, la balle était maintenant dans le camp d'Ellington. Tout ce qu'elle pouvait faire, c'était attendre. Et c'était quelque part la chose la plus difficile à faire pour elle.

CHAPITRE TRENTE ET UN

Ellington était assis dans la salle de conférence avec Roberts et Wickline quand son téléphone bippa dans sa poche. Bateman était toujours occupé à essayer d'obtenir des informations de Fowley, tandis qu'Ellington avait tout ce dont il avait besoin. Comme Mackenzie, il commençait à avoir des doutes que Fowley soit l'homme qu'ils recherchaient. Il était occupé à faire des recherches dans le casier judiciaire de Fowley quand son téléphone interrompit sa concentration.

C'était un message de Mackenzie. Mais il n'avait pas beaucoup de sens. Tout de suite, la nature étrange du message le mit en panique. Il se leva et relit l'étrange message.

Fowley voi

Qu'est-ce que c'est supposé signifier ?

Quoi que ça signifie, c'était un message incomplet. Soit quelque chose ne tournait pas rond, soit elle était extrêmemement pressée. Aucune de ces options n'était une bonne option.

Il quitta la salle de conférence et l'appela. La ligne fit un clic. Il ne parvenait même pas à la messagerie vocale.

Il se précipita vers l'avant du bureau, à la réception. Il vit Roberts et quelques autres policiers occupés à ranger de la paperasse. « Roberts, j'ai besoin d'une voiture. »

« Vous aussi ? Vous savez que l'agent White en a déjà pris une. »

« Oui, je sais. Il faut que je la retrouve. Il se pourrait que ce soit urgent. Alors pourriez-vous me prêter une voiture ? »

On aurait dit qu'elle comprit soudain le sentiment d'urgence dans sa voix car son expression un peu ennuyée disparut en un instant. « Oui, bien sûr. Est-ce que tout va bien ? »

« Je ne sais pas, » dit-il.

Mais il regarda de nouveau le message et sentit la préoccupation lui retourner l'estomac.

***

Il n'avait aucune idée de ce que le message pouvait bien signifier mais le fait qu'il contienne le nom de Fowley le poussa à retourner sur la route Skinner's Reach. Il conduisit prudemment la voiture de patrouille le long de l'allée menant à la maison de

Fowley pour la seconde fois aujourd'hui. Il regarda à travers le jardin enneigé et les arbres recouverts de neige. Ses phares étaient toujours allumés et le chauffage fonctionnait à plein régime.

Il gara la voiture et ne perdit pas de temps pour se rendre dans la maison de Fowley. Il regarda partout, fouillant rapidement la maison. Il l'appela à plusieurs reprises mais ne reçut aucune réponse. Il lui fallut moins de trois minutes pour comprendre qu'elle n'était pas dans la maison. Il ressortit et continua ses fouilles dans la remise à l'extérieur.

De nouveau, aucun signe d'elle.

Il ressortit et scruta le jardin. Il y avait de nombreuses empreintes de pas laissées lors de leur dernière visite et il était difficile de savoir si certaines d'entre elles étaient récentes. Bien que la neige ait presque complètement cessé de tomber, elle avait fait son oeuvre.

Alors qu'il scrutait le jardin, il remarqua une faible lueur à travers les arbres dépouillés. Il supposa qu'il s'agissait là du voisin de Fowley, Harry Givens – le type auquel il avait rendu visite aujourd'hui.

Deux remises dans son jardin, pensa-t-il.

Le contenu du message de Mackenzie revint le frapper de plein fouet.

Fowley voi

Essayait-elle de taper le mot voisin ?

« Merde, » dit-il.

Il retourna en courant vers la voiture de patrouille et mit la marche arrière. Il quitta l'allée d'Ed Fowley avec une telle hâte que l'arrière de la voiture fit une queue de poisson sur la neige. Quand il eut fini de corriger sa trajectoire, il accéléra dans l'allée, faisant gicler la neige et crisser les pneus sur tout le chemin.

C'est ça, pensa-t-il. *Givens est notre type.*

Il avait ignoré son instinct plus tôt dans la journée. Et il était hors de question qu'il le fasse à nouveau. Il n'essaya même pas d'être discret, bien qu'il sache que c'était là la chose la plus intelligente à faire. Il fonça sur la neige, couvrant le plus rapidement possible la courte distance entre les deux allées. Il tourna vers la propriété de Givens et remonta l'allée qu'il avait déjà prise plus tôt dans la journée.

Il gara la voiture, en laissant tourner le moteur. Il s'avança rapidement vers le porche en sortant son Glock. Il entendit de la musique à l'intérieur, un air de honky tonk.

Sur le porche, Ellington garda les yeux rivés sur la seule fenêtre qui donnait vers l'extérieur. Il se baissa, attendant qu'une silhouette apparaisse devant la fenêtre. Il attendit moins de deux minutes. Harry Givens passa devant la fenêtre, un verre à la main.

Sachant que Givens se trouvait dans le salon, Ellington rassembla toute la colère qu'il ressentait en ce moment. Il l'utilisa pour relever la jambe et asséner un violent coup de pied à la porte. Il avait bien visé, frappant le long du mécanisme de verrouillage. La porte vola en arrière, arrachée de la charnière inférieure, et tomba presque sur le sol à l'intérieur.

Il pointa son flingue vers la droite et vit Givens debout devant lui. Un air de suprise envahit son visage. Il laissa tomber au sol le verre d'eau qu'il était occupé à boire.

« Ça fait plaisir de te revoir, » dit Ellington. « Cette fois-ci, je pense qu'il va falloir que tu m'ouvres ta remise, là derrière. »

« Vous vous foutez de moi ? » dit Givens. « Vous ne pouvez pas venir défoncer ma porte comme ça sans mandat. Je connais la loi ! »

« J'en doute, » dit Ellington. « Si c'était le cas, tu n'aurais pas trois femmes enfermées dans ta remise à l'arrière. L'une d'entre elles étant ma partenaire. Alors je ne te le dirai qu'une seule fois. Tu sors et tu vas m'ouvrir cette remise. Si tu ne le fais pas, je t'explose le genou et je dirai t'avoir tiré dessus quand tu essayais de t'échapper. »

Il observa comment Givens cherchait visiblement à trouver une issue à cette situation. La confiance en lui qu'Ellington avait vue plus tôt dans ses yeux, avait complètement disparu. Maintenant il comprenait le poids de ses crimes et il commençait à s'effondrer.

« OK, » dit-il, prêt à pleurer. « OK. »

Ellington garda Givens en ligne de mire alors qu'ils se dirigeaient vers la porte d'entrée défoncée et s'avançaient dans la neige. Ils traversèrent le jardin en direction de la remise. Ellington prit beaucoup de plaisir à voir Givens boîter un peu. Il se demanda si c'était dû à la blessure que lui avait infligée Delores Manning. Il prit également plaisir à voir sa main trembler au moment où il trouva la clé sur son porte-clés et ouvrit la porte de la remise. Givens inséra la clé et la tourna, déverrouillant la porte. Il hésita, comme s'il n'était pas certain de ce qu'il devait faire ensuite.

« Ouvre la porte, » hurla Ellington.

Givens sursauta au ton de sa voix et obtempéra. Ellington vit que ce salopard était en pleurs au moment où il le conduisit à l'intérieur de la remise.

« Il y a de la lumière ici ? » demanda Ellington.

« Oui. Sur le pilier à votre droite. »

Tout en tenant toujours Givens en joue, Ellington tâtonna sur le pilier et finit par trouver l'interrupteur. Deux ampoules s'allumèrent au-dessus de lui, révélant le reste de la remise. Dans son container à bétail, Missy Hale laissa échapper un « Oh, merci mon dieu ! »

Ellington regarda autour de lui. Il y avait deux containers. L'un était appuyé contre le mur arrière. L'autre était placé au milieu de la remise. L'idée qu'il s'était trouvé à moins de cinq mètres d'ici onze heures plus tôt lui donna presqu'envie de vomir.

Il vit également de la peinture noire sur le petit établi le long du mur opposé. À côté, était posée une boîte de vieux vases et bols en verre. *C'est comme ça qu'il a eu Delores Manning,* pensa Ellington. *Combien d'autres filles comptait-il attraper de cette façon ?*

« Ouvre les cages, » dit Ellington.

« S'il vous plaît, » pria Givens. « Vous devez comprendre. Je… »

« Ferme-la et ouvre ces cages. »

Givens s'approcha de la cage de Missy, les mains toujours tremblantes. Il tendit le bras pour attraper la barre qui traversait la porte. Elle maintenait en place une autre barre verticale plus petite, servant de système de verrouillage. Cependant, lorsqu'il tira sur la barre, rien ne se passa.

« Ne te fous pas de ma gueule, » dit Ellington. « Ouvre-la ! »

« J'essaye, » pleurnicha Givens. « Je pense qu'elle est coincée. Celle-ci a toujours posé des problèmes. »

Ellington fit un pas en avant et poussa Givens devant la cage. « Arrête de te foutre de moi et ouvre. J'ai déjà envie de te tirer dessus. Ne me *donne* pas une autre raison de le faire. »

Givens fut finalement capable d'ouvrir le verrou, de pousser le grillage vers l'intérieur et d'ouvrir la porte. À l'intérieur, Missy Hale gémit de soulagement.

Puis elle fit quelque chose de totalement inattendu. Elle plongea sur Givens en poussant un cri de furie. Ils roulèrent sur le sol mais Givens prit l'avantage.

« Salope, » siffla-t-il entre ses dents, tout en roulant sur elle. Il porta ses mains à sa gorge et il appuya de tout son poids.

Ellington plaça ses mains sur les épaules de Givens et le tira en arrière. Il le jeta violemment au sol et se retourna pour lui planter un genou dans l'entrejambe. Mais au moment où il plaçait son coup, Givens releva un genou, heurtant Ellington au ventre. Il roula légèrement en arrière, trébuchant sur les jambes de Missy.

Il vacilla en arrière, se sentant stupide et pris au dépourvu. Au moment où il reprenait pied, Givens se jetait sur lui. Il poussa violemment Ellington contre le mur, faisant tomber la boîte de bols en verre de l'établi. Givens trouva un madrier posé contre le mur et le prit en main comme s'il s'agissait d'une batte de baseball.

N'ayant plus d'autre choix, Ellington tira. Il toucha Givens au bras droit mais le coup ne le ralentit pas. Il tira une seconde fois, cette fois-ci le touchant au milieu de la poitrine.

Ce second coup le ralentit temporairement mais il continua à s'élancer en direction d'Ellington, enfonçant son épaule dans son estomac. Ellington frappa coup sur coup la nuque de Givens à trois reprises avec la crosse de son Glock et parvint à le faire reculer.

Alors qu'Ellington s'avançait en position de tir, Givens réagit rapidement. Il fit tourner le madrier et frappa Ellington en pleine poitrine. Il eut l'impression d'avoir été renversé par une voiture au moment où il tituba en arrière. Givens revint à la charge, soulevant à nouveau le madrier. Ignorant la douleur, Ellington asséna un coup violent directement au genou gauche de Givens. Puis il le frappa à deux reprises dans l'estomac mais Givens ne vacillait toujours pas. Il refit tourner le madrier. En réponse, Ellington tira pour la troisième fois.

Le coup fit exploser le madrier, mais pas avant de frapper les poignets d'Ellington. Le Glock lui échappa des mains juste après qu'il ait tiré et Givens hurla. La balle ou un éclat de bois avait ouvert le côté de son front. Du sang en coulait abondamment mais le salopard revenait à nouveau à la charge.

Givens souleva le morceau de bois qui restait. Ellington eut seulement le temps de lever le bras, espérant l'atteindre avant qu'il ne le fasse. Mais avant qu'il n'y arrive, le bois s'abattit sur son bras. La douleur l'immobilisa pendant que Givens relevait à nouveau le morceau de bois. Ellington protégea sa tête, en position de défense. Bien qu'il soit parvenu à la protéger, il y eut un bruit de craquement lorsque deux doigts de sa main gauche se brisèrent.

Ellington entendit à peine Mackenzie hurler son nom depuis quelque part dans la remise, pendant que Givens abattait encore et encore le morceau de bois sur lui.

CHAPITRE TRENTE-DEUX

« Jared ! »

S'entendre appeler Ellington par son prénom lui faisait bizarre mais ce fut le premier son que son coeur et ses poumons produisirent quand la seconde attaque au madrier immobilisa sa main gauche. Mackenzie cognait désespérement contre le container, regardant la scène qui se déroulait sous ses yeux. Elle savait qu'Ellington était résistant mais les attaques de Givens avaient une sorte de folie pressante qu'elle avait personnellement expérimentée.

Elle remarqua que Givens n'était pas capable de prendre le madrier bien en main à cause de son propre pouce cassé – pouce qu'elle avait brisé lors d'un ultime effort avant d'être fourrée dans sa cage. Elle espérait que ça lui ferait perdre un peu de sa force.

Elle était sur le point d'hurler à nouveau, espérant peut-être distraire Givens, quand un visage apparut soudain devant les fentes rectangulaires du container. C'était Missy Hale. Mackenzie avait été si préoccupée par la situation d'Ellington qu'elle avait presqu'oublié que Missy avait été libérée.

Missy regarda en arrière pour s'assurer que Givens était occupé, puis attrapa la barre maintenant la porte verrouillée. Elle dut y mettre un peu de force mais la barre finit par céder. Elle tira à nouveau et la porte s'ouvrit. Mackenzie se précipita en avant mais vit que Givens s'avançait vers elles, le madrier levé au-dessus de la tête.

Mackenzie poussa Missy sur le côté au moment où le morceau de bois s'abattit. Il heurta le côté du container, fendant en deux ce qui en restait. Mackenzie profita du choc de l'impact pour frapper du pied les mollets de Givens. Elle le frappa aussi fort que possible et il faillit tomber en arrière. Mais son dos lui faisait toujours atrocement mal et elle ne put pas y mettre toute sa force.

Hurlant de douleur, elle lui asséna un coup du droit au moment où il vacillait contre le container. Elle l'atteignit au menton et quand sa tête se balança en arrière, elle lui asséna un coup à la gorge.

Il suffoqua et la regarda avec des yeux écarquillés, pleins de surprise. Elle lui avait fendu la lèvre supérieure et son front continuait à saigner ; tout le côté gauche de son visage était couvert de sang. Elle essaya de relever le poing pour le frapper à nouveau mais son dos se bloqua. La mauvaise nouvelle, c'était qu'elle était soudain immobilisée, mais la bonne nouvelle, c'était qu'elle était maintenant certaine que ses douleurs n'étaient que musculaires et n'avaient rien à voir avec sa colonne vertébrale.

Alors qu'il venait sur elle, Ellington l'intercepta en le plaquant au sol. Les deux hommes roulèrent au sol devant le container. Ellington avait l'avantage mais elle vit qu'il était incapable d'utiliser sa main gauche suite à l'attaque du madrier. Alors qu'elle regardait, Givens leva un poing serré et frappa Ellington sur le côté du visage. Le salopard avait été touché par balle trois fois, peut-être même quatre, et il trouvait tout de même encore la force de continuer à se battre.

Mackenzie se précipita pour apporter son aide mais au moment où Ellington fut renversé, Givens se remit sur pied et plongea dans sa direction à elle. Il visait ses genoux, cherchant à la plaquer au sol. Mais les balles qu'il avait prises l'avaient ralenti. Mackenzie put facilement l'éviter et il heurta directement le côté du container où Missy avait été enfermée. L'impact déchira le grillage sur l'avant de la cage et le grillage tomba sur lui. Il se débattit pour s'en débarrasser, essayant de se remettre sur pieds.

Mais Mackenzie n'allait pas le laisser faire. Elle ouvrit la porte du container aussi grand que possible et la claqua sur lui. Il hurla et donna un coup de pied dans sa direction, touchant son genou blessé. Elle se sentit tomber, incapable d'arrêter la chute et se heurta à lui dans un enchevêtrement de bras et de jambes. Alors qu'ils luttaient pour reprendre le dessus, ses doigts rencontrèrent le grillage. Ils étaient tous les deux emmêlés dedans mais elle avait l'avantage et profitait d'une meilleure position.

Elle rassembla le grillage dans sa main. Elle sentait qu'il lui entaillait les paumes mais elle s'en foutait. Elle le serra fermement et l'enfonça contre sa nuque.

Ses yeux s'écarquillèrent quand elle appuya de tout son poids. Chaque mouvement était extrêmement douloureux et des élans de douleur lui descendaient le long du dos et des jambes. Mais elle encaissa, sachant qu'elle *n'avait* pas le choix. Sous elle, il commençait à suffoquer.

Il faut que tu arrêtes, pensa-t-elle. *Laisse-le vivre. Obtiens des réponses.*

Mais elle se rappela l'effet que ça faisait de se retrouver dans cette cage. Elle pensa aux autres femmes qu'il avait enlevées et enfermées dans ces mêmes cages. Elle l'imagina occupé à les suivre sur les routes secondaires… et elle fut incapable d'arrêter.

« Mackenzie, arrête ! »

C'était Ellington. Ses mains la tenaient et il la soulevait pour l'éloigner de Givens.

Il la souleva de Givens et elle eut envie de pleurer. Elle ne savait pas vraiment pourquoi mais elle sentait que ça montait à l'intérieur d'elle. Ellington se baissa vers Givens mais il n'eut rien à faire. Peut-être que c'était les balles qu'il avait prises ou l'assaut final de Mackenzie, mais il ne bougeait plus. Il était toujours vivant, sa respiration était laborieuse mais il n'allait pas se lever de si tôt. Mackenzie remarqua Missy Hale à l'avant de la grange, elle le regardait comme un enfant regarderait un serpent lové.

« Tout va bien ? » lui demanda Mackenzie, essayant de se distraire des sanglots qui continuaient à vouloir sortir d'elle.

Missy se contenta d'hocher la tête.

« Et toi ? » demanda-t-elle à Ellington.

« Quelques doigts cassé mais ça devrait aller. Et toi ? »

« Ça va, » dit-elle, les dents serrées. Le besoin de pleurer était passé mais la douleur dans son dos était horrible. Fierté ou pas, elle n'allait pas montrer un signe de faiblesse avant que Givens ne soit à l'arrière d'une voiture de patrouille. « Tu veux bien appeler Bateman ? Ce salopard a détruit mon téléphone. »

Ellington attrapait son téléphone quant une voix étranglée l'interrompit.

« Désolé… »

C'était Givens. Il parlait avec le peu d'air qui lui restait. Mackenzie et Ellington le regardèrent, d'un air las et un peu dégoûté.

« Et bien, je vais laisser Missy passer l'appel. Ça te va ? »

« Je voulais juste que quelqu'un m'aime, » dit Givens.

Mackenzie se rappela ses allusions obscures à l'amour quand elle se trouvait dans son salon et elle frissona de tout son corps. Il y avait une vraie souffrance dans sa voix, une confusion réelle, qui rappela à Mackenzie que même les personnes les plus sadiques avaient quelque chose de brisé en eux qui était vulnérable et intrinsèquement humaine.

Ce fut une pensée qui ne la quitta pas, s'accrochant à elle telle une toile d'araignée, jusqu'à ce que le silence de la nuit soit interrompu cinq minutes plus tard par les sirènes de police.

CHAPITRE TRENTE-TROIS

Alors que minuit approchait, deux choses devenaient claires : d'abord, Mackenzie et Ellington allaient devoir se rendre à l'hôpital ; ensuite, Harry Givens ne survivrait pas jusqu'au lendemain.

Le dos de Mackenzie avait commence à se contracter et le côté droit de son visage avait enflé plus qu'elle ne l'aurait crû suite au coup de marteau. Ellington, quant à lui, avait deux doigts cassés à la main gauche. D'après ce qu'elle en vit, Mackenzie pensait que la lésion s'étendait probablement à sa main. Mais au final, ce qui faisait le plus de mal à Mackenzie, c'était qu'avec Givens sur le point de mourir, il ne pourrait pas leur dire où se trouvaient les femmes disparues. Bien que Delores ait mentionné avoir entendu la voix d'une autre femme dans l'autre remise, elle s'était avérée vide.

Mackenzie et Ellington étaient assis à l'arrière de la voiture de patrouille de Bateman pendant que l'officier Roberts, assise dans le siège passager, appelait l'hôpital de Cedar Rapids pour les informer que deux agents du FBI étaient sur le point d'arriver. Bateman conduisait mais il ne disait pas grand-chose.

Le peu de chose qu'il avait dit faisait suite à un appel téléphonique quelques minutes plus tôt. Wickline l'avait appelé depuis le commissariat pour lui donner le peu d'informations que les ambulanciers et le bref casier judiciaire de Givens avaient à offrir.

« Givens a dit qu'il y avait cinq femmes au total, » dit Bateman. « Il a enlevé la première d'entre elles il y a environ un an. Il n'a donc apparemment rien à voir avec la disparition de Vicki McCauley. C'est tout ce qu'il a pu dire aux ambulanciers avant de s'évanouir. Nous ne savons pas où il les a emmenées et si elles sont même encore vivantes. Comme vous le savez, l'autre remise s'est avérée être vide. Mais tout indique qu'il s'est débarassé très récemment de la femme qui se trouvait dans le container. »

« Des nouvelles concernant l'endroit où pourraient se trouver Crystal Hall et Naomi Nyles ? » demanda Ellington.

« Non. Ils ont dit qu'il n'avait parlé que pendant dix secondes. Il est sérieusement amoché. »

Mackenzie pensa entendre un reproche dans sa voix. Mais c'était quand même OK. En tant que policier, il comprenait qu'ils avaient dû faire tout ce qu'ils pouvaient pour rester en vie. Mais elle pouvait cepender deviner que Bateman était plus que content de bientôt se débarrasser d'eux.

Mackenzie se rappela que Givens avait dit *« Je voulais juste que quelqu'un m'aime... »* et du coup, elle était presque certaine que les femmes qu'il avait enlevées étaient vivantes.

« Quand on en aura terminé à l'hôpital, on peut vous aider dans les recherches si vous voulez, » dit Mackenzie.

« Si vous voulez, » dit Bateman. « Mais on a déjà cinq équipes occupées à rechercher Crystal Hall et Naomi Nyles. Quand la neige aura fondu dans quelques jours, ce sera plus facile, mais à ce moment-là... »

« OK, » dit Mackenzie, sachant très bien où il voulait en venir.

« Au fait, » dit Bateman, « vous trouverez peut-être intéressant ce que Wickline et d'autres policiers du commissariat ont découvert concernant Givens. On dirait qu'il a consulté un psychiatre durant la majorité de son enfance. Sa mère était régulièrement battue devant lui par un père qui a fini pas se suicider. Puis à l'université, il a été impliqué dans une sorte de kidnapping quand il a enlevée une ex-petite amie en ne la laissant pas sortir de voiture à travers trois états différents. »

Un peu l'image à laquelle je m'attendais pour décrire un type comme Givens, pensa-t-elle. *Comment se fait-il qu'il ait pu vivre aussi longtemps sans craquer avant ça ? Et comment se fait-il qu'il soit resté discret aussi longtemps ?*

C'était là des pensées effrayantes.

« Vous n'aviez pas besoin de nous conduire jusqu'à l'hôpital, » dit Mackenzie, essayant de détendre l'atmosphère de tension qui régnait dans la voiture.

« Voyons, » dit Ellington à côté d'elle. « Tu peux à peine marcher. Et tu ne sais pas si bien conduire que ça quand tu ne t'es *pas* fait tabasser. »

Bateman et Roberts se mirent à glousser à l'avant de voiture et pendant un moment, l'atmosphère se détendit. Ce fut spécialement vrai quand Ellington tendit la main et prit la sienne. Elle faillit instinctivement la retirer mais au lieu de ça, elle la serra.

« Tu as été super ce soir, » murmura-t-il. « J'ai pu voir ce côté têtu en toi qui marche généralement bien. Je pense que le Bureau doit commencer à être attentif à ça. »

« Je n'ai pas été *si* super que ça. J'ai terminé dans une cage à bétail. »

« C'est vrai. Mais tu as retrouvé le type et tu m'as conduit jusqu'à lui. Alors que j'y étais plus tôt dans la journée. J'aurais pu éviter que tout ça ne t'arrive mais je ne l'ai pas fait. Et si ce n'était pas pour ton intervention, je serais mort dans cette grange à l'heure qu'il est. »

Elle n'était pas sûre de savoir comment répondre à ça. La manière dont il la regardait, dont il lui parlait, et dont il lui tenait la main… c'était nouveau pour elle. Elle ne se rappelait pas de quand datait la dernière fois où quelqu'un s'était autant préoccupé pour elle. Bien sûr, Bryers s'était rapproché d'elle vers la fin, mais avec l'alchimie spéciale qui existait entre elle et Ellington, c'était différent.

C'était excitant et la remplissait d'une forme étrange d'espoir qu'elle ne comprenait pas vraiment. Et *c'était* la raison pour laquelle c'était effrayant.

Elle lui sourit et lâcha sa main.

Dehors, la neige brillait de mille feux. Quelque part dans cet univers blanc, deux femmes avaient disparu – elles pouvaient être mortes ou vivantes. Elle avait été incapable de les retrouver et bien qu'elle sache qu'elle n'était pas responsable d'elles, elle avait l'impression de leur avoir fait faux bond. Elle pensa à Bryers et se demanda quelle sorte d'encouragement il lui aurait donné.

Bien sûr, son ancien partenaire était loin. Il ne faisait plus partie de cet univers blanc. Et bien qu'elle ait techniquement un partenaire de remplacement à Washington, sentir Ellington à côté d'elle la faisait se sentir en sécurité. Elle avait l'impression d'être *connectée* à quelque chose. Et elle n'avait plus ressenti ça depuis très longtemps.

Ils roulèrent en silence, trouvant une forme de confort dans l'inconfort de l'autre. C'était un monde rempli de ténèbres.

Et elle ressentit de nouveau une forte conviction couler dans ses veines : elle ne s'arrêterait pas tant qu'elle ne les aurait pas tous vaincus.

AVANT QU'IL N'AIT BESOIN
(Un mystère Mackenzie White – Volume 5)

Dans AVANT QU'IL N'AIT BESOIN (Un mystère Mackenzie White – Volume 5), l'agent spécial du FBI Mackenzie White, est assignée sur une affaire qu'elle n'avait jamais rencontrée auparavant : la victime n'est pas un homme ou une femme – mais un couple.

Le troisième couple retrouvé mort chez eux en un mois.

Alors que Mackenzie et le FBI se démènent pour comprendre qui peut bien vouloir assassiner des couples heureux, ses recherches l'amènent dans les profondeurs d'une sous-culture et d'un univers troublant. Elle apprend très vite que tout n'est pas parfait derrière les clôtures des maisons apparemment parfaites de banlieue – et que les ténèbres rôdent aux abords des familles qui ont l'air les plus heureuses.

Alors que sa traque se transforme en un jeu mortel du chat et de la souris, Mackenzie, cherchant toujours à retrouver l'assassin de son propre père, se rend compte qu'elle est peut-être trop impliquée – et qu'il se peut que l'assassin qu'elle recherche soit le plus insaisissable de tous : parfaitement normal.

Un thriller psychologique sombre avec un suspense qui vous tiendra en haleine, AVANT QU'IL N'AIT BESOIN est le volume 5 d'une fascinante nouvelle série, et d'un nouveau personnage, qui vous fera tourner les pages jusqu'à des heures tardives de la nuit.

Le volume 6 de la série mystère Mackenzie White sera bientôt disponible.

Également disponible du même auteur Blake Pierce : UNE FOIS PARTIE (Un mystère Riley Paige – Volume 1) - bestseller n°1 avec plus de 900 critiques à cinq étoiles - et un téléchargement gratuit !

Blake Pierce

Blake Pierce est l'auteur de la série à succès mystère RILEY PAIGE, qui comprend sept volumes (pour l'instant). Black Pierce est également l'auteur de la série mystère MACKENZIE WHITE, comprenant cinq volumes (pour l'instant) ; de la série mystère AVERY BLACK, comprenant quatre volumes (pour l'instant) ; et de la nouvelle série mystère KERI LOCKE.

Lecteur avide et admirateur de longue date des genres mystère et thriller, Blake aimerait connaître votre avis. N'hésitez pas à consulter son site www.blakepierceauthor.com afin d'en apprendre davantage et rester en contact.

LIVRES PAR BLAKE PIERCE

SÉRIE MYSTÈRE RILEY PAIGE
UNE FOIS PARTIE (Volume 1)
UNE FOIS PRISE (Volume 2)
UNE FOIS DÉSIRÉE (Volume 3)
UNE FOIS ATTIRÉE (Volume 4)
UNE FOIS TRAQUÉE (Volume 5)
UNE FOIS ÉPINGLÉE (Volume 6)
UNE FOIS DÉLAISSÉE (Volume 7)

SÉRIE MYSTÈRE MACKENZIE WHITE
AVANT QU'IL NE TUE (Volume 1)
AVANT QU'IL NE VOIE (Volume 2)
AVANT QU'IL NE CONVOITE (Volume 3)
AVANT QU'IL NE PRENNE (Volume 4)
AVANT QU'IL N'AIT BESOIN (Volume 5)

SÉRIE MYSTÈRE AVERY BLACK
MOTIF POUR TUER (Volume 1)
MOTIF POUR S'ENFUIR (Volume 2)
MOTIF POUR SE CACHER (Volume 3)
MOTIF POUR CRAINDRE (Volume 4)

SÉRIE MYSTÈRE KERI LOCKE
UNE EMPREINTE DE MORT (Volume 1)
UNE EMPREINTE DE MEURTRE (Volume 2)

www.ingramcontent.com/pod-product-compliance
Lightning Source LLC
La Vergne TN
LVHW021947220826
846091LV00015B/4122

* 9 7 8 1 6 4 0 2 9 7 2 9 6 *